テリ文庫
〈HM⑦-14〉

大いなる眠り

レイモンド・チャンドラー
村上春樹訳

早川書房

7404

大いなる眠り

登場人物

フィリップ・マーロウ……………………私立探偵
ガイ・スターンウッド……………………将軍
ヴィヴィアン………………………………スターンウッド家の長女
ラスティー・リーガン……………………酒の元密売業者、ヴィヴィアンの夫
カーメン……………………………………スターンウッド家の次女
ヴィンセント・ノリス……………………スターンウッド家の執事
オーエン・テイラー………………………スターンウッド家の運転手
アーサー・グウィン・ガイガー…………書店の経営者
アグネス・ロゼール………………………ガイガーの秘書
キャロル・ランドグレン…………………ガイガーの同居人
ジョセフ(ジョー)・ブロディー…………強請屋
タガート・ワイルド………………………地方検事
バーニー・オールズ………………………地方検事局の主任捜査官
クロンジェーガー…………………………ハリウッド警察の警部
アル・グレゴリー…………………………市警失踪人課の警部
エディー・マーズ…………………………カジノの経営者
モナ…………………………………………エディー・マーズの妻
ラッシュ・カニーノ………………………エディー・マーズの手下

1

　十月の半ば、午前十一時頃のことだ。太陽は姿を隠し、開けた山裾《やますそ》のあたりは激しい雨に濡れているように見えた。私は淡いブルーのスーツに、ダークブルーのシャツ、ネクタイをしめ、ポケットにはハンカチをのぞかせ、穴飾りのついた黒い革靴に、ダークブルーの刺繍入りの黒いウールのソックスをはいていた。小ざっぱりと清潔で、髭もあたっているし、なにしろ素面《しらふ》だった。さあ、とくとご覧あれ。身だしなみの良い私立探偵のお手本だ。なにしろ資産四百万ドルの富豪宅を訪問するのだから。

　スターンウッド邸の玄関ホールの天井は、二階ぶんの高さがあった。インド象の大群だってくぐり抜けられそうな入り口扉の上には、大きなステンドグラスのパネルがはまっていた。暗い色合いの鎧《よろい》をつけた騎士が、木に縛りつけられたご婦人を救おうとしている図柄だ。女は一糸まとわぬ裸だったが、ひどく長い髪が具合良くその身体を覆っていた。騎士はかしこまって兜《かぶと》の面頬《めんぽお》を押し上げ、ご婦人を縛りつけているロープの結び目をほどこうとしていたが、どうにも歯が立たないようだった。もし自分がこの家の住人であれば、騎士を助けるために、いつかそこまで上っていくことになるだろうなと、立ってそれを見ながら私は思った。騎士は真剣にロープをほどこうとしているようには見えなかったからだ。

玄関ホールの奥にはフレンチ・ドアがあり、その先にはエメラルド色の芝生が気前よく広がり、真っ白なガレージに通じていた。ガレージの前では真新しい黒いゲートルを巻いた、黒髪のほっそりとした若い運転手が、えび茶色のパッカード・コンバーティブルの埃《ほこり》を払っていた。ガレージの向こうには何本かの装飾的な樹木があって、どれもプードル犬みたいに念入りに刈り込まれている。その先にはドーム型の屋根のついた大きな温室があった。それから更に樹木があり、それらすべての先に、揺らぐことのない、不揃いにして心安まる山の稜線《りょうせん》が見えた。

玄関ホールの東側には支柱のないタイル張りの階段があり、回廊へと通じていた。回廊には錬鉄製の手すりがついていて、ここにもまた中世のロマンスを題材にしたステンドグラスがひとつはまっていた。丸みのある赤いビロードのシートがついた大きな硬い椅子がいくつか、回廊を囲む壁のへこんだ部分に、引き込んで置かれていた。その椅子に実際に腰掛けたものはまだ一人もいないように見える。西側の壁の中央には空っぽの大きな暖炉があり、その前に四面のパネルを蝶番《ちょうつがい》で繋《つな》げた真鍮の衝立《ついたて》が置かれていた。暖炉の上には大理石のマントルがあり、その角にはそれぞれキューピッドが飾ってある。マントルの上には巨大な油絵の肖像画がかかり、肖像画の上には銃弾に引き裂かれたか、あるいは虫に喰われたかした騎兵隊の二枚の連隊旗が、交差したかたちでガラスの枠に収められていた。肖像画に描かれた人物はメキシコ戦争時代（一八四六―一八四八）のものらしき完全軍装で、しゃちほこばってポーズをとっていた。きれいに刈り込んだ威風堂々たる黒い口髭をたくわえ、石炭のような漆黒の、熱っぽく厳しい瞳を持ち、その風貌全体に人を容易には寄せつけぬものがあった。スターンウッド将軍の祖父かもしれない。その士官がスターンウッド将軍自身であるはずはない。たとえ将軍がこの何年かの間に、未だ危機をはらんだ二十代の娘二人を抱えるにしては、いささか老いぼれてしまったという噂を私が耳にしていたとしてもだ。

階段の下の、ずっと奥の方でドアが開いたときにも、私はまだその熱っぽい黒い瞳をじっと見ていた。執事が戻ってきたのではなかった。若い娘だった。

二十歳かそこら、小柄で華奢《きゃしゃ》な体つきだが、決して弱々しくは見えない。淡いブルーのスラックスをはいており、それは彼女によく似合っていた。まるで宙に浮くような歩き方をした。黄褐色の髪にはきれいなウェーブがかかり、当世流行の内巻きの長髪ではなく、より短くカットされていた。私を見つめる瞳は粘板岩のようなグレーで、表情らしきものはそこにほとんど浮かんでいなかった。彼女は私の近くにやってきて、口を開いて微笑んだ。小さく鋭い、捕食動物を思わせる歯が見えた。新鮮なオレンジの甘皮のように白く、陶器のように艶《つや》やかだ。いささか硬く締まりすぎた薄い唇のあいだで、その歯は眩《まぶ》しく光っていた。顔は血色を欠いて、あまり健康そうには見えなかった。

「背が高いのね」と娘は言った。

「それは私の意図ではない」

娘の両目が丸くなった。戸惑っているようだった。そして考えをめぐらせた。まだ知り合って間がないにせよ、ものを考えることが彼女にとって常にかなりの負担になるらしいことは、私にも推測できた。

「ハンサムでもある」と彼女は言った。「それは自分でもちゃんとわかっているんでしょう?」

私は曖昧《あいまい》にうなった。

「名前は?」

「ライリー」と私は言った。「ドッグハウス・ライリー」

「変わった名前だこと」。彼女は唇を噛み、首を少し曲げ、横目づかいに私を見た。そしてまつげを、ほとんど頬にぴたりと寄り添うところまで下ろした。それからもう一度ゆっくりと上げていった。まるで劇場のカーテンみたいに。それが意味するところはわかる。

そういう目つきをされると、私は床に仰向けになり、四つ足を宙にばたばたさせなくてはならないのだろう。

私がそうしないでいると、彼女は言った。「あなたは拳闘の選手かしら？」

「ちょっと違う。私は私立探偵だ」

「あら……、ああ……」、彼女は怒ったように頭をさっと後ろにやった。豊かな色合いの髪が、広い玄関ホールのいくぶん鈍い明かりの中で輝いた。「私のことをからかっているのね」

「ふふん」

「なんですって？」

「からかってはいない」と私は言った。「言ったとおりさ」

「嘘だわ。あなたは人をからかってるだけ」。彼女は親指を上げ、それを嚙んだ。不思議な形をした親指だ。予備の指のように薄くて幅も狭い。第一関節にもカーブがない。彼女はそれをゆっくりと嚙み、しゃぶった。そしておしゃぶりをくわえた赤ん坊のように、口の中でその親指を回した。

「あなたってほんとに背が高いわ」と彼女は言った。楽しい内緒事を思いついたみたいにくすくすと笑った。それから両足を床につけたまま、ゆっくりとしなやかに身をよじらせた。腕は身体の両脇にだらんと垂れている。そして爪先立ちをしたまま、こちらに身体を傾けた。私の両腕の中に、背中を向けてまっすぐ落ちかかってきたのだ。その身体を受け止めないわけにはいかなかった。そうしないことには、彼女の頭は格子模様の床にぶつかって割れてしまっただろう。私が娘をわきの下のあたりで受け止めると、彼女はその瞬間に両足の力をぐったりと抜いた。私は彼女を抱き寄せ、その身体を支えなくてはならなかった。頭が私の胸につくと、彼女はそれをぐるっとねじり、私の顔を見てくすくす笑った。

「あなたってキュートね」と彼女は笑いながら言った。「私だってキュートでしょ」

私は何も言わなかった。そのとき執事がまさに絶妙のタイミングで、フレンチ・ドアを開けて戻ってきた。そして娘を抱いている私を目にした。

しかし執事は顔色ひとつ変えなかった。長身の、痩せた銀髪の男だった。六十歳に近いか、あるいは少し過ぎているか、そんなあたりだ。瞳はブルーで、それ以上は透き通れないだろうと思えるくらい、遙か奥まで希薄だった。肌はつるりとして血色が良く、万全の筋肉を具《そな》えた人間のような動き方をした。彼は我々の方にゆっくり歩いてやってきた。娘は身をよじるようにして私から離れた。そして部屋を素速く横切って階段の下まで行くと、鹿のようにそれを上っていった。私が長い息を吸い込み、吐き終える頃には、彼女の姿は消えていた。

執事は抑揚を欠いた声で言った。「将軍がお待ちです、マーロウ様」

私は驚きのあまり落ちた下顎をなんとか胸から押し上げ、彼に向かって肯いた。「あれは誰だい？」

「ミス・カーメン・スターンウッドです、サー」

「そろそろ乳離れさせた方がいいね。もうそういう歳にはなっているだろうに」

彼はいかめしく丁重な顔つきで私を見た。そして同じ台詞をもう一度繰り返した。

2

フレンチ・ドアを出ると、ガレージから芝生の外側を巡って続く、滑らかな赤い板石敷きの小径《こみち》をたどった。まだ少年の面影を残す運転手は、今では黒とクロムの大型セダンを出して、埃を払っていた。ドアの中へ。小径は温室の側面に通じていた。執事は私のためにそのドアを開け、わきに立った。ドアの中は一種の中間地帯になっており、低温調理オーブン並みの生温かさだった。執事は私のあとから中に入り、まず外側のドアを閉め、それから内側のドアを開けた。そこから奥に入ると、こちらは留保なく暑かった。空気はどんよりと湿り、もやって、開花した熱帯の蘭の甘ったるい匂いをたっぷり含んでいた。ガラスの壁にも屋根にも一面に露がついて、それが大きな粒となって植物の上にぽたぽた落ちかかっていた。照明には現実離れした緑色が混じり、水族館の水槽を抜けてきた明かりのように見える。なにしろ植物だらけで、森の中にいるような気分だった。不気味な肉厚の葉、洗われたばかりの死人の指のような茎、それらは毛布の下でアルコールを沸騰させているような強烈な匂いを放っていた。

執事は私の顔に湿った葉をぴしゃりとあてないように気をつけながら、道を切りひらいていった。しばらく進むと、やがてジャングルの空き地のような場所にたどり着いた。天井はドームになっている。六角形の石が敷かれたスペースに、赤い古いトルコ絨毯が敷かれていた。絨毯の上には車椅子があり、車椅子の上には、明らかに死に瀕していると見える老人が座り、我々が近づくのを見ていた。その目からはとっくの昔にあらゆる炎が失われていたが、それでもなおそこには、石炭のごとき漆黒の揺るぎなさがうかがえた。玄関ホールのマントルの上にかけられていた肖像画と同じ目だ。しかしそれをべつにすれば、顔全体は鉛色の仮面のようだった。血の気のない唇、尖った鼻、くぼんだこめかみ、近づく解体を匂わせる外向きにねじれた耳たぶ。長く幅の狭い身体は、そのすさまじい暑気の中にありながら、旅行用膝掛けと、色の褪せた赤いバスローブにぴたりと包まれていた。細いかぎ爪のような形の両手は膝掛けの上に力無く重ねられ、その爪は紫色だった。かさかさの白髪がいくつかの房になって、頭皮にしがみついていた。まるで野生の花が、むき出しの岩の上で生命を維持するべく闘っているみたいに。

執事が彼の前に立ち、言った。「こちらがマーロウ様です、将軍」

老人は動かず、何も言わなかった。肯きさえしなかった。生命のしるしもなく、ただこちらを見ているだけだ。執事が湿った柳細工の椅子を、私の脚の背後に押しつけるように差し出したので、そこに座った。彼は私の帽子をさっと鮮やかにさらい取った。

やがて老人は井戸の底から声を引っ張り上げてきた。「ブランディーにしろ、ノリス。君はブランディーをどのように飲むかね？」

「いかようにも」と私は言った。

執事は忌まわしい植物のあいだを縫って立ち去った。将軍はゆっくりと再び口を開いた。まるで失業中のショー・ガールが最後の無疵《むきず》のストッキングをはくときのように、残された力を用心深く使いながら。

「私はブランディーをシャンパンと一緒に飲むのが好きだった。シャンパンをヴァリー・フォージ（ジョージ・ワシントンが独立戦争の冬に野営した地）みたいにきりきりに冷やして、その下にグラス三分の一くらいのブランディーを入れてな。上着はとってかまわんよ。血管にまともな血が流れる人間にとっちゃ、ここは少々暑すぎるからな」

私は立ち上がって上着をむしり取り、ハンカチを出して顔と首筋と、手首の甲を拭いた。セントルイスの八月もこれにはかなわない。私は腰を下ろし、無意識に煙草を探りかけてやめた。老人はその仕草を目にとめ、微《かす》かな笑みを浮かべた。

「吸ってかまわんよ。煙草の匂いは好きだ」

私は煙草に火をつけ、煙を思い切り老人に吐きかけた。彼は野ネズミの巣穴を前にしたテリアのようにくんくんと匂いを嗅いだ。微かな笑みが口の両端の影になった部分にまで広がった。

「男が悪徳に耽《ふけ》るのに、いちいち代理人を立てなくちゃならんとはな、まったく」と彼は乾いた声で言った。「君が今目にしているのは、それなりに面白おかしく人生を送ってきた男の、なれの果ての姿だ。両脚と、下腹の半分は麻痺して動かん。口にできる食べ物はほとんどないし、眠りは浅く、起きているとも眠っているとも見分けのつかんような、情けない代物《しろもの》だ。私がこうして命脈を保っていられるのは、暑さの中に身を置いているからだ。生まれたての蜘蛛と同じことさ。蘭は暑さの名目に過ぎん。君は蘭は好きかね？」

「それほど好きじゃありません」と私は言った。

将軍は半ば目を閉じた。「いやらしい代物だ。やつらの肉は人間の肉にあまりにも似ている。香りはまさに娼婦の腐った甘さだ」

私は口を開いたまま、彼をじっと見ていた。柔らかく湿った熱気が帷《とばり》のように我々を囲んでいた。老人は肯いた。まるで首が頭の重さを案じているみたいに。やがて執事が軽食ワゴンを押して、ジャングルをかき分けるようにやってきた。そして私のためにブランディーとソーダをミックスしてくれた。銅の氷バケツを湿ったナプキンで包むと、蘭のあいだをそっと抜けて去っていった。ジャングルの奥でドアが開き、閉まる音が聞こえた。

私は飲み物を一口すすった。老人は私を見ながら、何度も何度も唇を舐《な》めた。唇のひとつが、ゆっくりともう一方に重ねられた。そこには葬式を思わせる忘我があった。葬儀屋が手をこすり合わせるのと同じだ。

「君自身について話してくれないか、ミスタ・マーロウ。それくらいの権利はあると思うのだが」

「かまいませんよ。しかし語るに足るようなことは皆目ありません。年齢は三十三歳、大学に行ったこともあり、もし要求があれば、英語は今でもいちおうしゃべれます。もっとも私の職業においては、その手の要求はあまり数多くはありませんが。かつて地方検事のミスタ・ワイルドのもとで、捜査員の仕事をしていたことがあります。検事局の主任捜査官であるバーニー・オールズという人物から電話があり、あなたが私に会いたがっておられると聞きました。結婚はしていません。警官の女房というのがもうひとつ好きになれないので」

「そしていささか拗《す》ねものでもある」と言って老人は微笑んだ。「ワイルドのもとで仕事をするのは気に入らなかったのかね？」

「解雇されたのです。命令不服従ということで。命令不服従については、私には多少の実績があります、将軍」

「そいつは私もご同様だ。それくらいでなくちゃ話にならん。ところで君はうちの家族について何を知っている？」

「奥さんを亡くされ、二人の若い娘がいる。どちらも美人で、手に負えない。一人は三回結婚している。いちばん最近結婚した相手は、かつての酒の密売業者で、その世界ではラスティー・リーガンという名前で通っていた、それくらいのことしか耳にしていません、将軍」

「その中で、何かひっかかるところはあるかね？」

「ラスティー・リーガンの部分がいささか。しかし私は酒を密売する連中とは常に友好的にやってきましたから」

彼は微かな、倹約された笑みを口元に浮かべた。「そいつはこちらもご同様だ。私はラスティーのことがずいぶん気に入っていた。クロンメル出身のでかい巻き毛のアイルランド人でな、哀しい目をして、ウィルシャー大通りに負けないくらい広々とした笑みを浮かべることができた。最初に会ったとき、私もたぶん君が考えているのと同じようなことを思ったよ。こいつは、今はたまたま猫をかぶっているが、けっこう喰えないやつかもしれんぞと」

「あなたは彼のことが好きだったに違いない」と私は言った。「そういう言葉づかいを学んだところを見ると」

彼は膝掛けの端に血の気のない両手を入れた。私は煙草を消し、酒を飲み終えた。

「あの男は私にとって生命の息吹だった――彼がいてくれた間はということだが。彼はここで何時間も私と過ごし、豚のように汗をかき、ブランディーをしこたま飲み、アイルランド革命の話を聞かせてくれた。その昔、アイルランド義勇軍の士官をしていたんだよ。

アメリカには正式な入国もしておらん。言うまでもなく愚かしい結婚だった。結婚生活と言えるようなものは、おそらくは一ヵ月ともたなかっただろう。私は今、家庭の秘密を君に話しているんだよ、ミスタ・マーロウ」

「秘密は守られます」と私は言った。「彼はどうなったのですか?」

老人は硬い顔つきで私を見た。「ふらっとどこかに消えてしまったよ。一ヵ月ほど前のことだが。唐突に、誰にも何も告げず。私にさよならも言わずにな。少しばかり傷ついたが、まあそういう荒っぽい世界に育った男だ。そのうちに何か連絡をしてくるかもしれん。それはそれとして、私はまた脅迫を受けているんだ」

「また?」と私は言った。

彼は膝掛けの下から両手を出したが、そこには茶色の封筒が握られていた。「ラスティーがここにいれば、私を脅迫する人間がどんな目にあうか、思い知らせてやれたんだがな。彼がここにやってくる数ヵ月前に――つまり今から九ヵ月か十ヵ月前のことになるが――ジョー・ブロディーという男に私は五千ドルを支払った。末娘のカーメンと手を切らせるために」

「ははあ」と私は言った。

彼は細く白い眉を動かした。「どういう意味だね、それは?」

「意味はないです」と私は言った。

彼は半ば眉をひそめ、私をじっと見ていた。それから口を開いた。「この封筒を手に取り、中身を検討してほしい。ブランディーは好きにやってくれ」

私は彼の膝の上から封筒をとり、もう一度腰を下ろした。両方の手のひらの汗を拭い、封筒を裏表見回してみた。宛先はガイ・スターンウッド将軍、住所はカリフォルニア州、ウェスト・ハリウッド、アルタ・ブリーア・クレッセント三七六五番地になっている。宛先は技師が用いるような斜めの活字体で書かれていた。封は切られていた。私は封筒から茶色の名刺と、ごわごわした三枚の便せんを取り出した。名刺は薄い茶色の亜麻でできていて、金色の字で「アーサー・グウィン・ガイガー」と印刷されていた。住所はない。左下の端の方に、とても小さな字で「稀覯《きこう》書及び特装本」と書いてあった。名刺を裏返してみた。裏には同じ斜めの活字体で書き込みがあった。「拝啓。同封せしものは、率直に申せば賭博の負債であります。法的には回収不能なるものの、貴下におかれましては、あるいは名誉を重んじられるのではあるまいかと愚考いたした次第です。敬具。A・G・ガイガー」

私はごわごわとした白い便せんに目をやった。インクで書かれた借用証だった。そのいくつかの日付は先月、九月の初め頃のものだった。「要求あり次第、アーサー・グウィン・ガイガー氏あるいは代理人に対し、金一千ドルを無利息にて支払うことを約束します。対価受領。カーメン・スターンウッド」

手書きの部分はくねくねした幼稚な書体で書かれていた。大仰な渦巻き飾りがたくさんあり、点のかわりに丸が使われていた。私は酒のおかわりを作り、それをすすり、証拠物件をわきにやった。

「君の結論は？」と将軍が尋ねた。

「結論はまだありません。このアーサー・グウィン・ガイガーというのは何ものなのですか？」

「さっぱりわからん」

「カーメンは何と言っているのですか？」

「まだ訊いていない。この先、訊くつもりもない。どうせ親指をしゃぶって、かまととぶった顔をするだけだ」

私は言った。「玄関ホールでお目にかかりましたよ。同じことをされました。それから私の膝に座ろうとした」

相手の表情にはまったく変化がなかった。握りしめられた両手は、膝掛けの端っこに穏やかに置かれたままだった。私にはニューイングランドの煮込み料理並みに感じられる熱気も、彼にとっては生ぬるくさえ感じられないらしい。

「かしこまっていた方がいいですか？」と私は尋ねた。「それとも地のままでやってかまいませんか？」

「君はおとなしく人の言うことを聞くような人間ではあるまい、ミスタ・マーロウ」

「二人のお嬢さんは一緒に行動しているのですか？」

「していないと思う。二人はそれぞれに、いくぶん色合いの違う破滅への道を歩んでいるようだ。ヴィヴィアンは甘やかされ、強情で頭が切れて、とことん情け知らずだ。カーメンは蠅の羽をむしるのが好きな子供だ。どちらも猫ほどの道徳心も持ち合わせてはいない。私と同様にな。スターンウッド家のものは、誰一人そんなもの持っちゃいない。ほかには？」

「二人とも良い教育を受けているのではないのですか。分別くらいはあるでしょう」

「ヴィヴィアンはお上品な名門校に行った。カレッジにも行った。カーメンは遙かに融通の利く学校を半ダースばかり移り歩いたが、結局どこにも落ち着けなかった。二人ともひととおりの悪業はこなしてきたはずだし、今でもこなし続けているだろう。私の言い方が親としていささか辛辣《しんらつ》に響くとしたら、それは生命の手応えが、私にはもうほとんど残されてないからだよ、ミスタ・マーロウ。ヴィクトリア朝の偽善に関わっているような余裕はない」。彼は頭を後ろに傾け、目を閉じた。それからまた突然目を開けた。「わかるだろうが、男が五十四になって初めて子供を作ったりすると、結局こんな羽目になってしまう」

私は酒をすすり、肯いた。彼の細い灰色の喉が脈を打っているのが見えた。とはいえそれはあまりにもゆっくりで、とても脈のようには見えなかった。この老人はもう三分の二は死んでいる。しかしまだなお自分はそれに耐えていけると信じるべく、腹を固めている。

「君の結論は？」と彼は出し抜けにぴしゃりと言った。

「私なら金を払いますね」

「何故だ？」

「大きな面倒か、僅《わず》かな金か、天秤にかければ結論は明白です。この裏にはもっと深いものがあります。しかしあなたに苦い思いをさせようというつもりは、誰にもありません。もしまだ苦い思いをしていないとすればですが。それにだいたい、財産がちょっと減ったかなとあなたが気づくほど多額の金をあなたから奪うには、とんでもなく多くの詐欺師と、とんでもなく多くの時間が必要とされるはずです」

「私にはプライドがある」と彼は冷たい声で言った。

「誰かがそいつをあてにしているんです。彼らを出し抜くいちばん簡単な方法は、金を払うことです。そうするか、あるいは警察に届け出るか。それが偽造されたと証明されない限り、ガイガーはその証文をたてに金を回収することができる。そう出るかわりに、彼はあなたにそれを送りつけてきた。賭博の借金だとちゃんとことわってね。たとえ向こうの手にその証文があったとしても、それが賭博がらみの借金であることはこちらにとって有利な材料になるというのに。もし相手がやくざであるとしたら、そのへんの段取りは十分承知の上でやっているし、もし内職にささやかな金貸しをやっている堅気《かたぎ》の人間であるなら、金を払ってやればいいだけのことです。ところで、あなたが五千ドルを支払ったジョー・ブロディーというのはいったい何ものですか？」

「ギャンブラーみたいなやつだ。よく覚えていない。その手のことはノリスが知っている。執事だよ」

「娘さんたちは、自分の自由になるお金を持っているのですか、将軍？」

「ヴィヴィアンは持っているが、大した額じゃない。カーメンはまだ未成年で、母親の遺言の制約下にある。二人には十分過ぎるほどの小遣いを与えてはいるが」

私は言った。「もしお望みとあらば、あなたの背中からガイガーを取り除いて差し上げることはできます、将軍。彼がどんな人物であろうと、また何を握っていようと。私への支払いのほかに、少しばかり金がかかるかもしれませんが。ただもちろん、それで話が終わるわけではない。要求された金を与えても、何の解決にもなりません。あなたの名前は既に素敵なカモとして、連中のリストに載っているんです」

「なるほど」、将軍は色褪せた赤いバスローブに包まれた、尖った幅広い肩をすくめた。「先刻君は、金を払ってやれと言った。しかし今、それは何の解決にもならないと言う」

「私が言いたかったのは、ある程度の金を払って済むことなら、そうした方が話が簡単だし、安上がりかもしれない、というだけです」

「申し訳ないが、私はまわりくどい話が苦手な人間だ、ミスタ・マーロウ。君の報酬はいかほどになるかね？」

「通常、一日の報酬が二十五ドル、それにプラスして必要経費をもらいます。もし運が良ければですが」

「なるほど。人々の背中から悪性腫瘍を取り除く報酬として、それは実に妥当なものに思える。きわめて微妙な手術だからな。もちろん君もそのへんはよく承知しておるだろうが。できるだけ患者にショックがかからんように、うまく手術を済ませてもらいたい。背中の腫瘍はひとつだけじゃないかもしれんぞ、ミスタ・マーロウ」

私は二杯目を飲み終え、唇と顔を拭った。ブランディーを飲んでも、暑さはちっとものげなかった。将軍は瞬きをして私を見て、膝掛けの端を引っ張った。

「相手がある程度信用できそうだと思ったら、その男と話をつけてかまいませんか、将軍？」

「かまわんよ。すべてを君にまかせる。何によらず中途半端なことは好かない」

「その男にはしっかり釘を刺しておきましょう」と私は言った。「頭の上から橋が崩れ落ちてきたみたいな気がすることでしょう」

「君ならそうできるだろう。ところでそろそろ失礼させていただく。私は疲れた」、彼は手を伸ばし、椅子の肘掛けについたベルを押した。蘭がその中で腐らんばかりに育っているいくつかの暗緑色の箱のわきに、黒いケーブルがとぐろを巻き、ベルのコードはそこに接続されていた。将軍は目を閉じたが、やがてもう一度短く目を開き、眼光鋭く睨《にら》んだ。それからクッションの中に身を落ち着けた。再び瞼《まぶた》が落ち、私にはもう何の関心も払わなくなった。

私は立ち上がり、湿った柳細工の椅子の背もたれから上着を取り上げ、それを手に蘭のあいだを抜けた。二つのドアを開けて外に出て、きりっとした十月の空気の中で酸素を心ゆくまで吸い込んだ。ガレージのそばにいた運転手は姿を消していた。執事が赤い小径《こみち》をやってきた。足取りは滑らかで、背筋はアイロン台みたいにまっすぐ伸びている。私は肩をすくめるようにして上着を着込み、彼がやってくるのを見ていた。

彼は私から半メートルほど手前で歩を止め、重々しい口調で言った。「お帰りになる前に、ミセス・リーガンがあなた様にお目にかかりたいと申しておられます、サー。そしてお支払いに関してですが、妥当な金額であれば、いかほどなりとも小切手をお切りするようにと、将軍から申しつけられております」

「どうやって申しつけたのだろう？」

彼は戸惑ったようだった。それから笑みを浮かべた。「ああ、そうでございますね。なるほど、あなた様は探偵でいらした。ベルを鳴らして指示されたのです」

「君が小切手を書くのか？」

「わたくしがその任をまかせられております」

「それなら君は貧民墓地に埋められなくて済みそうだな。いや、今のところまだ一銭も必要ないよ。ところでミセス・リーガンは、私にどんな用事があるのだろう？」

彼の青い瞳は、臆するところなくまっすぐ私を見た。「あなた様のご来訪の目的に関して、誤った推測をしておられるようです、サー」

「私の来訪を誰かが教えたのだろうか？」

「お部屋の窓から温室が見渡せます。我々が中に入っていくのを目になさいました。あなた様の素性を申し上げないわけには参りませんでした」

「そいつは感心しないな」と私は言った。

彼の青い瞳が凍てついた。「わたくしの職分について教示なさるおつもりですか、サー？」

「いや。ただその職分がいかようなものなのか、あれこれ推測することにささやかな愉しみを見いだしているだけさ」

我々はしばし互いをじっと見つめ合った。彼は私を青く鋭い視線でぐさりと刺し、それから背を向けた。

3

部屋は広すぎたし、天井は高すぎたし、ドアは丈《たけ》がありすぎた。隈《くま》なく敷き詰められた白いカーペットは、アローヘッド湖に降った新雪のように見えた。全身鏡やら、水晶ででき
たがらくたがいたるところにあった。象牙色の家具にはクロムがついて、堂々たる象牙色の厚手のカーテンは、白いカーペットの上に垂れ落ち、窓から一メートル近くもつれて広がっていた。白は象牙色を汚く見せ、象牙色は白を生気なく見せていた。窓からは暮れゆく山肌が見渡せた。ほどなく雨が降り出しそうだ。空気には既に重い含みがあった。
私は深く柔らかい椅子の端に腰を下ろし、ミセス・リーガンを見た。彼女にはとくと眺めるだけの値打ちがあった。まさに面倒《トラブル》そのものだ。スリッパを脱ぎ、現代美術風の寝椅子に身体を伸ばしていたので、私はどこまでも透明なシルク・ストッキングに包まれたその両脚を、たっぷり拝ませてもらうことになった。両脚はそれを考慮して配されているようだ。両脚とも膝まで見えたし、片方は更に奥まで見えた。膝にはくぼみがあり、骨張っても尖ってもいない。ふくらはぎは美しく、踵《かかと》は細くすらりとして、その滑らかな旋律は

交響詩の一節になりそうだ。細身の長身で、芯がしっかりして見えた。頭は象牙色のサテンのクッションに置かれていた。髪は黒く硬く、真ん中で分けられている。玄関ホールの肖像画と同じく、その瞳は黒く熱を含んでいた。口と顎のかたちも素敵だ。唇はいくぶん拗ねたように下がり、下唇はふくよかだった。

酒を手にしていた。彼女はそれをひとくち飲み、グラスの縁から、まっすぐで冷涼な視線を私に投げた。

「私立探偵というわけね」と彼女は言った。「そんなものが実在するとは知らなかったわ。本の中だけかと思っていた。あるいはホテルをこそこそ嗅ぎ回る、汚らしい小男だろうと」

私に向けられた質問はそこにはなかった。だからそのまま聞き流した。彼女は寝椅子の平らな肘掛けにグラスを置き、指のエメラルドを煌《きら》めかせ、髪に手をやった。そしてゆっくりと言った。「父のことは気に入った？」

「好感を持ちました」と私は言った。

「父はラスティーを気に入ってた。ラスティーのことは知ってるわね」

「ふむ」

「ラスティーはときとして粗野で下品だけど、決してまがいものじゃない。そして父にとってはとても愉快な話し相手だったの。ラスティーはあんな風にここを出ていくべきじゃなかった。父はそのことでずいぶん傷ついた。口には出さないけれどね。それとも口に出したかしら？」

「その話は出ました」

「あなたは口数の少ない人のようね、ミスタ・マーロウ。でも父は彼を探し出したいのでしょう？」

短く間を置くあいだ、私は失礼のない程度に彼女をしっかり見ていた。「答えはイエスであり、ノーです」と私は言った。

「それじゃ、ちっとも答えになっていない。あなたに彼を探し出せると思う？」

「探すなんて話はしちゃいない。なぜ警察の失踪人課に行かないのです？　あっちには組織がある。個人の手には負えない仕事だ」

「警察を巻き込むなんて、父には耐えがたいことなの」、彼女はまたグラスの縁から、滑らかな目で私を見た。酒を飲み干し、ベルを鳴らした。側面のドアからメイドが入ってきた。黄色く細長い、優しい顔をした中年女性だった。鼻が長く、顎がなく、瞳は大きくて潤んでいた。長いご奉公のあとに牧場に放された、気だての良い老馬のように見えた。ミセス・リーガンが空のグラスを振ると、メイドはお代わりをつくった。それを彼女に手渡し、部屋を出ていった。一言も発せず、私の方をちらりとも見ず。

ドアが閉まると、ミセス・リーガンは言った。「じゃあ、あなたはどうするつもりなの？」

「いつ、どのように彼は出ていったのだろう？」

「父はそれをあなたに教えなかったの？」

私は首を傾《かし》げて、彼女ににやりと笑いかけた。彼女は頬を赤らめた。その黒く熱い瞳は怒りに燃えた。「隠しだてするつもりなの？」と彼女はきつい声で言った。「あなたのマナーは気に入らないわね」

「私もあなたのマナーをとくに気に入ったわけじゃない」と私は言った。「こちらからお目にかかりたいと言ったわけでもない。あなたが私を呼びつけたんだ。私の前で偉そうにしようが、スコッチを昼食がわりにしようが、それは私の知ったことではない。脚を見せびらかすのもご自由だ。とても素敵な脚だし、良い目の保養をさせていただいた。私のマナーが気に入らなくてもけっこうです。もともと褒められたものではないから。それについては、冬の夜長に心を痛めもします。しかし私に反対尋問することで時間を無駄にしない方がいい」

彼女はグラスを叩きつけるように置いたので、中身がいくらか象牙色のクッションにはねた。彼女は脚をさっとまわして床につけ、立ち上がった。目は激しく燃え上がり、鼻孔は広がっていた。口は開かれ、白い歯が眩しく私をねめつけていた。拳《こぶし》は白くなっていた。

「誰も私にそういう口のきき方はしない」と彼女は声を太くして言った。

私はそこに座ったまま、笑みを浮かべていた。彼女はゆっくり時間をかけて口を閉じ、こぼれた酒を見下ろした。そして寝椅子の端に腰を下ろし、片方の手で顎を支えた。「まったくもう。あなたは大きくて、ハンサムで、どす黒い獣みたいなやつ。ビュイックを一台投げつけてやりたい」

私は親指の爪でマッチを擦った。珍しく一度で火がついた。煙草の煙を空中に吐き、続きを待った。

「なんでもわかったような顔をする男って大嫌いよ」と彼女は言った。「むかむかする」

「あなたはいったい何を心配しているのだろう、ミセス・リーガン」

彼女の目が白くなった。そのあと真っ黒に変わった。まるで目全体が瞳孔になったように。鼻孔がつままれたようなかたちになった。

「父があなたに会ったのは、その件じゃそもそもなかったって言うわけ」、彼女は緊張した声でそう言った。そこにはまだ、私に対する怒りの残滓《ざんし》が感じられた。「ラスティーのこと。違うの？」

「お父さんに訊けばいい」

彼女はまた怒りを爆発させた。「出ていって！　さっさと消えなさい！」

私は立ち上がった。「お座りなさい！」と彼女は叩きつけるように言った。私は座った。そして指で手のひらをとんとんと叩きながら、次を待った。

「お願い」と彼女は言った。「お願いよ。あなたにはラスティーを見つけ出すことができるんでしょう――もし父があなたにそう望んだとしたら？」

それもやはりうまくいかなかった。私は肯いて、尋ねた。「彼はいつ姿を消したのですか？」

「一カ月前のある日の午後。何も言わずに車を運転して出かけた。彼らはとある家のガレージでその車を見つけた」

「彼ら？」

彼女は小狡《こずる》い顔になった。身体に入っていた力が抜けたようだった。やがて勝ち誇ったような笑みを浮かべて私の顔を見た。「つまり、父はそのことをあなたに言わなかったのね」。声はほとんど上機嫌と言ってもいいほどだった。まるで私をうまく出し抜けたと言わんばかりに。実際にそうだったのかもしれないが。

「たしかにミスタ・リーガンの話は出ました。でも父上が私を呼んだのは、その用件に関してではない。それをあなたは私の口から聞きたかったのだろうか？」

「あなたが何を言おうと、知ったことじゃないわ」

私はもう一度立ち上がった。「それでは失礼させていただきます」。彼女は何も言わなかった。私は入ってきたのと同じ、丈の高い白いドアに向かった。振り返ると彼女は歯で唇を噛みしめ、絨毯の端っこに挑む子犬のようにそれを手荒く扱っていた。

外に出て、玄関ホールまで階段を降りた。私の帽子を手にした執事がどこからともなく現れた。彼がドアを開けてくれているあいだに、私はそれを頭にかぶった。

「君は間違っていたぜ」と私は言った。「ミセス・リーガンは私に会いたがってはいなかった」

彼は白髪の頭を傾け、丁寧に言った。「それは申し訳ございませんでした、サー。私は多くの間違いを犯します」。彼は私の背後でドアを閉めた。

私は煙草の煙を吸い込みながら、階段のステップに立ち、段丘の連なりを見下ろした。花壇と刈り込まれた樹木を配した段丘は、メッキされた槍のついたフェンスまで続いていた。そのフェンスが地所をぐるりと取り囲んでいる。曲がりくねったドライブウェイが擁《よう》壁《へき》のあいだを抜けて、開いた鉄門にまで達していた。フェンスの先には、丘のスロープが数マイルにわたって続いているのが見えた。丘の遙か下方の、よく目を凝らさないと見えないあたりに、古い木造の油井《ゆせい》やぐらがいくつか並んでいた。スターンウッド家はそこから資産を築いたのだ。そのあたり一帯のほとんどは今では市の公園になっている。きれいに整備され、スターンウッド将軍から市に寄贈された。しかしその小さな一画ではまだ、一群の油井ポンプが動き、日に五、六バレルの石油を産出している。スターンウッド家の人々は丘の上に越してきたので、もう淀んだ排水溜まりや石油のにおいを嗅ぐ必要はなくなったが、それでもまだ正面の窓から、自分たちの富の出所を目にすることはできた。もし目にしたければということだが、彼らがそれを望んでいるとは考えにくかった。

段丘を抜けて続く煉瓦敷きの小径を歩いて下りた。フェンスの内側に沿って進み、門を出て、車を停めておいたところまで行った。通りのコショウボクの下だ。山麓の方から雷鳴が聞こえた。その上には暗い紫色の空が広がっていた。間もなく強い雨が降り始めるだろう。空気にはじめじめした雨の予感があった。私はコンバーティブルの屋根を閉めてから、ダウンタウンに向けて車を走らせた。

娘は素敵な脚をしていた。それについて異論はない。二人ともまずまず感じの良い立派な市民だ。この父親にしてこの娘。父親はたぶん私をテストしているだけだろう。彼が私に与えた仕事は、探偵というよりは、むしろ弁護士の業務だったからだ。もし仮に「稀覯書及び特装本」販売のアーサー・グウィン・ガイガー氏が強請屋《ゆすりや》であったとしても、それは本来弁護士の扱うべき案件だ。見かけ以上の何かがそこに潜んでいなければ、ということだが。ざっと見たところでは、その辺を探ってみると面白いものに出くわすかもしれないという気がした。

私はその足でハリウッドの市立図書館に行って、『有名な初版本』という古くさい書物のページを開き、即席の知識をいくらか仕入れた。半時間ばかり調べものをすると腹が減ったので、昼食をとりにいった。

4

A・G・ガイガーの書店は、ラス・パルマスに近い大通りの北側に、道路に面してあった。入り口のドアは中央のかなり奥まったところにあり、ウィンドウには銅の縁取りが施され、その奥には中国製の屏風《びょうぶ》が立てられていた。だから店内をうかがうことはできない。ウィンドウには東洋風の小間物が並べられていたが、それが価値のあるものなのかどうかまではわからなかった。未払いの請求書を別にすれば、骨董品の蒐集にとくに興味はない。入り口のドアはガラスでできていたが、内側はやはりほとんど見えなかった。店内が暗すぎたせいだ。店の片側にビルディングのエントランスがあり、それを挟んで反対側には、派手ばでしい割賦販売の宝石店があった。宝石店の主人が店の入り口に立ち、退屈そうに身体を揺すっていた。長身で顔立ちの良い白髪のユダヤ人で、黒っぽい細身の服を着て、右手に九カラットはありそうなダイアの指輪をはめていた。私がガイガーの店に入っていくとき、訳知り顔の微かな笑みが彼の唇に浮かんだ。

ドアが背後でゆっくりと閉まった。壁から壁まで敷き詰められた分厚い青色の絨毯を踏んで、私は歩いて行った。青い革張りの安楽椅子がいくつかあり、その隣にスタンド式の灰皿が置かれていた。型押しを施された何冊かの革装本が、磨き込まれた狭いテーブルの上に、ブックエンドに挟まれて並んでいた。壁のガラスケースには、更に多くの同じような型押し革装本が並んでいた。なかなか見栄えのする商品だ。金持ちがヤード単位で購入し、誰かに蔵書票を貼り付けさせるような類の本だ。店の奥には木目のついた木製の仕切り壁があり、その中央にドアがついていた。ドアは閉まっている。その仕切り壁と部屋の壁が作る角に小さなデスクがあり、女が一人そこに座っていた。デスクの上には彫り物の施された木製の卓上灯がひとつ載っている。

女はゆっくりと立ち上がり、身をくねらせながら私の方にやってきた。光をまったく反射しないタイトな黒いドレスを着ていた。腿《もも》が長く、その歩き方には、書店ではまず見かけない種類の趣があった。淡いブロンドの髪、緑の瞳、玉縁をつけたようなまつげ。髪は耳のところから後ろに、きれいに波打ってまわされている。耳には漆黒の大きな円形の飾りが煌《きら》めき、爪は銀色に塗られていた。しかしそんな身なりにもかかわらず、女にはどことなくホテルの安部屋を思わせるところがあった。

彼女は実業家たちの昼食会を総崩れさせるのに十分なほどのセックス・アピールを振りまきながら、こちらにやってきて、髪のほつれをいじるために軽く首を傾けた。とはいっても本当にほつれているわけではない。やわらかく輝くただの巻き毛だ。彼女の微笑みは間に合わせのものだったが、ことと次第によってはそれを素敵な笑みに移す用意は整っていた。

「なにかご用でしょうか？」と彼女は尋ねた。

私は角縁のサングラスをかけていた。声を高くし、そこに小鳥のさえずりのような響きを加えた。「一八六〇年版の『ベン・ハー』を扱っておられるかね？」

彼女は「はあ？」とはさすがに言わなかったが、いかにもそう言いたげだった。微笑みは荒涼としたものになった。「初版本ですか？」

「第三版だ」と私は言った。「一一六ページに誤植のあるやつだよ」

「残念ながら在庫はございません――今のところは」

「じゃあ、シュヴァリエ・オーデュボンの一八四〇年版（『アメリカの鳥類』という図鑑。七冊組）はどうだね？

もちろん全巻揃いでだが」

「あの――今のところ在庫がございません」、彼女はざらついた声を絞り出して言った。微笑みは今では辛うじて顔にしがみつきながら、もしここから落ちたら自分は何にぶつかるのだろうと案じているようだった。

「おたくは本当に本を売っているのかね？」と私は鼻にかかった丁寧な声で言った。

彼女は私をじろりと眺めた。微笑みは既に消え、目つきは「ほどほど」から「かなり硬め」に変わっている。姿勢は直立し、こわばっていた。彼女は銀色に塗った爪をガラス張りの本棚に向けた。「あれが何に見えます？　グレープフルーツかしら？」、彼女は辛辣な声で言った。

「ああ、あの手の代物にはまるで興味はない。どうせ銅版画のセットを複製したもので、色彩も安直、一丁上がりのやっつけ仕事で、一山いくらの値打ちしかない。申し訳ないが願い下げだね」

「なるほど」、彼女はその顔にもう一度微笑みを貼り付けようと、懸命につとめていた。そしておたふく風邪にかかった議会の長老みたいにぷりぷりしていた。「たぶんミスタ・ガイガーならお相手できると思うのですが、たまたま今は留守にしておりまして」、彼女の目は私を注意深く点検した。彼女は稀覯本のことなど、私が蚤のサーカスの運営方法を知らないのと同じくらい、何も知らないのだ。

「彼はあとで出て来るのかな？」

「参るのはかなり遅くなるかと思います」

「そいつは残念」と私は言った。「実に残念だ。そこの素敵な椅子に座って、煙草を一服させてもらっていいだろうか？　なにしろ今日の午後は大いに暇でね。三角法の講義について考えるくらいしかすることがないんだ」

「ええ」と彼女は言った。「その、ええ、もちろん」

私は椅子の上でゆっくり手脚を伸ばし、喫煙スタンドにあった丸いニッケル製のライターで煙草に火をつけた。彼女は下唇を歯で嚙みながら、まだそこに立っていた。その目にはとりとめのない憂慮の色が浮かんでいた。それでもようやく肯き、ゆっくりと振り向き、角にある小さな自分のデスクに戻っていった。そしてランプの向こうから私をじっとうかがっていた。私は足首を交差させ、あくびをした。彼女の銀色の爪はデスクの上の電話機に向かったが、それに触れることはなく、下に降りて、デスクをこつこつと叩き始めた。

五分ばかり沈黙が続いた。ドアが開いて、腹を減らしたような顔をした長身の男が、滑らかな動作で中に入ってきた。鼻が大きく、ステッキを持っている。ドア・クローザーがついているのに、無理にドアを閉め、角に向かってまっすぐ進み、きちんと包装された品物をデスクの上に置いた。そして四隅に金細工のついたアザラシ革の財布をポケットから取り出し、金髪女に何かを見せた。彼女はデスクの上のボタンを押した。背の高い男は、パネル張りの間仕切りについたドアのところに行って、身体をなんとか滑り込ませられるくらい細くそれを開けた。

私は煙草を消し、次の煙草に火をつけた。何分かがだらだらと過ぎた。表通りでは車のクラクションが音を立て、文句を言い立てた。都市間を結ぶ赤い大型のバスが轟《とどろ》きを残して過ぎていった。信号がちんと音を立てて変わった。金髪の女は頬杖をつき、指で目を覆い、その隙間から私の様子をうかがっていた。仕切り壁のドアが開いて、ステッキを持った長身の男がすり抜けるように出てきた。彼はさっきとは違う包みを抱えていた。中身は大型本のように見える。男はデスクに行って金を払った。そして入ってきたときと同じように店を出ていった。母指球にそっと体重を載せて歩き、口を開いて呼吸をし、通り過ぎるときにちらりと鋭く、私を横目で見た。

私は椅子から立ち上がり、金髪女に向かって帽子を軽く傾けてから、外に出て男のあとを追った。彼は右の靴のすぐ上あたりに、ステッキで小さな弧を簡潔に描きながら、西に向かって歩いていた。この男を尾行するのは簡単だった。彼の上着は馬の掛け布でこしらえたようなかなり派手な代物だったし、その肩幅はとても広く、首がセロリの茎みたいにそこから飛び出して、脚の運びにつれて頭がひょこひょこと揺れた。我々はそのまま一ブロック半ほど進んだ。ハイランド・アヴェニューの信号のところで、私はわざと男の隣に並び、姿が相手の目にとまるようにした。彼は何気なく私を見たが、その視線ははっと鋭い横目づかいに変わった。そして慌てて顔を背けた。

我々は青信号でハイランド・アヴェニューを渡り、更に一ブロック歩いた。彼は長い脚にものをいわせて、角に着くまでに私に二十メートル近く差をつけた。そして右に曲がった。三十メートルばかり坂を上り、立ち止まって腕にステッキをかけると、もつれる手で内ポケットからシガレット・ケースを取り出した。煙草を口にくわえ、マッチを下に落とし、それを拾いながら背後を振り返り、私が角を曲がって、彼の方をうかがっているのを目にした。そしてまるで誰かに尻を蹴飛ばされたみたいに、身体をさっと直立させた。それからまさに土埃《つちぼこり》を立てんばかりの勢いで、そのブロックを上がっていった。歩道にステッキを叩きつけるようにして、ひょこひょことしたストライドで歩を進めた。それから角を再び左に曲がった。その角に私が達したとき、男は少なくとも半ブロックは私に差をつけていた。私はけっこう息が切れていた。そこは並木の植わった狭い通りだった。片側は擁壁で、もう片側はバンガロー式の家が三軒一組になった建て売り住宅区画だった。

彼の姿は見えなくなっていた。私はあたりを見回しながらぶらぶらと歩いた。二番目の住宅区画で目につくものがあった。そこは「ラ・ババ」と呼ばれる区画だった。ひっそりとした目立たない場所で、日よけの樹木を配した平屋建て住宅が二列に並んでいる。真ん中の歩道にはホソイトスギの並木がある。それは短くこんもりと刈り込まれ、「アリババと四十人の盗賊」に出てくる油壺に似た格好にしつらえてある。三つ目の壺の裏側に派手な上着の袖がちらちらうごめいているのが見えた。

私は遊歩道のコショウボクによりかかって待った。山裾の方でまたごろごろという雷鳴が聞こえた。南の方に厚く張り出した暗雲に、雷光がきらりと反射した。雨の粒がいくつかためらいがちに歩道を打ち、五セント貨ほどのあとを残した。空気はスターンウッド将軍の温室の空気みたいにそよとも動かなかった。

樹木の後ろに派手な上着の袖がまた見えた。それから大きな鼻と、片方の目と、砂色の髪の一部が見えた。帽子はかぶっていない。その目がじっと私を見た。そして消えた。もう一方の目が、キッツキのように、今度は樹木の反対側からのぞいた。五分が経過した。彼は音を上げたようだった。こういうタイプは辛抱がきかない。マッチを擦る音が聞こえ、それから口笛が始まった。そしてぼんやりとした影が芝生沿いにするすると動いて、次の樹木に移った。それから男は歩道に姿を見せ、ステッキを振り、口笛を吹きながら、こちらに向かって歩いてきた。調子外れの口笛で、そこにはびくついた響きがあった。私は暗い空を何気なく見上げていた。男は私から三メートルほど離れたところを通り過ぎたが、私の方にはまったく目を向けなかった。彼はもう安全なのだ。持ち物は処分された。

男が見えなくなってしまうと、私は「ラ・ババ」の中央を抜ける歩道に出て、三番目のイトスギの枝をかき分けた。そして包装された本を取り出し、小脇にはさんでそこを立ち去った。誰も大声で私を叱責したりはしなかった。

5

大通りに戻ると、ドラッグストアの電話ブースに入って、アーサー・グウィン・ガイガー氏の住所を探した。ローレル・キャニオン大通りを外れて山に向かう、ラヴァーン・テラスという通りに彼は住んでいた。五セント貨を電話機に入れて、その番号を試しに回してみた。誰も出なかった。それから電話帳の職業別のセクションを開き、今いる場所の近辺にある何軒かの書店の電話番号を調べた。

最初の書店は通りの北側にあり、一階は文房具、事務用品の広い売り場になっていた。中二階に大量の本が並んでいる。そこは私の求める場所ではない。次の店は通りを横切り、東に二ブロック進んだところにあった。こちらの方が私の意図に沿っていた。狭くてちらかった小さな店で、床から天井まで本がぎっしり並び、四、五人の立ち読みの客が新しい本のカバーにせっせと指紋をつけていたが、誰も彼らに注意を払わなかった。私はかき分けるようにして店の奥に進み、仕切り壁を抜けて中に入った。そこでは小柄な黒髪の女が一人、デスクに向かって法律書を読んでいた。

私は札入れを開き、彼女のデスクの上に置いた。そしてフラップにピンでとめた警官のバッジが見えるようにした。彼女はそれを見て、眼鏡をはずし、椅子の上で背中を後ろにそらせた。私は札入れを引っ込めた。彼女は知的なユダヤ人女性らしい繊細な顔立ちをしていた。まっすぐ私の顔を見たまま、何も言わなかった。

私は言った。「ひとつお願いがある。些細なお願いなんだが、協力してもらえるだろうか？」

「さあ、どのようなことなのかしら？」、彼女は滑らかなハスキーな声で言った。

「通りの向かい側にガイガーの店があることは知っているね。二ブロック西に」

「前を通り過ぎたことはあるかもしれない」

「あれは書店だ」と私は言った。「君の好むような書店ではないが。そのことはよく知っているはずだ」

彼女は唇を微かに曲げたが、何も言わなかった。「ガイガーを見たことはある？」と私は尋ねた。

「申し訳ないけれど、私はガイガーさんのことを知らない」

「じゃあ、彼がどんな外見をしているか、私に教えることもできないわけだ」

彼女の唇は更に曲げられた。「私がなぜそれをあなたに教えなくちゃならないの？」

「そんな義務はない。もし君がそうしたくないなら、無理にお願いすることはできない」

彼女は仕切り壁のドアの外を見やり、また椅子にもたれかかった。「あれは保安官事務所のバッジよね？」

「ただの名誉警官のしるしだ。何の値打ちもない。安物の葉巻と同じくらい」

「なるほど」、彼女は煙草の箱をとり、それを振って煙草を一本出し、唇ではさんでとった。私はマッチを擦って差し出した。彼女は礼を言ってまた椅子にもたれかかり、煙の奥から私を見た。そして言葉を選んで言った。

「あなたは彼がどんな見かけか知りたがっている。でも彼に会って話をするつもりはない。そういうこと？」

「彼は不在だった」と私は言った。

「そのうちに帰ってくるでしょう。何しろ彼の店なんだから」

「今のところまだ、直接話をしたくはない」と私は言った。

彼女はまた開いたドアの外に目をやった。私は言った。「君に稀覯本についての知識はあるかな？」

「試してみれば？」

「『ベン・ハー』の第三版、一八六〇年のものはここで扱っているだろうか？　一一六ページに重複の行があるやつ」

彼女は黄色い法律書を脇に押しやり、デスクの上の分厚い書物に手を伸ばし、ページを繰った。目当ての箇所をみつけ、目を通した。「誰も扱っていないでしょうね」と彼女は顔を上げずに言った。「そんなものは存在しないから」

「そのとおりだ」

「何が言いたいのかしら？」

「ガイガーの店の女店員はそのことを知らなかった」

彼女は顔を上げた。「なるほど。話は面白くなってきたわ。漠然とではあるにせよ」

「私は私立探偵で、ある件で調査をしている。仕事柄つい質問しすぎてしまうのかもしれない。自分ではそんなに多くを求めているつもりはないんだが」

彼女はソフトな灰色の煙の輪を吹いて、その中に指を入れた。輪は崩れてはかない切れ端になった。彼女はどうでもいいような風に、淀みなく話した。「たぶん四十代初めというところね。中背でむっくりしていて、七十キロは超えている。丸顔で、チャーリー・チャンみたいな口髭をはやしている。首は太くて柔らかそう。どこもかしこも柔らかそうなの。身なりは良くて、帽子はかぶらない。骨董品についての知識があるような振りをしているけど、実は皆無。ああ、そうだ。左目は義眼よ」

「君は良い警官になれる」と私は言った。

彼女は参考文献をデスクの端にある書架に戻し、前に置かれた法律書のページを再び開いた。「そうならないといいけど」と彼女は言った。そして眼鏡をかけた。

彼女に礼を言ってそこを出た。雨が降り出していた。私は包装された本を脇に抱え、思い切り走った。私の車はガイガーの店のほとんど正面を向く格好で、脇道に停めてあった。そこに着くまでにずいぶん濡れてしまった。私は車の中に転がり込み、急いで両方の窓を閉め、ハンカチで包みを拭いた。それから包装をとった。

それがどのようなものか、もちろんおおよその想像はついていた。丁寧に製本されたどっしりとした書物、上質紙に手組みの活字で美しく印刷されている。全ページに芸術写真がふんだんに入っている。写真も本文も同じくらい、描写不可能なまでに卑猥《ひわい》だった。本は新品ではない。前の見返しに日付がスタンプで押してあった。貸し出しと返却の日付。貸本なのだ。高級猥褻《わいせつ》本の貸し出し図書館だ。

私はそれを包装し直し、シートの後ろにしまって鍵をかけた。大通りに面した店で、こんな商売が堂々とおこなわれているのだ。たっぷり根回しされているに違いない。私はそこに座って、煙草の煙で我が身を痛めつけ、雨音を聞きながらそれについて考えてみた。

6

雨が雨水溝を満たし、歩道の脇で膝の高さまではねていた。銃身みたいに黒光りする雨《あま》合羽《がっぱ》を着た大柄の警官たちが、くすくす笑う娘たちを抱き上げて深い水たまりを渡してやる仕事を、大いに楽しんでいた。雨は車の屋根に景気よく打ちつけ、幌は雨漏りを始めていた。車の床には水たまりができて、足がそこに浸かりっぱなしになった。通常そんな雨が降るのは、もっと秋が深まってからだ。私は身をよじるようにしてトレンチ・コートを身にまとい、いちばん近くにあるドラッグストアまで駆けていって、ウィスキーの瓶を買った。車に戻ると、身体を温め退屈をしのぐためにそいつを活用した。定められた駐車時間をとっくに過ぎていたが、警官たちは娘たちを抱えて運ぶのと、笛を吹くのに忙しく、そんなことにかまっている暇はなかった。

雨にもかかわらず、あるいは逆に雨のおかげなのか、ガイガーの店は賑わいを見せていた。高級車が何台も店の前に停まり、いかにも高級そうな人々が包装された荷物を持って店に出入りした。その全員が男性というわけではなかった。

彼が姿を見せたのは四時頃だった。クリーム色のクーペが店の前に停まり、男がそこから雨を避けるように飛び出し、店の中に入っていった。丸顔で、チャーリー・チャン風の口髭をはやしていた。帽子はかぶらず、ベルトのついた緑の革のレインコートを着ていた。距離があったから、義眼かどうかまではわからない。革ジャンパーを着たとてもハンサムな長身の若者が店から出てきて、そのクーペを運転して角を曲がり、歩いて戻ってきた。黒髪は雨に濡れて光り、頭にぺったり張り付いていた。

それから一時間が経過した。あたりは暮れて、雨にもやった店舗の明かりは、暗さを増す通りに吸い込まれていった。路面電車の鐘が不機嫌そうに派手な音を立てた。五時十五分頃、革ジャンパーの長身の若者が、傘を手にガイガーの店から出てきて、クリーム色のクーペを取りに行った。彼が車を店の正面に停めると、ガイガーが中から出てきて、長身の青年はガイガーの無帽の頭に傘を差しかけた。そして傘をすぼめ、振って水を切ってから車の中の主人に手渡した。そして小走りに店に戻った。私は車のエンジンをかけた。

クーペは大通りを西に向かった。それは私に強引な左折を強いて、おかげで私は多くの敵を作ることになった。路面電車の運転手は窓から雨の中に頭を突き出し、私を罵倒した。ようやく車の流れに乗ることができたとき、前を行くクーペとの間には既に二ブロックの距離があいていた。私はガイガーが自宅に帰ることを希望していた。私は彼の姿を二度か三度ちらりと目にした。それから北に折れて、ローレル・キャニオン・ドライブに入っていくのが見えた。急な坂を半分ばかり上がったところで、彼は左折し、濡れたコンクリートのくねくねした道路に入った。ラヴァーン・テラスというのが通りの名前だ。片側が高い土手のように切り立った狭い道路で、向かい側の下り斜面にはキャビン風の家屋がぽつぽつと建っていた。そんな家々の屋根の高さは、路面とあまり変わらず、正面を向いた窓は、植え込みや茂みで目隠しされていた。雨に濡れた樹木が風景の至るところに水滴をしたたらせていた。

ガイガーはライトをつけていたが、私はつけなかった。スピードを上げてカーブで彼の車を追い抜き、走りながら一軒の家の住所番号を確認し、そのブロックの先で方向転換した。彼は既に車を停めていた。車のライトは下向きに、小さな家のガレージを照らしていた。その家の前には四角く箱形に刈り込まれた生け垣が配され、正面玄関がまったく見えないようになっていた。彼が傘を差してガレージから出てきて、生け垣の中に入っていくのが見えた。誰かが自分をつけているかもしれないと疑うような素振りは見えなかった。家の中に明かりが灯った。私はそろそろと坂を下り、上手の隣家まで移動した。空き家らしいが、売り看板は出ていない。車を停め、コンバーティブルに外気を入れ、瓶のウィスキーを一口飲み、そこに座っていた。何を待っているのかはわからないが、とにかく待っていればいいと、何かが私に告げていた。一分一分が、ものぐさな軍隊の行進のように、再び私の前を通り過ぎていった。

車が二台坂を上ってきて、尾根を越えていった。交通のまばらな通りであるようだ。六時を少しまわった頃、降りしきる雨の中を一対の明るいライトが上下しながらやってきた。その頃にはあたりは真っ暗になっていた。車はスピードを緩め、ガイガーの家の前に停まった。ライトのフィラメントが仄《ほの》かに光り、それからふっつり消えた。ドアが開き、女が出てきた。小柄な痩せた女で、レインハットをかぶり、透明なレインコートを着ていた。彼女は箱形の迷路を抜けていった。ベルの音が微かに聞こえ、雨の奥に明かりが見え、ドアが閉まった。そして沈黙。

私は車のもの入れから懐中電灯を出し、歩いて坂を下り、車を調べた。パッカードのコンバーティブル。えび茶色か、あるいは濃い茶色か。左側の窓が開いていたので、登録証のホルダーを探り、それに光を当てた。カーメン・スターンウッド、ウェスト・ハリウッド、アルタ・ブリーア・クレッセント三七六五番地とあった。自分の車に戻り、また延々と待った。屋根から漏る水が膝の上に落ち、ウィスキーのおかげで胃は燃えるようだった。それ以上坂道を上がってくる車はなかった。私が車を前に停めた家の明かりは灯らぬままだった。好ましくない習慣を持ち込むには、格好の環境であるようだ。

七時二十分にガイガーの家の中から、きりっとした白い閃光がひとつ、夏の稲妻のように走った。暗闇がすかさずそれを包んで呑み込んだが、そのとき細く甲高い悲鳴が外に響き渡り、雨に濡れた樹間に吸い込まれていった。そのこだまが消える前に、私は車から飛び出し、そちらに向かった。

その悲鳴に恐怖はなかった。そこにあるのは歓びの混じった衝撃、酩酊した声音、紛れもない痴呆の倍音だった。いやな響きだった。白衣の男たちと、鉄格子つきの窓と、手首と足首を固定するストラップのついた狭く固い寝台が頭に浮かんだ。私が生け垣の隙間に飛び込み、玄関の目隠しになっている角を曲がったとき、ガイガーの隠れ家は完全な沈黙に包まれていた。ライオンの口についている輪っかがノッカーだった。私は手を伸ばし、それを摑んだ。まさにそのとき、あたかもそれが合図になっていたかのように、家の中に三発の銃声が轟いた。長いかすれた吐息に似た音が聞こえ、そのあとにどさりという、重く柔らかな音があった。そして素速い室内の足音――誰かが去って行く。

ドアの前は狭い渡り橋になっていた。家の壁と斜面との間に隙間があり、それをまたいでいる。ポーチもなければ、堅固な地面もなかった。裏手にまわる道はない。裏の出入口は、小路のように狭い下の通りに通じている木製の階段の踊り場になっていた。それがわかったのは、階段を踏んで降りていくかたかたという足音を耳にしたからだ。やがて車のエンジンがかかる音が突然響き渡り、素速く遠くに消えていった。もう一台の自動車のエンジン音が、そこにかぶさって聞こえたような気がしたが、確かなことは言えない。私の前で家は納骨堂のように静まりかえっていた。急ぐ必要はない。中にあるものはそのまま動かない。

私は渡り橋の脇にある金網をまたいで立ち、フレンチ・ウィンドウの方に身体を傾けた。厚いカーテンが引かれているが、網戸はついていない。カーテンとカーテンの合わせ目から中をのぞき込んだ。壁の照明器具と本棚の端っこが見えた。私は渡り橋に戻り、垣根のあたりまで引き返し、そこから勢いをつけ、玄関のドアに体当たりした。愚かなことだった。玄関のドアは、カリフォルニアの家屋でほとんど唯一、人が中に入れなくできている場所なのだ。肩が痛み、頭に血が上っただけだ。私はもう一度柵をまたぎ、フレンチ・ウィンドウを蹴って内側に開けた。帽子を手袋がわりに使い、下側の板ガラスの大方を抜き去った。そして中に手を突っ込み、ウィンドウを敷居に固定してあるボルトを外した。あとは簡単だ。ウィンドウの上部は固定されていない。留め金がかちんと外れた。私は敷居を乗り越えて中に入り、顔にかかったカーテンを払った。

部屋の中にいた二人は、私がそのような乱暴な入り方をしても、まったく注意を払わなかった。死んでいるのは一人だけだったのだが。

7

横に長い部屋だった。家の間口と同じ長さがある。天井の梁《はり》が低く、壁は茶色の漆喰《しっくい》で、中国の刺繡や、木目のついた額におさめられた中国と日本の版画が所狭しと並べられている。背の低い本棚があり、ピンク色の中国絨毯が敷かれていた。絨毯は厚く、地リスが一週間けばの上に鼻先を見せずに過ごすことができそうだった。いくつかのフロア・クッションと、絹でできた何やかやがあたりにばらまかれていた。手を伸ばして常に何かを親指で触っていないと落ち着かない人間が、そこに暮らしているみたいだった。古いバラ模様のタペストリーのついた、低く幅の広い長椅子があり、その上には衣服が重なって置かれていた。中にはライラック色のシルクの下着もあった。台のついた大きな木彫りのフロア・ライトがあった。ほかに二つ、翡翠《ひすい》のような緑色のシェードと長い飾り紐のついたスタンドがあった。黒いデスクがひとつ、四隅にはガーゴイルが彫ってある。その奥にはアームと背もたれに彫り物がされた黒い椅子があった。よく磨き込まれて、黄色い繻子《しゅす》のクッションが置かれている。部屋の空気にはいくつかの匂いが奇妙に混じりあっていた。今の時点で最も際だっているのは、コルダイト火薬のつんとした匂いと、気分が悪くなりそうなエーテルの芳香《アロマ》だった。

部屋の一方の端には低い台座のようなものがあり、高い背もたれのついたチーク材の椅子がその上に置かれていた。椅子にはミス・カーメン・スターンウッドが座っていた。房のついたオレンジ色のショールを下に敷き、ひどくまっすぐな姿勢で、肘掛けに両腕を載せていた。膝はぴたりと合わされ、身体はエジプトの女神のような硬く背すじを伸ばしたポーズをとり、顎は水平に保たれ、小さな白い歯が軽く開いた唇の隙間から見えた。目は大きく見開かれ、粘板岩のような暗色の虹彩が、瞳孔を呑み込んでいた。狂気に支配された目だ。一見意識を失っているようだが、彼女のとっているポーズは無意識にできるものではなかった。自分は何かとても大事な作業に従事しており、そしてそれをうまくこなしているのだ――そう考えているように見えた。口からは浮ついた含み笑いが聞こえたが、表情ひとつ変えるでもなく、唇さえ動かなかった。

彼女は細長い翡翠のイヤリングをつけていた。なかなか素敵なイヤリングだったし、たぶん二百ドルはしただろう。そのほかには何ひとつ身につけていなかった。

美しい身体だった。小さくて、しなやかで、コンパクトに引き締まり、丸みを帯びている。肌はフロア・スタンドの下で真珠のような煌《きら》めきを放っていた。彼女の脚にはリーガン夫人のようなくだけた優雅さはなかったが、それなりに素敵だった。私は彼女の身体を点検したが、決まりの悪さも感じなかったし、欲情も感じなかった。全裸の娘と同じ部屋に居合わせているという意識は私にはなかった。そこにいるのは、麻薬で頭がどこかに飛んでいる一人の女に過ぎない。私にとって彼女は常に、頭がどこかに飛んでいる娘でしかなかった。

私は女を見るのをやめ、ガイガーの方を見た。彼は中国の敷物の外側に、あおむけに倒れていた。そのすぐ前にはトーテムポールらしき彫像が立っていた。彫像には鷲のような横顔がついて、目が丸く大きく見開かれていたが、その目がカメラのレンズになっていた。レンズは裸で椅子に座った娘に向けられている。トーテムポールの脇には黒くなったフラッシュ・ランプがクリップで留められていた。ガイガーは厚いフェルトの底のついた中国のスリッパを履いていた。黒い繻子のパジャマのズボンに、中国の刺繍がついた上着という身なりだったが、上着の前は大部分が血で染まっていた。ガラスの義眼はきらきら光りながら私を見上げていたが、今となってはそれが、彼の中では最も生命を感じさせる部分になっていた。一見したところ、私が銃声を聞いた三発の弾は、どれも的《まと》を外さなかったようだ。彼は見事なまでに死んでいた。

フラッシュ・ライトが私の目にした白い稲妻だった。気の触れたような悲鳴は、頭が飛んだ裸の娘の、閃光に対する反応だ。三発の銃声は、ほかの誰かがその場面に新たなひねりを加えようとしたことを示している。それを思いついた人物は、裏階段を駆け下り、車のドアをばたんと閉め、一目散に去った。たしかに一理ある物の見方だ。

黒いデスクの端に、赤い漆《うるし》塗りのトレイがあり、そこに金の網脈のついた華奢なグラスが二つ置かれていた。隣には下部がぼってりと膨らんだ細口瓶があり、茶色の液体が入っていた。蓋を取り、匂いを嗅いでみた。エーテルと何かが混ざったものの匂いがした。たぶん阿片のアルコール溶剤だろう。私はそんなカクテルを試したことはまだないが、ガイガーの住居ではおそらく欠かせないものなのだろう。

雨が屋根を打ち、北側の窓を打つ音を私は聞いていた。ほかには何も聞こえなかった。車の音も、サイレンの音も。耳に届くのはただ雨音だけだ。私は長椅子のところに行って、トレンチ・コートを脱ぎ、そこにある娘の衣服をかき集めた。淡いグリーンのざっくりとしたウールのドレスがあった。頭からかぶる、半袖のものだ。それなら私にも扱えそうだ。下着はあきらめることにした。心配りからではない。自分が彼女に下着をはかせたり、ブラジャーのフックをとめてやったりしているところが想像できなかったからだ。私はそのドレスを台座の上の、チーク材の椅子まで持っていった。ミス・スターンウッドもまたエーテルの匂いを放っていた。一メートル以上離れたところからでも、それを嗅ぎとれた。浮ついた耳障りな含み笑いはまだ続いていた。小さなよだれが顎をつたった。私は娘の頬を平手で叩いた。彼女ははっと目を見開き、笑うのをやめた。私はもう一度頬を叩いた。

「さあ、ほら」と私は明るい声を出して言った。「しっかりするんだ。服を着よう」

彼女は私をじっと見た。その暗い灰色の目は、仮面に空いた穴のように空虚だった。

「ググゴテレル（おそらくは「ユー・ゴー・トゥ・ヘル（くたばりやがれ）」の意味）」と彼女は言った。

また少し頬を叩いてみたが、叩かれても気にならないようだった。それくらいでは正気に戻らない。服を着せる作業にかかった。彼女は何をされてもとくに気にしなかった。言われるがままに両腕を上にあげ、指をいっぱいに開いた。まるでそれが可愛い仕草だと思っているみたいに。両手に袖を通し、背中にドレスをかぶせ、立ち上がらせた。娘はくすくす笑いながら、私の腕の中に倒れ込んだ。私は彼女を椅子に座らせ、ストッキングと靴をはかせた。

「少し歩こう」と私は言った。「お散歩の時間だ」

我々は少し歩いた。あるときには彼女のイヤリングが私の胸にぶつかった。あるときには我々は優雅なダンスのパートナーのように、息を合わせて開脚《スプリット》を披露した。ガイガーの死体近くまで歩いていって、また戻ってきた。私は彼女にガイガーを見させた。彼女はガイガーをキュートだと思った。くすくす笑いながら、私にそのことを伝えようとしたが、口から出てくるのはあぶくのような音だけだった。抱えるようにして娘を長椅子まで連れて行き、そこに横たえた。彼女は二度しゃっくりをし、少しくすくす笑い、やがて眠ってしまった。

私は彼女の持ち物を集めてポケットに入れ、トーテムポールもどきの背後にまわった。

そこにはやはりカメラがあった。内側に取り付けられている。しかしカメラの乾板は消えていた。撃たれる前に彼がそれを自分で外したかもしれないと思い、その辺の床を探してみた。しかし乾板はない。彼の力ない、氷のように冷ややかな手を取って、身体を少し転がしてみた。乾板はない。その展開が私には気に入らなかった。

部屋の裏手の廊下に入り、家の中を調べてみた。右手に洗面所があり、鍵のかかった部屋があった。奥には台所がある。台所の窓がこじ開けられていた。網戸はなくなり、留め金具が引き抜かれたあとが窓枠に残っていた。裏口のドアは鍵がかかっていなかった。それは鍵をかけないままにしておき、廊下の左手にある寝室をのぞいてみた。小綺麗で、ちまちまして、いかにも女性的だった。ベッドには襞飾《ひだ》りのついたカバーがかけられている。三面鏡のついた化粧台には香水の匂いがした。ハンカチの隣に小銭がいくらか散らばり、男物のブラシとキーホルダーがあった。クローゼットには男物の服が並び、ベッドカバーの縁の襞飾りの下には男物のスリッパがあった。ここはガイガー氏の居室なのだ。

キーホルダーを持って居間に戻り、デスクの中を調べてみた。深い抽斗《ひきだし》の中に鍵のかかったスチール製の箱があった。鍵のひとつを使って箱を開いた。中には青い革製のノートブックが入っているだけだった。ノートは索引のようになって、暗号による数多くの書き込みがあった。スターンウッド将軍あての手紙に書かれていたのと同じ、斜めの活字体だ。私はそのノートブックをポケットに入れ、スチール箱の手を触れたあたりを拭いた。デスクの鍵をかけ、鍵をポケットに入れ、暖炉の中にある作り物の薪《まき》のガスを止め、コートに身を包み、ミス・スターンウッドを起こそうと試みた。でもそれは不可能だった。私はレインハットに彼女の頭を押し込み、コートをその身体に巻き付け、彼女の車までなんとか運んだ。家に戻って明かりをすべて消し、玄関のドアを閉めた。彼女のバッグの中から車のキーを見つけ、パッカードのエンジンをかけた。明かりをつけずに坂道を下りた。アルタ・ブリーア・クレッセントまでは十分もかからなかった。カーメンはその時間を、いびきをかいたり、私の顔にエーテルの匂いを吐きかけることに費やしていた。彼女の頭を私の肩からどかすことはできなかった。それが彼女の頭を膝の上に載せないために、私にとれた唯一の方法だった。

8

スターンウッドの邸宅の横手にある通用口には、鉛の桟《さん》が入った狭い窓がついていて、その奥にぼんやりと明かりが見えた。パッカードを屋根付きの車寄せに停め、ポケットの中のものをシートの上に出した。娘はいびきをかいていた。帽子は傾いて鼻の上にかかり、両手はだらんとレインコートの折り目の中に垂れていた。私は車を降りて、ベルを鳴らした。足音が、荒涼とした長い距離を踏破するかのように、ゆっくり近づいてきた。ドアが開き、姿勢の良い銀髪の執事が私を見ていた。廊下の明かりが彼の髪を光輪のように見せていた。

「グッド・イブニング、サー」と彼は丁重に言って、私の背後のパッカードに目をやった。それから私の目をまたじっと見た。

「ミセス・リーガンはおいでかな？」

「いいえ、サー」

「将軍は既にお休みになっておられるといいのだが」

「はい。夜の早い時刻にお休みになられるのがいちばんですから」

「ミセス・リーガンのメイドはどうかな？」

「マチルダでございますか？　はい、彼女はおります」

「ここに呼んできてもらいたい。女性の手伝いが必要になる。車の中を見れば、そのわけが君にもわかるだろう」

彼は車の中を見て、それから戻ってきた。「わかりました」と彼は言った。「マチルダを呼んで参ります」

「マチルダが彼女の面倒をみてくれるね」と私は言った。

「我々は全員、お嬢様の面倒をみるべく努めております」と彼は言った。

「これまでにたびたびそういう訓練を積んできたのだろうね」と私は言った。

彼はそれを聞き流した。「それでは、おやすみ」と私は言った。「あとのことはまかせた」

「おそれいります、サー。タクシーをお呼びいたしましょうか？」

「いや、不要だ」と私は言った。「実のところ、私はここにいない。君は幻を見ているだけだ」

彼は微笑んだ。そして私に向かって頭を軽く下げた。私はドライブウェイを歩いて下り、ゲートの外に出た。

雨に洗われたカーブした道路を、十ブロックばかり下った。頭上の樹木からは途切れなく水滴が滴り落ちていた。薄気味悪いほど広い敷地を持ったいくつかの大きな屋敷の窓には明かりが灯り、私はその前を通り過ぎた。丘の高いところに軒《のき》や破風《はふ》や明るい窓が、見分けがたくかたまっていたが、それは遙か遠くにある手の届かないものに見えた。森の中の魔女の家のように。

明かりを無駄に煌々とつけたガソリン・スタンドがあった。白い帽子をかぶり、ダークブルーのウィンドブレーカーを着た従業員は、曇ったガラス窓の向こうで、スツールに前屈《かが》みに座って、退屈そうに新聞を読んでいた。私は中に入りかけたが、思い直してそのまま歩き続けた。既に身体はたっぷり濡れてしまっているし、こんな夜にタクシーが来るのを待っていたら、髭が伸びてしまう。それにタクシーの運転手というのは記憶力がいい。

急ぎ足で歩いても、ガイガーの家に着くまでに半時間以上はかかった。そこには誰もいなかったし、隣家の前に停めた私の車の他には、駐車している車もなかった。車は迷子になった犬のようにしょげて見えた。私は車からライ・ウィスキーの瓶を取り、残りの半分を喉の奥に流し込んだ。そして車の中に入って煙草に火をつけ、半分吸ってから捨てた。車から出て、ガイガーの家に行った。ドアの鍵を開け、まだ暖かさの残った暗闇の中に足を踏み入れた。そこに立って、水滴を床に垂らしながら、雨音に耳を澄ませた。フロア・スタンドを探って手を伸ばし、明かりをつけた。

最初に気がついたのは、壁にかかっていた刺繡入りの絹布が二枚、なくなっていることだった。その枚数をいちいち数えていたわけではないが、茶色くなった漆喰壁のその部分が白く剝き出しになっていて、見逃しようがなかった。私はもう少し奥まで進み、別のフロア・スタンドをつけた。トーテムポールを調べてみた。その足元、中国の絨毯が途切れた先の、床が露出した部分に、別の絨毯が敷かれていた。それはさっきまではなかったものだ。そこにはガイガーの死体があった。しかし死体は消えていた。

身体が凍りついた。唇を嚙み、トーテムポールのガラスの瞳を横目で見た。もう一度、家の内部を点検してみた。前に見たときとすべて変わりなかった。ガイガーは襞飾りのついたベッドにも寝ていなかったし、その下にもいなかったし、クローゼットの中にもいなかった。台所にも洗面所にもいなかった。残るは廊下の右手にある鍵のかかったドアだ。ガイガーの鍵束にあった鍵のひとつで錠が開いた。部屋そのものはなかなか興味深かったが、ガイガーはそこにもいなかった。興味深いというのは、それがガイガーの部屋とはまったく趣を異にしていたからだ。シンプルで飾り気のない、ずいぶん男性的な印象の部屋だった。木の床はきれいに磨かれ、インディアン風の柄の小さな敷物がふたつ、背中のまっすぐな椅子が二脚置かれている。濃い木目塗りの鏡付きチェストの上には、男性用の化粧品のセットがあり、三十センチほどの高さの二本の真鍮製の燭台には、それぞれ黒い蠟燭が立っていた。いかにも硬そうな狭いベッドには、えび茶色のバティック染めのカバーがかかっていた。部屋はひやりとしていた。

私はドアにもう一度鍵をかけ、ハンカチでドアノブの指紋を拭き、トーテムポールのところに戻った。そこに膝をつき、目をこらし、絨毯の表面を正面玄関のドアのところまで見渡した。二条の平行な畝《うね》がそちらまで続いているのが見えた。ちょうど踵が引きずられたみたいに。誰がやったにせよ、相当な力仕事であったはずだ。いかに心が破られようと、死体はそれにも増して重いものだ。

それは警官ではない。警官なら今でもまだここに、紐やらチョークやらカメラやら、指紋検出用の粉やら、安物の葉巻なんかを手に居座っているはずだ。これほど素速く引き上げるはずはない。殺人者が舞い戻ったわけでもなかろう。逃げ足の速さからして、そんなことをするとは考えられない。その人物は娘の姿を目にしたはずだし、彼女が自分の姿を見分けられないほど朦朧《もうろう》とした状態にあったとは、たぶん知るはずもない。今頃はできるだけ現場から遠ざかろうとしているだろう。

うまい答えは思いつけない。しかしガイガーがただ殺されるよりは、行方不明になっている方を歓迎する誰かがいたとすれば、私としてはそれに文句をつける筋合いはない。うまくいけば、カーメン・スターンウッドを抜きにして話を作り上げられるかもしれない。そういうチャンスが私に与えられたのだ。

私は玄関のドアに鍵をかけ、車のエンジンをスタートさせ、うちに帰ってシャワーを浴びた。乾いた服に着替え、遅い夕食を食べた。それから座って、ガイガーの索引付きの青いノートブックに記された暗号を解こうとして、ホット・トディーを飲みすぎることになった。私にわかったのは、それが人名と住所のリストだというくらいだった。おそらくは顧客のものだろう。全部で四百人ぶん以上ある。商売はなかなか繁盛していたようだ。それが強請《ゆすり》のネタになることは言うまでもないし、そういうことはおそらく実際にたびたびおこなわれていたのだろう。リストに名前の載っている全員が、殺人の容疑者となり得る。そのノートブックが警察の手に渡ったときのことを考えると、警官たちに同情しないわけにはいかなかった。

私はしこたまウィスキーを飲み、晴れない心でベッドに入った。そして血だらけの中国服を着た男が、細長い翡翠のイヤリングをつけた裸の娘を追いかける夢を見た。私は二人のあとを追って、その写真を撮ろうとしていたが、そのカメラにはフィルムが入っていなかった。

9

翌朝はからりと晴れ渡り、太陽が眩しかった。口の中には機関車運転士の手袋が一組詰まっていた。コーヒーをカップに二杯飲んでから、朝刊二紙に目を通したが、どちらにもアーサー・グウィン・ガイガー氏に関連した記事はなかった。濡れたスーツを払ってしわをのばしていると、電話のベルが鳴った。バーニー・オールズ。地方検事局の主任捜査官、スターンウッド将軍に私を推薦してくれた人物だ。

「やあ、元気かね?」と彼は切り出した。たっぷりと眠ったし、借金もあまりないし、という男の声だった。

「二日酔いでね」と私は言った。

「ははあ」と彼はおざなりに笑い、それからいかにもさりげない、抜け目のない警官の声音になった。

「スターンウッド将軍には会ったかい?」

「まあね」

「彼のために何かしたか?」

「雨が強すぎた」と私は答えた。もしそれが答えになっていればだが。

「あの一家にはいろんなことが起こっているみたいだな。家族の一人が所有している大型のビュイックが、リドの魚釣り用桟橋近くに打ち寄せられている」

私は受話器をひびが入るほど強く握りしめた。そして同時に息を凝らした。

「そうなんだ」とオールズは楽しげに言った。「素敵なビュイックの新車が砂と海水でおしゃかになっちまった……ああ、そうだ、ひとつ言い忘れるところだった。中には男が一人入っていてね」

私は相手に聞こえないくらい静かに息を吐いた。「リーガンか?」と私は尋ねた。

「え、誰だって? ああ、あの酒の密売をやっていた男か。上の娘に見初められて、結婚することになったんだよな。まだお目にかかったことはなくてね。で、その男が海の底で何をしていたんだ?」

「おとぼけはよせよ。中にいたのは誰だ?」

「俺は知らん。今から見に行くところだ。一緒に来るか?」

「ああ」

「じゃあ急げ」と彼は言った。「俺はこのつつましいオフィスにいるからな」

髭を剃り、服を着替え、軽い朝食をとり、一時間のうちに私は裁判所の建物にいた。エレベーターで七階に上がり、地方検事局の局員たちの狭いオフィスが並んでいるところまで歩いた。オールズの部屋もやはり狭かったが、彼は一人でその部屋を使っていた。机の上には下敷きと、安物のペンのセットと、帽子と、彼の足が一本置かれているだけだ。中背の金髪の男で、眉毛は白くごわごわしている。物静かな目と、きれいな歯並び。通りですれ違っても、とくに印象に残らないだろう。しかし私は彼が九人の男を殺したことを知っている。そのうちの三件は、相手に銃で制されながらのことだ。あるいは彼を制していると、相手が勝手に思っていただけかもしれないが。

彼は立ち上がり、小さな葉巻を入れた平らな金属ケースをポケットに突っ込んだ。アントラクテという名前の葉巻だ。彼はその一本を口にくわえ、上下させていた。そして頭を後ろに傾け、鼻筋に沿って私を用心深く眺めた。

「ほとけさんはリーガンじゃないよ」と彼は言った。「調べてみるとリーガンはでかい男だった。君くらい背が高く、ちっとばかし肉付きも良い。死人は若い男だ」

私は何も言わなかった。

「なんでリーガンは出ていったんだ？」とオールズは尋ねた。「そのへんのことに関心を持っているのか？」

「そういうわけじゃない」と私は言った。

「酒の密輸をやっていた男が、大富豪の婿になる。ところがその美人の娘と、数百万ドルの合法的な金にバイバイして、どこかにふらっと消えちまう。けったいな話だと俺だって思うさ。今さら秘密にすることもなかろう」

「ほほう」

「まあいいさ。とぼけているがいいや。毎度のことだ」、彼は机のこちら側にやってきて、ポケットをとんとんと叩き、帽子を手に取った。

「リーガンを探してはいない」と私は言った。

彼はドアの鍵をかけ、職員用駐車場まで降り、小さな青いセダンに乗り込んだ。サンセット大通りを進み、信号を突っ切るためにときどきサイレンを鳴らした。さわやかな朝だった。人生を単純で甘美なものにしてくれるだけの活気が、空気の中にあった。もし心に重くのしかかるものがなければということだが、私にはそれがあった。

リドまでは、海岸沿いのハイウェイを五十キロばかり走らなくてはならない。最初の十五キロ余り、道路は混雑していた。しかしオールズはそれを四十五分で走りきった。その荒っぽいドライブの末、色褪せた漆喰塗りのアーチの前でタイヤを横滑りさせながら車を停めた。私は両足を車のフロアからはぎ取るようにして、外に降りた。アーチのところから、白い木製の手すりの付いた長い桟橋が海に向けて続いていた。桟橋の先端では一群の人々が前屈みになっていた。アーチの下にはオートバイの警官が立って、他の一群の人々が桟橋に入るのを阻止していた。ハイウェイの両側には車がひしめいて駐車していた。例によって血に飢えた野次馬だ。そこには男女の区別はない。オールズはオートバイの警官にバッジを見せ、我々は桟橋に入った。魚の匂いがむっと鼻をついた。昨夜いやというほど降った雨も、その匂いを洗い流すことはできなかったのだ。

「あそこにある――動力つきの艀《はしけ》の上」とオールズは言って、小さな葉巻でそちらを指した。

低く黒い艀が、桟橋の先端に並んだ杭の隣にうずくまるように浮かんでいた。艀にはタグボートのような操舵室がついており、甲板には朝日に眩しく光る何かがあった。そのまわりには引き上げ用のチェーンがまだ巻きつけられている。クロムの混じった黒い大型車だった。ウィンチのアームは既に元の位置に戻され、甲板と同じ高さまで下げられていた。人々が車を取り囲んで立っていた。我々もつるつる滑る階段を下りて、甲板に立った。

オールズは、緑がかったカーキの制服を着た保安官事務所の警官と、私服を着た男に挨拶をした。艀の作業員の三人の男は、操舵室の正面によりかかって、嚙み煙草を嚙んでいた。一人は汚れたバスタオルで濡れた髪をごしごし拭いていた。車にチェーンを巻くために海の中に入った男なのだろう。

我々は車を眺め回した。フロントのバンパーはへこんで、ヘッドライトのひとつが割れていた。もう一方のは上に向けて曲がっていたが、ガラスは割れずに残っていた。ラジエーターのカバーには大きなへこみがあった。そして塗装とニッケルメッキにはそこら中にひっかき傷がついていた。シートは水に濡れて黒くなっている。タイヤには見たところ被害はないようだった。

運転していた男はまだハンドルの上にだらりと覆い被《かぶ》さっていた。頭が肩から不自然な角度で突き出している。黒髪の痩せた若者で、つい先刻まではハンサムだったようだ。今ではその顔は青みがかった白色になり、垂れた瞼《まぶた》の下で二つの瞳がぼんやりと鈍く光っていた。開いた口の中には砂が入っていた。額の左側に鈍い色合いの傷跡があり、それは皮膚の白さに対して際だっていた。

オールズは後ろに下がり、喉の奥で音を発し、それからマッチを擦って葉巻に火をつけた。「さて、どういうことなんだ?」

制服を着た男が、桟橋の反対側にいる見物人たちの方を示した。見物人の一人が、桟橋の白い手すりが折れて、大きくスペースが空いているところを指でいじっていた。木材の割れた部分は黄色で真新しかった。切りたての松材のように。

「あそこから海に突っ込んだんです。かなり強い衝突だったはずだ。このへんでは雨は早くにやんでいます。やんだのは夜の九時頃でしょう。折れた木材の断面は乾いており、となると、雨がやんだあとということです。ある程度水位があるときに突っ込んでいるから、損傷はそれほどでもありません。半潮より水位が高ければ、車はもっと沖合まで運ばれていたでしょう。半潮より水位が低ければ、もっと杭の近くにいたでしょう。となると時刻は午後十時頃と推定されます。九時半頃かもしれないが、それより前ではありません。今朝魚釣りにきた連中が、水の中にこいつがあるのを見つけました。それで引っ張り上げるために艀を呼んだんですが、するとほとけさんがいたわけです」

私服の男が靴の先で甲板をこすった。オールズは横目でちらっとこちらを見て、その小さな葉巻を紙巻き煙草のように指でつまんだ。

「酔っ払っていたのかな?」と彼は誰に尋ねるともなく尋ねた。

髪をタオルでこすっていた男が手すりのところに来て、ひどく大きな音を立てて咳払いをしたので、みんなが彼の方を見た。「砂が入っちまってね」と彼は言って、唾を吐いた。

「あのお友だちほどたくさんじゃないが」

制服の警官が言った。「飲んでいたかもしれませんね。あんな雨の中に一人でいたら、酒を飲みたくなるのもわかる。酔っ払いは何でもやりかねない」

「酔っ払っていたもないさ」と私服の男が言った。「手動スロットルは半分あたりにセットされ、男はこめかみに一撃を食らっている。どう見ても殺人だろう」

オールズはタオルを持った男を見た。「あんたはどう思うね?」

タオルを持った男は意見を求められて嬉しそうだった。彼はにやっと笑った。「自殺じゃないかと俺は思うな。俺なんかの口出しする筋のことじゃないが、訊かれれば自殺だろうと言うね。まずだいいちに、男は桟橋まで一直線に、畝《うね》でも引くみたいにまっすぐ突っ走っている。それはタイヤの跡を見りゃはっきりわかることさ。その跡がついたのは、お巡りさんの言ったように雨のあがった後のことだからね。それから栈橋の手すりをきれいに激しく突き破ったんだ。さもなきゃ、横倒しになって落ちているよ。あるいは、こっちの方がありそうだが、何回転かしていただろう。だから相当なスピードで、正面から突っ込んだことになる。ハーフ・スロットルじゃそれだけのスピードは出るまい。落下するときに手の加減でそうなったのかもしれないし、頭の傷もそのときにぶっつけたのかもしれない」

オールズは言った。「鋭い意見だ。ところで死体の持ち物はもう調べたか？」と彼は警官に尋ねた。警官は私を見た。それから操舵室にもたれかかっている作業員たちを見た。

「いや、べつにいいんだ」とオールズは言った。

眼鏡をかけて、疲れた顔をした小柄な男が、黒い鞄を持って栈橋の階段を下りてきた。甲板のまずまずきれいな部分を選んで、そこに鞄を置いた。それから帽子を脱ぎ、首の後ろをさすりながら海を見た。自分が今どこにいて、何をすることになっているのか、うまく思い出せないという風に。

オールズは言った。「こちらがお客さんだよ、先生。昨夜、栈橋を突き破ったんだ。九時から十時頃にかけてね。今のところわかっているのはそれくらいだ」

小男はむっつりした顔で車中の死者をのぞき込んだ。指を頭にあて、こめかみについた傷を細かく眺め、両手で頭を持って回し、肋骨を触って調べた。だらんとした死者の手を持ち上げ、爪を調べた。手を離して、それが落ちる様子を見ていた。後ろに下がって鞄を開け、D・O・A《来院時死亡》の印刷された書式を取り出し、カーボンの上から書き込みをした。

「見たところ首の骨折が死因だ」と彼は書き込みをしながら言った。「となると、水はほとんど飲んでいないことになる。となると、水から出されて空気に触れたせいで、死後硬直が急速に進行しているということになる。身体が固まらないうちに、早く車から出した方がよかろう。そうしないと素直には車から降りてくれなくなるぞ」

オールズは肯いた。「死んでどれくらい経過しているんだね、先生？」

「わからんよ」

オールズは鋭い目で医師を見た。そして小さな葉巻を口から取り、それを鋭い目で見た。

「お目にかかれて何よりだ、先生。五分以内におおよその見当をつけられない検死医に会うと、一日が薄暗くなる」

小男は面白くもなさそうににやっと笑った。そして書式を鞄に入れ、鉛筆をヴェストにクリップで挟んだ。「もしこの男がゆうべ食事をしていたら、そして何時に食べたかがわかれば、死亡時刻は教えられる。しかし五分以内には無理だ」

「頭の傷についてはどうですかね？　落下したときについたものだろうか？」

小男はもう一度傷を調べた。「それはなさそうだ。こいつは何か被いをされたもので殴打された傷だ。まだ息のあるうちに皮下出血している」

「ブラックジャックとか？」

「可能性は高い」

小柄な検死官は肯き、甲板から鞄を取り上げ、桟橋の階段を上って帰っていった。漆喰塗りのアーチの外側に、救急車がバックで入ってきた。オールズが私を見て言った。「さあ、引き上げようぜ。わざわざ出向いた甲斐はあまりなかったみたいだな」

我々は桟橋を戻って、オールズのセダンに乗り込んだ。彼は半ば強引にその車をハイウェイまで進め、それから雨できれいに洗われた三車線のハイウェイを街に向けて飛ばした。周辺に連なる低い丘は、黄色みを帯びた白い砂地を見せ、そこにピンク色の苔《こけ》が段をつくっていた。海の方では、何羽かの鷗《かもめ》が空に輪を描き、波間の何かを狙って降下した。沖合に浮かんだ白いヨットは、まるで空から吊されているみたいに見えた。

オールズは顎を私に向けて突き出し、言った。「あいつを知っているか？」

「ああ。スターンウッド家の運転手だ。昨日まさにあの車を磨いているところを見かけたよ」

「おまえさんをうるさくつつきたてたくはないんだよ、マーロウ。だからひとつだけ教えてもらいたい。依頼された仕事は運転手に関係したことなのか？」

「いや、彼の名前さえ知らない」

「オーエン・テイラーだ。どうして俺がそれを知っているか？　たまたまというか、一年ばかり前に俺はあの男をマン法（売春などの目的で女性を一つの州から他の州へ移送することを禁じた一九一〇年の法律）がらみで逮捕したことがあるんだ。あいつはスターンウッド家の跳ねかえり娘を、妹の方だが、ユマまで連れ出したということだった。姉が追いかけていって、二人を連れ戻し、オーエンを豚箱送りにした。ところが翌日に姉が検事局に出向いて、オーエンを告訴しないようにと検事に頼み込む。彼は妹と結婚したがっており、本気で夫婦になるつもりでいたのだが、妹の方にはそんな気持ちはさらさらないのだ、と彼女は言う。妹はただ羽目を外して、派手に遊びまわりたかっただけなのだと。だから俺たちはその小僧を釈放するが、たまげたことに彼はまたもとのお抱え運転手に復帰する。その少しあとで、俺たちはワシントンから、オーエンの指紋に関する通例の報告を受け取る。それによると彼にはインディアナで犯罪歴があった。六年前に武装強盗をやって、郡刑務所で六カ月のお勤めをしていた。ディリンジャーが脱獄したのと同じ刑務所だよ。俺たちはその報告をスターンウッド家にまわす。でも彼らはオーエンを運転手としてそのまま雇い続ける。どう思うね？」

「変わった一家だ」と私は言った。「昨夜のことはもう彼らは知っているのか？」

「いや、これから話をしに行くところだ」

「父親には言わないようにしてもらえるだろうか？」

「なぜだ？」

「彼はいろいろ問題を抱えているし、身体の具合もよくない」

「リーガンのことか？」

私はうなった。「リーガンのことは知らないと言っただろう。こっちはリーガン探しをしているわけじゃないんだ。私の知る限りでは、彼のことで頭を悩ませている人間は一人もいない」

「そうかい」とオールズは言った。そして考え深げに海の方をじっと見つめ、おかげで車が道路から飛び出しそうになった。そのあと街に着くまで、ほとんど口をきかなかった。ハリウッドのチャイニーズ・シアターの近くで彼は私を降ろし、それからアルタ・ブリーア・クレッセントに向けて、西に戻っていった。私は簡易食堂で昼食を取り、午後刷りの新聞を見た。ガイガーに関係した記事は見当たらなかった。

昼食のあと、もう一度ガイガーの店の様子を見るために、私は大通りを東に向けて歩いた。

10

　黒い目の痩せた割賦販売宝石店の主人は、店の入り口の前の、昨日の午後とまったく同じ位置に立っていた。私がそこに入っていくとき、昨日と同じ訳知り顔で私を見た。店内の様子も昨日と同じだった。隅の小さなデスクに同じ卓上ランプが灯り、スエードのように見える同じ黒いドレスを着た同じ淡い金髪の女が、そこに座っていた。女は同じ曖昧な微笑みを顔に浮かべて立ち上がり、私の方にやってきた。

「ひょっとして……」と彼女は言って立ち止まった。彼女の銀色の爪が身体の両脇でそわそわしていた。微笑みには緊張の色が加わった。それはもう微笑みとも言えそうにない、ただの顔の歪みだった。それを微笑みだと思っているのは本人だけだ。

「また戻ってきたよ」と私は快活に歌うように言った。そして煙草を波打たせた。「今日はガイガーさんはおいでかな？」

「あの――いらっしゃいません。いいえ――いらっしゃいません。ええと――どんなご用件でしょうか……？」

私はサングラスを取り、それで左手の手首の内側を優しくとんとんと叩いた。体重が八十六キロありながら、しかもゲイのように見せかけるために、私はベストを尽くした。「昨日の初版云々の件は、様子を探るための演技だったんだ」と私は小声で言った。「用心深くなる必要があってね。彼がほしがりそうなものを私は持っている。彼が長く探していたものを」

銀色の爪が、小さな黒い飾りをつけた耳の上にある金髪に触れた。「ああ、セールスの人なのね」と彼女は言った。「そうね――明日に来ていただけないかしら。ガイガーさんは明日ならみえると思うから」

「隠し立てはよそうじゃないか」と私は言った。「私も同じ商売をしているんだ」

彼女の目がぎゅっと細くなって、微かな緑色の煌めきになった。樹陰の奥にちらりと見える、森の小さな池みたいに。それから手のひらを指で掻いた。じっと私の顔を見て、息を詰まらせた。

「もしガイガーさんの身体の具合が悪いのなら、お宅までうかがってもいいんだが」と私は苛立たしげに言った。「こっちも、そうそう時間の余裕があるわけではないからね」

「ええと――あの――ええと――ああ」、女の喉の奥が詰まったようだった。そのまま正面から床に倒れるんじゃないかという風に見えた。身体はぶるぶると震え、その顔はまるで新妻が馴れぬ手で焼いたパイの皮のようにぼろぼろに崩れていた。彼女はそれを、重量挙げ選手が重いバーベルを持ち上げるみたいにそろそろと、意思の力だけでもう一度つなぎ合わせた。微笑みがまた戻ってきた。顔の隅にはまだ多少の歪みが残っていたものの。

「いいえ」と彼女は息を吐きながら言った。「いいえ。彼は旅行に出ているんです。自宅に行かれても、その――無駄です。明日に――ええと――お越しいただけませんか？」

私が口を開けて何かを言おうとしたとき、仕切りのドアが三十センチばかり開いて、革ジャンパーを着た、黒髪で長身のハンサムな若者が顔をのぞかせた。色は白く、唇をきっと結んでいた。私を見ると素速くドアを閉じたが、彼の背後にたくさんの木箱が積み上げてあるのを私は目ざとく見て取った。新聞紙を間に入れて、本が余裕をもって中に詰め込まれている。真新しいオーバーオールを着た男が必死に作業をしていた。ガイガーの在庫の一部が運び出されているのだ。

ドアが閉まると、私はもう一度サングラスをかけ、帽子に手をやった。「それではまた明日にうかがうとしよう。名刺を差し上げたいところだが、そうできない事情はわかるだろう」

「ええ、その、はい、わかります」。彼女はまた少し身震いし、明るい色をした唇の間から、頼りない音を立てて息を吸い込んだ。

私は店を出て、大通りを西に向かい、角で北に折れ、それから商店の裏側を通っている小路に入った。小さな黒いトラックが一台、ガイガーの店の真裏に横付けされていた。トラックの両側面は金網になって、名前も何も書かれていない。真新しいオーバーオールの男が、箱をトラックの後部に積み込んでいた。私は大通りに戻り、ガイガーの店からひとつ離れたブロックで、消火栓の前にタクシーが停まっているのを見つけた。まだ初々しい顔立ちの青年が、運転席で恐怖ものの小説雑誌を読んでいた。私は身を屈《かが》めて一ドル札を見せた。「尾行の仕事なんだが」

彼は私をじろりと見た。「おまわりかい？」

「私立探偵だ」

彼はにやっとした。「まかせとけ」、彼は雑誌を丸めてバックミラーの後ろに突っ込み、私はタクシーに乗り込んだ。我々はそのブロックを一回りし、ガイガーの店の裏小路に面した場所に駐車した。そこもまた消火栓の前だ。

オーバーオールの男が金網の入った裏口の扉を閉め、トラックの後部板を固定し、運転席に乗り込んだとき、トラックには一ダースばかりの木箱が積まれていた。

「あいつのあとを追ってくれ」と私は運転手に言った。

オーバーオールの男は威勢良くアクセルを踏み、小路の前後に目をやり、こちらとは逆の方向に素速く車を走らせた。それから左折して、小路を出ていった。我々もそれにならった。トラックが東に曲がってフランクリン通りに入るのが垣間見えた。もう少し間を詰めてくれないかと私は運転手に言った。しかし彼はそうしなかった。できなかったのかもしれない。フランクリン通りに我々が入ったとき、トラックは二ブロックばかり先にいた。ヴァイン通りまでそれは視野に入っていた。ヴァイン通りを越え、ウェスタン通りに向かう間もずっと。ウェスタン通りに入ってからは、二度ばかり見かけただけだった。道路は混んでいたし、童顔の運転手は間を空け過ぎていた。

私がそのことを、曖昧な言葉抜きで運転手に注意しているときに、ずっと先の方にいるトラックがまた北に曲がるのが見えた。トラックが入っていったのは、ブリタニー・プレースという名前の通りだった。我々がブリタニー・プレースに入ったとき、トラックの姿はもう見えなかった。

童顔の運転手は仕切りのパネル越しに、私に向けて慰めるような声音を出した。それから我々は時速六キロほどで、のろのろと坂を上がった。植え込みの背後にトラックの姿を探しながら。二ブロックばかり進んだところで、ブリタニー・プレースは東にカーブし、ランドール・プレースとぶつかった。その角の、舌のような形に突き出した土地に、白いアパートメント・ハウスが建っていた。玄関はランドール・プレースに、地下車庫の入り口はブリタニー・プレースに面している。その車庫入り口の前を通り過ぎながら、あのトラックはそう遠くには行ってないよと童顔の運転手が言ったまさにそのとき、そのアーチ型をした入り口の薄暗い奥に、件《くだん》のトラックの姿が見えた。その後部板はまた開かれていた。

我々はアパートメント・ハウスの正面にまわり、私はそこで車を降りた。ロビーには誰もいなかった。電話の交換台もない。木製のデスクが壁際の、金メッキされた郵便受けの隣に寄せられていた。私はそこにある名前にざっと目を通した。ジョセフ・ブロディーという人物が四〇五号室にいた。カーメンと付き合うのをやめて、別のどこかの娘を見つけるという約束で、スターンウッド将軍から五千ドルをせしめた男の名前も、やはりジョー・ブロディーだった。同じジョー・ブロディーかもしれない。おそらくそうだろうという気がした。

壁の角を曲がると、タイル張りの階段と、自動エレベーターのシャフトがあった。エレベーターの屋根が床と同じレベルに見えた。シャフトの隣に「ガレージ」と書かれたドアがあった。私はそのドアを開け、狭い階段を地下に降りていった。自動エレベーターのドアはつっかい棒で閉じないようにされ、真新しいオーバーオールを着た男がぶつくさ唸りながら、重い木箱をエレベーターに積み込んでいた。私はその横に立ち、煙草に火をつけ、彼の様子を見ていた。男は自分が見られていることが面白くないようだった。

少ししてから私は言った。「重量には注意してくれよ。半トンまでしかテストしてないんだ。どこに運ぶんだい？」

「ブロディー、四〇五号室だ」と彼は不満げな声で言った。「あんた管理人か？」

「そうだ。ずいぶん大事なものみたいだな」

彼は縁が白くなった淡青色の目で、私をぎろりと睨んだ。そして「本だよ」と噛みつくように言った。「一箱あたり五十キロ弱だから、問題ないさ。俺はそこに三十五キロばかり肉が余分についているが」

「ああ、とにかく重量には気をつけてな」と私は言った。

彼は六個の木箱とともにエレベーターに乗り込み、ドアを閉めた。私は階段を上ってロビーに戻り、通りに出て、待っていたタクシーに乗り、ダウンタウンにある私のオフィスまで帰った。童顔の運転手には多目の金をやった。彼は角の折れた名刺をくれたが、私はそれを珍しく、エレベーターの乗り口に置かれた、砂の詰まったマジョリカ陶器の壺に捨てなかった。

そのビルの七階の、通りに面していない側に、私は一部屋半のオフィスを構えていた。半分というのは、待合室として使えるように、ひとつのオフィスを真ん中から二つに区切ったものだ。そこには私の名前が掲げられているが、ただ名前が書いてあるだけ。そして名前が出ているのはその待合室のドアだけだ。依頼人が来たときのために、そしてその依頼人が腰掛けて待ってもいいと思ったときのために、そのドアの鍵は常にかけないようにしていた。

依頼人が一人待っていた。

11

彼女は斑《まだら》になった茶色のツイードを着ていた。それに男仕立てのシャツとネクタイ、おそらく職人手縫いのウォーキング・シューズ。ストッキングは昨日と同じように透けていたが、今日は脚のそれほど多くの部分を見せてはくれなかった。黒髪はロビン・フッド風の茶色の帽子の下で滑らかに光っていた。その帽子は五十ドルはしたかもしれないが、ぱっと見には、事務用吸い取り紙を片手で簡単に折って作れそうに見えた。

「あら、やっとお目覚めになったようね」と彼女は言った。色褪せた赤い長椅子と、形の合わない二脚の小型安楽椅子と、洗濯を必要とする細かいメッシュのカーテンと、コンパクトな書き物テーブル（そこには、部屋に高等な味わいを与えるべく、上品な雑誌が何冊か置かれている）に向かって顔を軽くしかめながら。「あなたはベッドの中で仕事をなさるのかと思い始めていたところよ。マルセル・プルーストのように」

「誰だろう、それは？」、私は煙草を口にくわえ、彼女の顔をまじまじと見た。彼女の顔は心持ち青白く、緊張しているように見えた。しかし彼女は、緊張を抱えながらも自らを保てる女性のように見えた。

「フランスの作家よ。性的倒錯についての権威。あなたはきっとご存じないでしょうけど」

「なんの、なんの」と私は言った。「私のささやかな閨房《けいぼう》にお招きしたいものだ」

彼女は立ち上がって言った。「昨日は穏やかにお話ができなかったみたいね。きっと私の態度がいけなかったのでしょう」

「どちらの態度も褒められたものではなかった」と私は言った。そしてオフィスに通じるドアを解錠し、彼女を中に通した。こちらの部屋には赤錆色の絨毯が敷かれているが、これも決して新しいものではない。緑色のファイリング・ケースが五つ。そのうちの三つにはカリフォルニア特産の空気がたっぷり詰まっている。五つ子がスカイブルーの床の上で転げ回っている姿（ピンクのドレス、濃褐色の髪、大型プルーンを思わせるシャープな黒い瞳）を収めた広告カレンダー（一九三四年にオンタリオで生まれたディオンヌ家の五つ子は当時人気を呼んだ）。胡桃《くるみ》材にほぼ近い材質の椅子が三脚。ありきたりのデスクの上には、ありきたりの下敷き、ペンセット、灰皿、電話機が置かれている。その後ろには軋《きし》みを立てるありきたりの回転椅子がある。

「見た目にはあまり重きを置かない人なのね」と彼女は言った。そしてデスクの顧客側の椅子に腰を下ろした。

私は郵便スロットの前に行って、床から六通の封筒を拾い上げた。手紙が二通、あとはダイレクト・メールだ。私は電話機に帽子を掛け、腰を下ろした。

「ピンカートン探偵社だって同じようなものだよ」と私は言った。「この商売で大金を稼ぐことは無理だ。もし正直に仕事をしていればということだが。見てくれの良い事務所を持っているというのは、金を稼いでいるということだ。あるいは稼げると期待しているか」

「ああ――あなたは正直者なのね」と彼女は言って、バッグを開けた。フランス製のエナメル・ケースから煙草を一本取り出し、ポケット・ライターで火をつけた。ケースとライターをバッグの中に落とし、バッグは開けたままにしておいた。

「痛ましいまでに」

「なんでこんなやくざな商売を始めることになったのかしら?」

「なんであなたは酒の密売業者と結婚したのだろう?」

「やれやれ、また角突き合わせるのはよしましょう。朝からずっとあなたに電話をかけていたのよ。ここと、それからあなたのアパートメントに」

「オーエンのことかな?」

彼女の顔が硬く引き締まった。でも声はソフトだった。「かわいそうなオーエン」と彼女は言った。「じゃあそのことはもうご存じなのね?」

「検事局の人間が私をリドまで連れて行ってくれた。私が何か事情を知っているだろうと踏んでね。でも私よりはむしろ彼の方が事情を知っていた。彼の話によれば、オーエンは妹さんと結婚するつもりだったらしい。かつては、ということかもしれないが」

彼女は何も言わずに煙草の煙を吐き、黒い瞳を私から逸《そ》らすこともなく、注意深く眺めた。

「それも悪い考えじゃなかったかもね」と彼女は静かな声で言った。「彼は妹に恋していたし、私たちの世界ではそういうことってそれほど頻繁には起こらないから」

「彼には前科があった」

彼女は肩をすくめた。そしてどうでもよさそうに言った。「付き合った相手が悪かったのよ。この犯罪者だらけの国では、犯罪歴が意味するのはそれくらいのことだわ」

「私としては、そこまでは割り切れないが」

彼女は右手の手袋を引きはがすように脱いだ。そして私から目を逸らさないまま、人差し指の第一関節を噛んだ。「オーエンのことであなたに会いに来たのではないのよ。あなたが父に呼ばれた本当の理由を教えてくれる気には、まだなれないかしら?」

「お父上の許可がない限りは」

「カーメンの件かしら?」

「それも教えられない」。私はパイプに煙草を詰め終え、マッチで火をつけた。彼女はその煙をしばらく見ていた。それから開いたままになっているバッグに手を入れ、分厚い白い封筒を取り出し、それをデスク越しにこちらに放った。

「見るだけでも見れば」と彼女は言った。

　私はそれを手に取った。宛先はタイプで印刷されていた。ミセス・ヴィヴィアン・リーガン様。ウェスト・ハリウッド、アルタ・ブリーア・クレッセント三七六五番地。それはメッセンジャー・サービスで届けられ、局のスタンプを見ると、配達に回されたのが午前八時三十五分であることがわかる。私は封筒を開け、光沢のある10センチ×8センチほどの写真を取り出した。中に入っているのはそれだけだった。

　カーメンがガイガーの家の、台座の上に置かれた、背もたれのまっすぐなチーク材の椅子に座っていた。身につけているのはイヤリングだけで、あとはまったくの裸だった。彼女の目は私が記憶しているよりも、更にいくぶん狂気をはらんで見えた。写真の裏は白紙だった。私はそれを封筒に戻した。

「要求してきた金額は？」と私は尋ねた。

「五千ドル。ネガと、残りのプリントに対して。取引は今夜のうちに終えなくてはならない。そうしないと、スキャンダル紙に流すということよ」

「その要求はどうやって届いたんですか？」

「この写真が届けられた半時間後に、女が電話をかけてきたの」

「こんなものはどんなスキャンダル新聞も取り合いませんよ。最近ではこの手のものを扱ったら、即座に有罪をくらってしまう。他に何がありました？」

「他に何かがあったというの？」

「そのとおり」

彼女は少し困惑した目で私をじっと見ていた。「ひとつあります。その女はこう言いました。ここには警察に関わる事件が絡んでいる。金を言われたとおり払わないと、妹と金網越しに話をする羽目になるだろうと」

「それでいい」と私は言った。「事件というのはどんなことだろう？」

「知らないわ」

「カーメンは今どこにいます？」

「家にいます。昨夜は具合が悪かったの。まだベッドの中にいるはずよ」

「昨夜は外出したのかな？」

「いいえ。私は外に出ていたけど、カーメンは家にいた。召使いはそう言っています。私はラス・オリンダスに行って、エディー・マーズのサイプレス・クラブでルーレットをやっていたの。すってんてんにされたけど」

「あなたはルーレットが好きなんだ。いかにも好きそうだが」

彼女は脚を組み、新しい煙草に火をつけた。「ええ、私はルーレットが好きよ。そしてスターンウッド家のものは、全員が負け試合を好むの。ルーレットとか、ある日ふっと家出してしまう男と結婚するとか、五十八歳で障害レースに出て、転んだ馬の下敷きになって一生歩けなくなるとか。スターンウッド家はお金を持っている。でもそれで買うことができたのは雨天順延券《レインチェック》だけ」

「オーエンはおたくの車で、昨夜いったい何をしていたのですか？」

「そのことは誰も知りません。彼は許可なく車を持ち出しました。非番の夜には、彼があの車を自由に使っていいということにしています。しかし昨夜は非番ではありませんでした」、彼女は口元を歪めた。「あなたはひょっとして――」

「彼はそのヌード写真のことを知っていたか？　そんなこと私には知りようがない。彼もあるいはその件に関係していたかもしれない。今すぐ五千ドルを調達することはできますか？」

「父に相談しないと、それは無理です。あるいは誰かに借りるか。エディー・マーズからならたぶん借りられると思うけど。彼は私には親切にして当然なのよ。まあいろいろとね」

「それを試してみた方がいい。緊急に必要になるかもしれないから」

彼女は身を後ろにそらせ、椅子の背に片腕をかけた。「警察に話をしなくていいかしら？」

「それは良い考えだ。しかしあなたはそうはしないだろう」

「しないと思うの？」

「しない。あなたはお父さんと妹さんを護らなくてはならない。警察がどんなことを暴き立てるか、予測がつかない。それは世間に伏せておけないようなことかもしれない。恐喝事件に関しては警察は通常、守秘を重んずるように努めてはいるけれど」

「あなたには何かできるのかしら？」

「できると思う。しかしなぜ、どんな風にまでかは説明できない」

「あなたが気に入った」と彼女は唐突に言った。「あなたは奇跡というものを信じている。この事務所にはお酒は置いてないのかしら？」

私は深い抽斗の鍵を開け、中からオフィス用のボトルと、二個の細長いグラスを取り出した。そしてグラスに酒を注ぎ、二人で飲んだ。彼女はぱちんと音を立ててバッグを閉じ、椅子を後ろに引いた。

「五千ドルをなんとか手に入れます」と彼女は言った。「私はエディー・マーズの上客だから。それにそのほかにも、彼が私に親切にしなくちゃならないわけはあるの。あなたはそのわけを知らないかもしれないけど」、彼女は私に微笑みかけた。それが目もとに届く頃には、唇が忘れてしまっている程度の微笑みだったが。「エディーの金髪の奥さんは、ラスティーが駆け落ちした相手だったの」

私は何も言わなかった。彼女は私をじっと見ていた。「興味を引かれない？」

「それはご主人を探すための大事な手がかりになるはずだ。もし私が彼を探していれば、ということだが。彼が今回の騒ぎに関わっているとは思っちゃいないでしょう？」

彼女は空っぽのグラスを私の方に押しやった。「おかわりを注いで。あなたはとことん口の堅い人なのね。耳一つ動かしやしない」

私はその小さなグラスに酒を注いだ。「自分の求めるものを、あなたは私からそっくり引き出したじゃないか。私はあなたの消えた夫を探しているわけじゃないという、手応えに近いものをね」

彼女はせかせかと酒を飲み干した。おかげで息を一度呑まなくてはならなかった。あるいはそれは息を呑む機会を彼女に与えた。それからゆっくりと息を吐き出した。

「ラスティーは悪党じゃなかった。もし犯罪に関わることがあったとしても、それははした金のためじゃない。彼は一万五千ドルを常に紙幣で持ち歩いていた。それを非常用現金《マッド・マネー》と呼んでいた。結婚したときもそれを持っていたし、うちから出て行ったときにも身につけていた。いいえ、ラスティーはこんなけちな強請《ゆすり》に手を染める人間じゃない」

彼女は封筒に手を伸ばし、立ち上がった。

「何かあれば連絡をします」と私は言った。「私に用事があれば、私のアパートメント・ハウスの交換手が伝言を受けてくれる」

私はドアのところまで彼女を送った。白い封筒で拳をとんとんと叩きながら、彼女は言った。「まだ言うつもりはないのね？　父があなたに何を――」

「そのためには、まずお父さんと話をしなくてはならない」

彼女は封筒から写真を出して、ドアのすぐ内側に立ったままそれを眺めた。「妹はなかなか素敵な身体をしているでしょう」

「ふふん」

彼女は少し身体を私の方に傾けた。「私のも見るべきよね」と彼女は真剣な声で言った。「そういう段取りはつけられるのかな？」

彼女は唐突に鋭く笑い、ドアを半分抜けた。それから首を曲げて振り向き、クールな声で言った。「あなたは私がこれまで会った中では、誰よりも冷たい血を持った獣よ、マーロウ。それともフィルって呼んでいいのかしら？」

「もちろん」

「私のことはヴィヴィアンって呼んでいいのよ」

「ありがとう、ミセス・リーガン」

「あんたなんかくたばればいいのよ、マーロウ」、彼女はそのまま振り返りもせずに出ていった。

私はドアを閉まるにまかせ、そこに手をかけたまま立って、その自分の手を眺めていた。顔が少し火照《ほて》っていた。私はデスクに戻り、ウィスキーを仕舞った。二つの小さなグラスを水ですすぎ、それも元に戻した。

受話器にかぶせた帽子を取り、地方検事局の番号を回した。そしてバーニー・オールズを呼んでもらった。

彼は自分の狭いオフィスに戻っていた。「なあ、ご老体には何も言わなかったぜ」と彼は言った。「執事は、自分かあるいは娘たちの一人が、彼にそのことを伝えるだろうと言っていた。オーエン・テイラーはガレージの二階に暮らしていて、持ち物は一通り調べた。両親はアイオワ州デュビュークに住んでいる。そこの警察署長に電報を打って、遺体をどのように処理すればいいか聞いてくれと頼んだ。費用はスターンウッド家が出すそうだ」

「自殺か？」と私は尋ねた。

「そいつはわからん。遺書は残していない。車を持ち出すことも告げていない。昨夜はミセス・リーガンを除いて全員が家にいた。彼女はラリー・コブという遊び人と一緒に、ラス・オリンダスに出かけていた。そいつは裏を取った。そこでディーラーをやっている男が知り合いでね」

「そういういかがわしい賭場は当局が取り締まるべきだろう」と私は言った。

「犯罪シンジケートがはびこっているこの国でかい？　少しは歳相応になれよ、マーロウ。俺としちゃ、あの死んだ若者の頭に残っていた打撲のあとが気になってな。それについて何か思い当たるような節《ふし》もきっとないんだろうな」

そういう質問のされ方はありがたかった。はっきり嘘をつかずに返事ができるからだ。

電話を切り、オフィスを出た。午後刷りの新聞を三紙すべて買い、タクシーで裁判所まで行き、そこに駐めっぱなしにしておいた車に乗り込んだ。どの新聞にもガイガー絡みの記事は載っていなかった。彼の青いノートブックをもう一度眺めた。しかし昨夜同様、その暗号にはまるで歯が立たなかった。

12

ラヴァーン・テラスの山側の木々は、雨上がりで葉の緑が鮮やかだった。切り立った崖と、そこにつけられた急な階段が、涼しげな午後の陽光に照らされて見えた。暗闇に三発の銃声が轟《とどろ》いたあと、殺人者が駆け下りた階段だ。階段の麓《ふもと》の通りには小さな家が二軒建っていた。そこの住人たちは銃声を聞いたかもしれないし、あるいは聞かなかったかもしれない。

ガイガーの家の前にも、そのブロックのどこにも、動きは見えなかった。箱形に刈り込まれた生け垣は緑が映え、いかにも平和そうだった。屋根の板はまだ濡れていた。私は考えを巡らせながら、家の前をゆっくりと車で通り過ぎた。昨夜私はそのガレージまではのぞいてみなかった。ガイガーの死体が消えても、それを探そうというつもりはなかった。もし見つかれば、死体は私の手を煩わせることになる。しかしその死体をガレージまで引きずっていって、彼の車に乗せ、それを運転してロサンジェルス近郊の無数にある、人気《ひとけ》のない渓谷のひとつに置いてくるというのは、悪い考えではない。発見されるまでに数日か、あるいは数週間かかるだろう。ただしそうするには二つの条件が必要になる。彼の車のキーと、二人の人間だ。それで捜索すべき範囲はぐっと狭まる。とくに死体が消えた時点で、彼の私用の鍵一式が私のポケットに収まっていたとなれば。

私にはガレージを見ることはできなかった。扉は閉じられて、南京錠がかかっていたし、車で近づいていくと、生け垣の奥で何かがごそごそと動いたからだ。緑と白のチェックのコートを着て、柔らかな金髪の上にボタンみたいに小さな帽子を載せた女が迷路の中から歩み出てきて、血走った目で私の乗った車を見た。車が坂を上がってくる音が聞こえなかったようだ。それからさっと身を翻《ひるがえ》し、生け垣の奥に隠れた。それはもちろんカーメン・スターンウッドだった。

私はそのまま進んで車を停め、歩いてそこに戻った。明るい真っ昼間にそんなことをするのは、いかにもあからさまで危険なことに思えた。私は生け垣の中に入っていった。彼女は鍵のかかった玄関ドアの前で、無言のまま立ちすくんでいた。片手がゆっくりと歯まで上がり、歯がおかしな形の親指を嚙んだ。彼女の両目の下には紫色の隈《くま》があり、顔はやつれて蒼白になっていた。

彼女は私を見て中途半端に微笑んだ。「こんにちは」と脆《もろ》く薄っぺらな声で言った。「あの——あ——?」と彼女は言ったが、そのあとは続かず、また親指を嚙んだ。

「覚えているかい?」と私は言った。「ドッグハウス・ライリーだ。背が伸びすぎた男だよ。覚えている？」

彼女はこくんと肯いた。ひきつった笑みが素速く顔中に広がった。

「中に入ろうじゃないか」と私は言った。「鍵なら持っている。ご機嫌だろう？」

「あ――あの――？」

私は娘を脇にどかせ、ドアの鍵を開け、戸口から中に押し込んだ。内側からドアを閉め、そこに立ってくんくんと匂いを嗅いだ。昼の光で見ると、まったくひどい場所だった。壁にかかった中国風のがらくた、敷物、ごたごたしたランプ、チーク材の家具、おぞましい色の組み合わせ、トーテムポール、エーテルと阿片チンキの細口瓶――昼の光の中で見るそれらには、こそこそと人目を避けるいかがわしさが感じられた。まるでおかまのパーティーだ。

娘と私はそこに立ったまま、顔を見合わせた。彼女は可愛らしい笑みを浮かべ続けようとしたが、顔の方は疲れすぎていて、なかなか言うことをきかなかった。あらゆる表情が空白へと向かっていた。微笑みは砂地に吸い込まれる水のように、今にも消えてしまいそうだ。瞳は虚を衝かれたみたいに愚かしく空っぽで、そのせいで目の下の青白い皮膚は余計にざらついて荒れて見えた。唇の端から、白みを帯びた舌が見え隠れしていた。スポイルされた美しい娘、決して聡明ではない。彼女を巡ってものごとはとても面倒な方向に進んでいくが、それに対して誰も手を打とうとはしない。金持ちはこれだから困る。こういう連中には実にうんざりさせられる。私は煙草を一本巻き、黒いデスクの上の何冊かの本を脇に押しやり、その端に腰を下ろした。そして煙草に火をつけ、煙をゆっくり吐き出し、娘が親指を噛む様子をしばし無言で眺めていた。カーメンはまるで校長の前に呼ばれた素行の悪い少女のような格好で、私の前に立っていた。

「ここで何をしているんだい？」と私はようやく尋ねた。

彼女はコートの布地を指でつまんだが、何も言わなかった。

「昨夜のことはどれくらい覚えている？」

彼女はそれには返事をした。瞳の奥に狡そうな光が浮かんだ。「覚えているって、何を？　ゆうべは具合が悪くて、家にいたわ」。彼女の声には警戒の響きがあり、喉の奥にこもり、ようやく聞き取れるくらいだった。

「とぼけちゃいけない」と私は言った。

彼女の目はさっと燃え上がり、そしてあっという間に静まった。

「家に帰る前に」と私は言った、「私が家に連れて帰る前に、ということだが、君はその椅子に座っていた」。私はそれを指さした。「そのオレンジ色のショールの上に。そのことはよく覚えているはずだ」

赤い色が彼女の喉をゆっくりと上がっていった。それはちょっとした見ものだった。彼女には赤面することができるのだ。もつれた灰色の虹彩の奥に白い煌めきがあった。親指がより強く噛まれた。

「あれは――あなただったのね」と彼女は息を吐きながら言った。

「私だよ。どれくらい記憶に残っている？」

彼女はとりとめのない声で言った。「あなたは警察の人なの？」

「いや。私は君のお父さんの友だちだ」

「警察じゃないのね？」

「違う」

彼女はか細く吐息をついた。「な、なにが――何があなたはほしいわけ？」

「誰がやつを殺したんだ？」

彼女の両肩がぴくっとひきつった。しかし表情は微塵も動かなかった。「ほかには――誰が知っているの？」

「ガイガーのことか？　さあね。警察はまだ知らない。もし知っていたら、この辺は大騒ぎになっている。ジョー・ブロディーは知っているかもな」

あてずっぽうに言ってみただけだが、彼女は思わず甲高い叫び声を上げた。「ジョー・ブロディー！　あいつ！」

それから二人で黙り込んだ。私は煙草を吸い、彼女は親指を噛んだ。

「お願いだ。まともに話をしてくれないか」と私は強く言った。「こういうときには、昔ながらの単純さが何よりものを言うんだよ。ブロディーが彼を殺したのか？」

「誰を殺したの？」

「ああ、よしてくれよ、もう！」と私は言った。

彼女は傷ついたように見えた。顎が数センチ下に落ちた。「そうよ」と彼女は重々しい声で言った。「ジョーがやった」

「なぜ？」

「知らないわ」、彼女は首を振った。知らないことを自分自身に言い聞かせるみたいに。

「最近彼にはよく会っていた？」

彼女は両手を下にやり、二つの小さな白い拳を作った。「一度か二度。あいつのことは嫌い」

「じゃあ、彼がどこに住んでいるかは知っているね？」

「知っている」

「そして君は彼のことがもう好きではない」

「大嫌いよ！」

「じゃあ君としては、彼がしょっぴかれても良い気味だと思うんだな」

また少しぽかんとした表情が浮かんだ。私の話は彼女の頭の回転より速く進みすぎたらしい。そのスピードに合わせるのは至難の業だが。「彼がやったと警察に言う用意はあるのかい？」と私は探りを入れた。

突然のパニックが彼女の顔中に広がった。「もちろん、君のヌード写真を表に出さないという条件をつけてだが」と私は彼女を落ち着けるために言った。

娘はくすくす笑った。嫌な感じがした。悲鳴をあげるか、泣き出すか、あるいは気を失って床にどっと倒れるとかしたら、私としてはまだ納得がいく。しかしただくすくす笑っているだけだ。急に何もかもが愉快になってきたのだ。彼女はイシス神のような格好で写真を撮られ、誰かがその写真を横取りし、誰かが彼女の前でガイガーをずどんと殺す。しかし彼女は在郷軍人会の集まり顔負けに酩酊している。それは急にとびっきり愉快なことに思えてきた。だから彼女は笑い出した。とてもキュートだ。笑い声は次第に大きくなり、羽目板の後ろの鼠みたいに部屋のあちこちを跳ねまわった。様子がだんだんヒステリックになってきたので、私はデスクから降り、そちらに歩いて行って、頬に平手打ちをくわせた。

「昨夜と同じく、我々は愉快なお笑いコンビだ。ライリーとスターンウッド。もう一人コメディアンが見つかれば、三馬鹿大将になれるんだが」

くすくす笑いがはたとやんだ。しかし平手打ちは昨夜と同様、彼女にはまるで気にならないようだった。おそらく彼女と付き合う男は遅かれ早かれ彼女に平手打ちを食わせざるを得なくなるのだろう。その気持ちはよくわかる。私はもう一度黒いデスクの端に腰を下ろした。

「あなたの名前はライリーじゃない」と彼女はまじめな口調で言った。「フィリップ・マーロウよ。私立探偵。ヴィヴが教えてくれた。あなたの名刺も見せてくれたわ」、彼女は私が叩いた頬を撫でた。そして私に向かって微笑んだ。まるで私に優しくしてもらったみたいに。

「なるほど、君はちゃんと覚えているんだ」と私は言った。「そして君は写真を取り戻そうとここに戻ってきたが、家に入れなかった。そういうことだね？」

顎がこくんと下がり、また上がった。そして意味ありげな微笑みが顔に浮かんだ。目がなまめかしく私に向けられた。私もみんなの仲間入りをさせられようとしていた。すぐにも歓喜の声を上げて、ユマあたりに駆け落ちしようと彼女に持ちかけるべきところだ。

「写真はなくなっていた」と私は言った。「昨夜探してみた。君を連れて帰る前にね。たぶんブロディーが持って行ったんだろう。ブロディーのことはでまかせじゃないね？」

彼女は熱心に首を振った。

「簡単な話だ」と私は言った。「もうそのことについて考えなくていい。昨夜も今日も、君はここに来なかった。みんなにそう言うんだ。ヴィヴィアンにもね。ここにいたことは忘れてしまうんだ。あとのことはライリーにまかせればいい」

「あなたの名前はライリーじゃ――」と言いかけてやめ、それから同意したしるしに勢いよく首を縦に振った。私の言ったことに同意したのか、それともただ自分が考えついたことに同意したのか。娘の目は細く、ほとんど黒に近くなり、カフェテリアのトレイに塗られたエナメルみたいに薄っぺらになった。彼女に考えが浮かんだ。「私、家に帰らなくちゃ」と言った。二人で軽くお茶を飲んでいたのをそろそろ切り上げるという感じで。

「いいとも」

私は動かなかった。娘はもう一度キュートな一瞥《いちべつ》を私にくれ、玄関のドアに向かった。彼女がドアのノブに手を置いたとき、一台の車が近づいてくる音が聞こえた。彼女は答えを求めるように私を見た。私は肩をすくめた。車は家のまん前に停まった。恐怖が彼女の顔を歪めた。足音が聞こえ、ベルが鳴った。カーメンはドアノブをしっかり握りしめたまま、肩越しに私をじっと見た。恐怖のためにいまにもよだれを垂らしそうに見えた。ベルが鳴り続けた。それからベルが止み、鍵がかちゃかちゃと回された。カーメンはそこから飛び退き、凍ったように立ちすくんだ。ドアが勢いよく開き、男が急ぎ足で中に入ってきた。それからはっと歩を止め、顔色ひとつ変えることなく、無言のうちに我々を見つめた。

13

まさに灰色ずくめの男だった。すべてが灰色だ。灰色にあらざるのは、磨きあげられた黒い革靴と、グレーのサテンのネクタイにとめられた二つの緋色のダイアモンドだけだ。それはルーレットの張り台《レイアウト》に描かれたダイアモンドのように見えた。シャツもグレーで、ダブルのスーツは美しくカットされた柔らかいフランネルだった。カーメンの姿を見ると、彼はグレーの帽子をとった。その下の髪も白髪《グレー》だった。髪はガーゼで漉《こ》されたみたいに細い。その分厚い白髪の眉毛には何気ない軽快さがあった。顎は長く、鼻はかぎ鼻で、思慮深そうな灰色の目は少し傾き気味に見えたが、それは瞼《まぶた》の上の皮膚がたるんで、端の方に落ちかかっているためだった。

男は礼儀正しくそこに立っていた。片手を背後のドアに掛け、片手でグレーの帽子を持ち、腿の上でそれを優しくはためかせていた。厳しさを漂わせていたが、それはタフガイの厳しさではなかった。どちらかといえば、年季を積んだ騎手の浮かべるような厳しさだ。しかし彼は騎手なんかではない。エディー・マーズその人だった。

彼はドアを閉め、その手を上着の継ぎ目のある蓋付きポケットの中に入れたが、親指だけは外に出して、その爪をいくぶん鈍い部屋の明かりにきらりと光らせていた。彼はカーメンに向かって微笑みかけた。感じの良い微笑みだった。娘は唇を舐め、相手を見つめた。カーメンの顔から恐怖の色が消えた。彼女も微笑みを返した。

「唐突な入り方をして失敬した」と彼は言った。「誰もベルに応えなかったもので。ミスタ・ガイガーはご在宅だろうか？」

私は言った。「いや、不在らしい。どこにいるかは我々にもわからない。ドアが少し開いていたもので、中に入らせてもらったんだ」

彼は肯いて、帽子のつばで長い顎に触れた。「あなた方は彼のお知り合いなのだろうね、もちろん」

「商売を通しての知り合いなんだ。本のことでちょっと寄らせてもらった」

「ほう、本のことでね」と彼は早口に、明るく言った。そこにはいささか狡猾な響きも聞き取れた。ガイガーの扱う本の内容を承知しているみたいだ。それからカーメンをもう一度見て、肩をすくめた。

私はドアの方に向かった。「じゃあ失礼させてもらうよ」と私は言った。そしてカーメンの腕をとった。彼女はエディー・マーズの顔をじっと見ていた。彼のことが気に入ったのだ。

「何か伝言はあるかね？　ガイガーが戻ったときのことだが」とエディー・マーズが穏やかな声で尋ねた。

「いや、それには及ばない」

「そいつは残念」と彼は言った。いやに含みのある言い方だった。私がドアに向かおうとして彼の前を通り過ぎたとき、その灰色の目がきらりと光り、それから硬くなった。彼はいかにもさりげなく付け加えた。「娘さんは行ってよろしい。しかしおたくとはもうちっと話をしたいんだ、兄《ソルジャー》さん」

私は娘の腕を放した。そしてなんのことだろうという目で彼をまっすぐ見た。

「おとぼけはよそうぜ」と彼は明るく言った。「そんなものは通用しない。外の車には二人ばかり若いのがいる。ひとこと命令すればなんだってやる連中だ」

隣にいたカーメンがはっと声を上げ、ドアから飛び出していった。その足音が坂を下って素速く遠ざかっていった。私は彼女の車を目にしなかった。きっと道路の下の方に車を駐めたのだろう。「おい、ちょっと待てよ――」と私は言いかけた。

「放っておけ」とエディー・マーズはため息をついて言った。「なんだか様子が怪しいな。どうなっているのか、ちょっと調べさせてもらおう。もし腹から鉛玉を取り出すのがお好みなら、俺に逆らうってのは良い方法だぜ」

「おやおや」と私は言った。「なかなか強面《こわもて》なんだな」

「必要とあらばな、ソルジャー」、彼はもう私を見てはいなかった。眉を寄せて、部屋の中を歩き回っていた。私のことなどまったく眼中にない。正面の窓の割れたガラスの上から外を見た。生け垣の上に車の屋根が見えた。エンジンはかかったままだ。

エディー・マーズはデスクの上に紫色の細口瓶と、金の網脈のついた二つのグラスを見つけた。彼はグラスの匂いを嗅ぎ、それから細口瓶の匂いを嗅いだ。唇にしわが寄って、見下したような笑みになった。「薄汚い野郎だ」と彼は抑揚を欠いた声で言った。

彼は二冊ばかりの本に目をやり、鼻を鳴らし、デスクの横を回り込んで、目が撮影用の穴になった小さなトーテムポールの前に立ち、それを検分し、その足下の床に視線を落とした。足で小さな敷物をずらせ、さりげなく身を屈めた。その身体が緊張した。床にグレーのズボンをはいた片膝をついた。デスクの陰になって、全身は見えなかった。鋭い驚きの声を発し、それから彼は立ち上がった。腕が上着の内側に素速く伸び、再び現れたその手には黒いルガーが握られていた。彼は銃をほっそりした褐色の指で握っていた。銃口は私に向けられてはいなかった。それはいかなるものにも向けられていなかった。

「血だ」と彼は言った。「そこの床に血がついている。敷物の下にな。ずいぶんたっぷりと」

「それはまた」と私は言った。興味を惹かれたようなふりをして。

彼はデスクの奥の椅子に身体を滑り込ませ、マルベリー色の電話機を手前に引き寄せ、ルガーを左手に持ち替えた。そしてぎゅっと顔をしかめて電話を睨《にら》んだ。分厚い灰色の眉がひとつに引き寄せられ、かぎ鼻の上の日焼けした肌に険しいしわが刻まれた。「警察に連絡を入れた方がよさそうだな」と彼は言った。

私はガイガーが倒れていたところに行って、敷物を足で蹴った。「古い血だ」と私は言った。「もう乾いている」

「いずれにしても警察を呼ぶさ」

「好きにすればいい」と私は言った。

彼の両目が細くなった。うわべの飾りが剝げ落ち、あとにはルガーを手にした、身なりの良いやくざが残った。私が易々と同意したことが気に入らない様子だ。

「おたくはいったい誰なんだ、ソルジャー？」

「マーロウというものだ。私立探偵だよ」

「その名前は初耳だ。娘は誰だ？」

「依頼人だ。ガイガーが彼女を強請《ゆす》ろうとしていた。それについて話し合いに来たんだ。でも彼は不在だった。ドアは開いていたから、中に入って待つことにした。そのことはもう話したかな」

「ずいぶん都合の良い話だな」と彼は言った。「鍵は持っていなかったが、ドアはたまたま開いていた」

「そういうことだ。なんでそっちは鍵を持っていたんだ？」

「それはおたくには関係のないものごとだろう、ソルジャー」

「それを私のビジネスにすることもできる」

硬い微笑みが浮かんだ。彼は帽子を白髪の奥に押しやった。「おたくのビジネスをうちのビジネスにすることもできる」

「きっと気に入らんぜ。なにしろ儲けが薄いからね」

「まあいいだろう。この家の家主は私だ。ガイガーは私の借家人だ。それでいかがかな？」

「麗《うる》わしい人々とお知り合いなんだな」

「いちいち相手を選んで家を貸してるわけじゃない。いろんなやつがやってくるさ」、彼は手にしたルガーを見下ろした。肩をすくめ、それを脇のホルスターに戻した。「それで、何か考えはあるのか、ソルジャー？」

「いろんな可能性がある。誰かがガイガーを撃った。誰かがガイガーに撃たれた。ガイガーは逃げた。あるいはほかに二人の人間がいた。ガイガーはカルト教団を主宰して、トーテムポールの前で血の儀式をおこなっていた。あるいは夕食にチキン料理を食べたんだが、彼は居間で鶏を殺すのが好みだった」

灰色ずくめの男は険悪な目で私を見た。

「私にはそれくらいしか思いつけない」と私は言った。「警察署《ダウンタウン》のお友だちを呼んだ方がいいかもな」

「どうも腑に落ちんな」と彼は鋭い声で言った。「おまえさん、ここでいったい何をやっていたんだ？」

「さっさと警察を呼べばいいさ。君が一枚嚙んでいるとなると、みんな色めきたつだろうね」

彼は身動きもせず、それについて考えを巡らせた。唇が歯にぐっと押しつけられた。

「何が言いたいのかよくわからんな」と彼はこわばった声で言った。

「今日はきっと日が悪いんだよ、ミスタ・マーズ。君のことは知っている。ラス・オリンダスのサイプレス・クラブを持っている。金持ち相手の高級賭博場だ。地元の警察はすっぽり手中に収めているし、ロサンジェルスの上の方まで十分鼻薬は効かせてある。別の言い方をすれば、保護されているわけだ。ガイガーの稼業《ラケット》もその手の保護を必要としていた。彼が君の借家人だったところをみると、君はときどき彼にそういうつてのお裾分けをしていたのだろう」

彼の口もとが白くこわばった。「ほう、ガイガーがどういう稼業《ラケット》をしていたというんだね？」

「エロ本を扱う稼業さ」

彼は長いあいだむらのない視線で私を睨んでいた。「誰かがやつに手を出したんだ」と彼は柔らかな声で言った。「おたくはそれについて何かを知っている。今日やつは店に出てこなかった。居場所もわからん。うちに電話をかけても誰も出ない。だからここまでわざわざ様子を見に来た。床に血の跡がある。敷物の下にな。そしてあんたと娘がそこにいた」

「いささか強引な節はあるが、そういう話を歓迎する相手になら、あるいは売り込めるかもしれない」と私は言った。「しかしひとつ見落としている小さな点がある。今日、誰かが彼の本を店からそっくり運び出した。彼が貸し出していたご立派な蔵書をね」

彼はぱちんと指を鳴らした。そして言った。「そっちを考えてみるべきだったな、ソルジャー。あんたはそのへんの事情をよく摑《つか》んでいるようだ。どういうことだと思うね？」

「ガイガーは始末されたのだろう。それは彼の血だ。本の運び出しが終わるまで、死体を隠しておく必要があった。彼の稼業を乗っ取ろうとしているやつがいて、その段取りをつけるのに少し時間がかかる」

「そうはさせんぞ」とエディー・マーズはいかめしい声で言った。

「誰がそう言うんだ？　君と、表の車の中で待機している二人の拳銃使いか？　ここはもうでかい街なんだよ、エディー。新顔のおっかないやくざがここのところ次々に参入している。成長の代償というやつさ」

「あんた、口がすぎるぜ」とエディー・マーズは言った。彼は歯をむき出しにし、二度鋭い口笛を吹いた。外で車のドアがばたんと閉じた。そして生け垣の間を走る足音が聞こえた。マーズはもう一度ルガーを取り出し、それを私の胸に向けた。「ドアを開けろ」

ドアノブがかちゃかちゃと音を立て、誰かが呼びかける声が聞こえた。私は動かなかった。ルガーの銃口はセカンド・ストリートのトンネルみたいに大きく見えた。でも私は動かなかった。自分が不死身ではないという考えにそろそろ馴染まなくてはいけないのだが。

「自分で開ければいいだろう、エディー。世の中、命令されればその通りに動くという人間ばかりじゃない。礼儀正しく頼めば、お手伝いできるかもしれないが」

彼は身をこわばらせて立ち上がり、机を回り込むようにしてドアのところに行った。そして私から目を逸《そ》らすことなく、ドアを開けた。二人の男が転げ込むように部屋に入ってきて、あわてて身体の脇を探った。一人は見るからにボクサーあがりだった。青白い顔色をしたハンサム・ボーイだが、鼻が変形し、片方の耳は安物の小型ステーキみたいになっている。もう一人は痩せた金髪で、表情をまったく欠いている。近接した両目にはどんな色も浮かんでいなかった。

エディー・マーズが言った。「こいつが銃を持っていないか、調べろ」

金髪の男が短い銃身のピストルを取り出し、私に向けた。ボクサーあがりがはたはたとした足取りで近くに寄り、私のポケットを念入りに探った。私はイブニング・ガウンのモデルをしている退屈した美女よろしく、彼のために身をひねってやった。

「銃は持ってません」と彼は滑舌の悪い声で言った。

「身元を調べろ」

ボクサーあがりが私の胸ポケットから札入れを取り出した。それを開き、中身を検分した。「名前はフィリップ・マーロウです、エディー。住まいはフランクリン通りのホバート・アームズ。私立探偵の免許証、保安官事務所の助手バッジなど。探偵さんときたね」、彼は札入れをもとのポケットに戻し、私の頰を軽く叩き、後ろに下がった。

「お前たちは消えていい」とエディー・マーズは言った。

二人の用心棒は外に出て、ドアを閉めた。二人が車に戻る音が聞こえた。エンジンがかかり、そのまままたアイドリングを続けた。

「いいから、話せ」とエディー・マーズが叩きつけるように言った。眉毛のいちばん上の部分が額に向けて鋭い角度を描いた。

「私にはすべてを明かすことはできないんだ。ガイガーの商売を乗っ取るためだけに彼を殺すというのは、もし彼が殺されたとしての話だが、いかにも愚かしいやり方だし、その線を強く押すつもりはない。しかし彼の蔵書を横取りしたのが誰であれ、その人物が何かしら事情を知っていることは確かだろう。またガイガーの店で働いている金髪の女が、何かを恐れてひどくびくついていることも確かだ。誰がその本を運び去ったかについては、何推測がついている」

「誰だ？」

「そこが今は明かせない部分だよ。依頼人が関わっているものでね」

彼は鼻にしわを寄せた。「それは――」と言いかけて、そこで言葉を切った。

「あの娘の素性を君は知っていると、私は踏んでいたんだがな」

「誰が本を横取りしたんだ、ソルジャー？」

「そいつはまだ言えないよ、エディー。言う義理もないしな」

彼はルガーをデスクの上に置き、開いた手のひらでそれをぴしゃっと叩いた。「こいつと俺とで、しかるべき礼をすることはできるかもしれない」

「そう、そうこなくっちゃ。でも銃は抜きにしてもらいたいね。私はちゃりんちゃりんという金の音に耳ざとい方でね。どれくらいその音を聞かせてもらえるんだろう？」

「何の対価として？」

「さて、君は私に何をしてもらいたかったんだっけな？」

彼はデスクをどんと強く叩いた。「いいか、ソルジャー、こっちが質問をしているんだ。いちいち質問で返すんじゃない。それじゃ話が前に進まん。俺が知りたいのはな、ガイガーが今どこにいるかだ。俺にはそれを知りたい理由がある。俺はやつの商売が好きじゃなかったし、保護を与えたこともない。俺はたまたまこの家を所有しているだけだが、それも今では重荷になっている。この件についておまえが知っていることは、それが何であれ、表に出せない種類の代物《しろもの》だ。俺はそう考えている。でなければ、今頃ここは山ほどの警官に踏み荒らされているよ。おまえには売り込むネタなんて何もない。見たところ、保護が必要なのはそっちの方だ。だからあっさり吐いてしまえ」

当を得た推測だった。しかしそれを認めるわけにはいかない。私は煙草に火をつけ、マッチを吹き消し、トーテムポールのガラスの目に向かって弾いた。「お説のとおりだ」と私は言った。「もしガイガーの身に何かまずいことが起こっていたら、私は知っていることを残らず警察で打ち明けなくちゃならない。そうなると話は公《おおやけ》になり、私は売り物をなくしてしまう。だから私としては、もし君さえよければ、そろそろここを退散したいんだが」

彼の顔色は日焼けの下で白みを帯びた。その一瞬、彼の顔は凶悪で、短気で、荒々しく見えた。拳銃を上げようかというそぶりも見えた。私は何気なさそうに付け加えた。「ところでミセス・マーズはここのところお元気かな?」

彼を少しからかいすぎたようだと、私はそのとき悟った。手がはっと震えるように銃にのびた。筋肉がひきつり、顔が突っ張っていた。「出ていけ」と彼はどこまでも柔らかな声で言った。「おまえがどこに行って、何をしようが、俺の知ったことじゃない。ただひとつ覚えておけ、ソルジャー。何を企んでいるにせよ、俺をそこに巻き込むんじゃない。

そうしないと、自分の名前がマーフィーで、リマリックに住んでいればよかったのにと思うことになるぜ」

「ほう、それはクロンメルからほど遠くないところだな」と私は言った。「君にはそこの出身のお友だちがいたという話じゃないか」

マーズはデスクの上で身を屈めた。目は凍りついたように動かなかった。私は玄関まで行ってドアを開け、振り返って見た。彼は目で私を追っていたが、その灰色の細身の身体は微動だにしていなかった。目には憎悪が浮かんでいた。私は外に出て生け垣を抜け、坂を上って駐車した車まで歩いた。車に乗り込み、Uターンして丘のてっぺんを越えた。誰も私を撃たなかった。数ブロック進んでから脇道に入り、エンジンを切って、しばらく待機した。あとをつけてくる車もなかった。だからそのままハリウッドに戻った。

14

ランドール・プレースにあるアパートメント・ハウス、その正面玄関近くに車を停めたのは、五時十分前だった。いくつかの窓には明かりがともり、夕闇の中にラジオの音が鳴り響いていた。私は自動エレベーターで四階に上がり、広い廊下を歩いた。カーペットは緑色、壁板はアイボリーだった。開け放しになった網戸から非常口に向けて、涼しい風が廊下を吹き抜けていた。

四〇五という番号のついたドアの脇に、アイボリーのプッシュボタンがついていた。私はそれを押し、待った。ずいぶん長く待ったような気がした。それからドアが音もなく三十センチばかり開いた。ドアの開き方にはいかにも慎重な、人目を忍ぶ雰囲気があった。脚が長く、胴が長く、肩が上がった男だった。褐色の無表情な顔に、濃い茶色の目。遙か昔に、表情をコントロールする術《すべ》を会得した顔だ。スチール・ウールのような髪は生え際がずっと上の方にあり、褐色のドーム型の額が広々とむき出しになっていた。一見、それは頭脳の居住する場所と見えたかもしれない。男の陰気な目が、主観を交えることなく私をじっと探った。彼の細長い褐色の指はドアの縁を押さえていた。一言も発さなかった。

私は言った、「ガイガーは？」

男の表情はぴくりとも動かなかった。彼はドアの裏側で煙草を取り出し、唇の間に挟み、煙を少し吸い込んだ。男がそろそろと、小馬鹿にしたように煙を吐くと、それは私の方に漂ってきた。彼は煙の奥から、カード・ゲームの胴元のような抑制された単調な声で言った。

「なんだって？」

「ガイガー。アーサー・グウィン・ガイガー。本の持ち主だよ」

男は時間をかけて考えた。そして煙草の先端に目をやった。ドアの縁にかけていたもう一方の手は、私の視野から消えていた。肩を見ると、その手がドアの陰で何かしらの動きをとっていることがわかった。

「そういう名前の人物は知らんな」と彼は言った。「この近所に住んでいるのかね？」

私は微笑んだ。その笑みは相手の気に入らなかった。目に険しい色が浮かんだ。私は言った。「君はジョー・ブロディーかい？」

褐色の顔が硬くなった。「だったら何なんだ？　何か因縁でもつける気か、それともまだ与太を飛ばしているだけか？」

「じゃあ、君はジョー・ブロディーなんだな」と私は言った。「それでいてガイガーという名前に聞き覚えがないと言う。そいつはとびっきり愉快だ」

「そうかい？　あんたのユーモアのセンスがちょっと変わってるんだろうぜ。ここには用はない。どっか別のところでそいつを発揮してくれ」

私はドアにもたれかかり、夢見るような笑みを彼に向けた。「なあジョー、君は本を手にしている。私はお得意先の名簿を手にしている。それについて我々は話し合うべきじゃないかね」

彼は私の顔から目を逸《そ》らさなかった。背後の部屋の中で微かな物音が聞こえた。金属製のカーテン・ロッドに金属製のカーテン・リングが当たるような音だ。彼は横目でちらりとそちらを見やった。そしてドアを少しだけ大きく開けた。

「よかろう。もしあんたが何かしらを持ってると言うのならな」と彼はどうでもよさそうに言った。そしてドアから離れて立った。私は彼の脇を抜けて部屋に入った。

なかなか感じの良い部屋だった。数はそれほど多くないが、趣味の良い家具が置かれていた。奥の正面の壁はフレンチ・ウィンドウになり、石造りのポーチに向けて開かれ、そこから暮れなずむ丘の斜面が見えた。窓近くの西側の壁にドアがあり、それは閉まっていた。同じ壁の入り口の近くにもうひとつ戸口があり、その上に細い真鍮のロッドが渡され、フラシ天のカーテンが奥を隠していた。

残るは東側の壁だが、そちらにはドアはなかった。ソファがその中央あたりに、壁につけて置かれていた。私はそのソファに腰を下ろした。ブロディーはドアを閉めると、蟹のように横に歩き、方形の飾り釘が打たれた、丈の高い樫材のデスクに向かった。デスクの低くなった自在板の上に、杉材で造られた箱が置いてあった。メッキされた蝶番《ちょうつがい》がついている。彼はその箱を持ち、ドアとドアとの真ん中にある安楽椅子に座った。私はソファに帽子を置いて、待った。

「話を聞こうじゃないか」とブロディーは言った。彼は葉巻の箱を開け、短くなった煙草をそばにある灰皿に落とした。そして細長い葉巻を口にくわえた。「葉巻は？」と彼は言って、一本を私に向かって放り投げた。

私は手を伸ばしてそれを取った。ブロディーは葉巻の箱から拳銃を取り出し、銃口を私に向けた。私は拳銃を見た。三八口径の黒い警察制式拳銃だった。その時点で私には、それについてつべこべ言い立てるつもりはなかった。

「うまい手だろう、なあ？」とブロディーは言った。「ちょっと立っていただこうか。二メートルばかりこちらに近寄ってくれ。しっかり手を上げたままな」、彼の声は映画に出てくるタフガイの、よく演出されたいかにも無頓着な声だった。映画のおかげで妙なことが流行る。

「やれやれ」と私はそこにじっとしたまま言った。「この街には銃ばかり溢れて、脳味噌が不足しているらしい。ひとたび拳銃を手にすれば、世界の尻尾を捕まえたみたいな気分になるのかい。そういう人間に会ったのは、この数時間のうちで君が二人目だよ。そんなものは引っ込めて、ちっとは正気を働かせようじゃないか、ジョー」

彼は両の眉を引き寄せた。そして顎をこちらに突き出した。目つきが険悪だった。

「その人物はエディー・マーズっていうんだ」と私は言った。「名前を耳にしたことは？」

「ないね」、ブロディーは私に銃をつきつけたまま言った。

「もし彼がちょっと頭を働かせて、君が昨夜の大雨の中、どこで何をしていたか知ったら、偽造犯がインチキ小切手を始末するよりも素速く、君はこの世からおさらばすることになるぜ」

「俺はエディー・マーズにとって何だっていうんだ？」、ブロディーは冷たい声で言った。しかし銃は膝に下げられていた。

「おそらく記憶にすら残らないものだよ」と私は言った。

我々は互いに睨み合った。左手の戸口にかかったビロードのカーテンの下からのぞいている、先の尖った黒いスリッパには目をやらないようにした。

ブロディーは静かに言った。「誤解してもらっては困るが、俺はやくざものじゃない。ただ用心深いだけだよ。あんたが何者なのか、まったく知らんわけだからな。急にずどんとこられても困るだろう」

「君はそれほど用心深くはない」と私は言った。「ガイガーの蔵書の始末なんてずいぶんお粗末だったぜ」

彼はゆっくりと長く息を吸い込み、それを音もなく吐いた。それから後ろにもたれかかり、長い脚を組んだ。コルトはまだ膝の上にあった。

「いざとなってこのはじきを使わないだろうと思ったら間違いだぜ」と彼は言った。「それで、話は何だ？」

「先の尖ったスリッパを履いたお友だちに出てきてもらったらどうだ？　彼女も息を詰めているのに疲れただろう」

ブロディーは私の腹から目を逸らすことなく彼女を呼んだ。「出てこいよ、アグネス」

カーテンがさっと横に開き、緑色の目の、太腿を揺すって歩く淡い金髪の女が姿を見せた。ガイガーの店で働いていた女だ。彼女はすさまじい憎しみを込めた目で私を見た。鼻孔がぎゅっと縮まり、目は何段階か暗くなっていた。とことん不幸せな顔つきだった。

「あんたは厄介のたねだとわかってた」と彼女は私に叩きつけるように言った。「ジョーに言ったのよ。足もとをよく見た方がいいってね」

「彼が気をつけなくちゃならないのは足もとじゃなくて、火のつきそうな尻じゃないかな」と私は言った。

「笑えるわね」と金髪女が甲高い声で言った。

「これまでのところはね」と私は言った。「しかしたぶんもう笑い事ではすまない」

「つまらん冗談はもうよせ」とブロディーが私に忠告した。「自分の足もとくらい、ジョーさんはいつもしっかり見ているさ。明かりをつけてくれないか。いざというとき、撃つ相手がよく見えないと不自由だから」

金髪女が大きな四角形の電気スタンドのスイッチを入れた。そしてスタンドの隣にある椅子に腰を下ろし、まるで硬すぎるガードルをつけているみたいな、いやにこわばった姿勢をとっていた。私は葉巻を口にやって、端っこを嚙み取った。マッチを取り出して葉巻に火をつける間、ブロディーのコルトは怠りなく私を監視していた。私は煙を味わい、それから言った。

「私の話している顧客リストは暗号で書かれていて、その暗号はまだ解けていない。しかしそこにはおおよそ五百の名前が並んでいる。私の知る限りでは、君は十二箱の本を持っている。全部で五百冊にはなるはずだ。もちろん今貸し出しに回っているぶんがあるから、総数は更に多くなるだろう。しかし控えめに見積もって、全部で五百冊ということにしておこう。もしそれが現役のまっとうなリストで、もし君がそのうちの五十パーセントを稼働できるとしたら、十二万五千件の貸し出しが可能になる。詳しい内容は君のガールフレンドがよくご存じのはずだ。私はただ見当をつけているだけだ。平均貸出料をどれくらい低くするかは君次第だが、一冊につき一ドル以下ということはあるまい。商品には元手がかかっているからね。もし一冊一ドルとしても、それでも君は十二万五千ドルを稼げることになる。しかも元手は減らない。つまり君はまだガイガーの元手を手にしていることになる。それは犯罪をおかすための十分な理由になる」

金髪女が息を呑んだ。「ああ、何を言い出すの。偉そうにわかったようなことを――!」

ブロディーは険しい顔で女の方を見やり、怒鳴りつけた。「落ち着くんだ。いいから落ち着け!」

緩慢な苦悶と、密閉された怒りの煮えたぎるるつぼの中に女は引っ込んだ。銀色の爪が自らの膝をひっかいた。

「これはそのへんのちんぴらの手に負える仕事じゃない」と私はブロディーに言った。ほとんど優しく励ますように。「この仕事には君のような練れた人間が必要なんだ、ジョー。客の信頼を得て、そいつを常に維持しなくてはならない。こういうセックスの中古代用品に大枚をはたく輩は、洗面所が見つからない上品なご婦人みたいにびくついているものだ。私に言わせてもらえれば、恐喝なんぞ割にあわない。そっちの方面からは手を引いて、合法的なセールスとレンタルだけに徹するべきじゃないかな」

ブロディーの濃い茶色の視線が私の顔を下から上に、上から下に見た。彼の手にしたコルトは、私の内臓を虎視眈々と狙っていた。「面白いことを言う男だな」と彼は表情を欠いた声で言った。「それでいったい誰がその素敵な商売を仕切っているんだ？」

「君だよ」と私は言った。「あと一歩でね」

金髪女が息を詰まらせ、自分の耳に爪を立てた。ブロディーは何も言わなかった。ただ私の顔を見ていた。

「何ですって」と金髪女が鋭い声で言った。「あなたはミスタ・ガイガーが目抜き通りに店を構えて、そんないかがわしい商売をしていたって言いたいの？　冗談にもほどがあるわ！」

私は穏やかに彼女を横目で見た。「簡単なことさ。そういう商売が存在していることは誰もが知っているし、ハリウッドはまさにお誂《あつら》え向きの場所だ。そしてもしその手の商売がどこかに存在しなくてはならないとしたら、実務的な考え方をする警官なら、それが大通りで営業していることを望むはずだ。公認の娼婦街を彼らが好むのと同じようにね。いざというときにどこに踏み込めばいいかもわかるし」

「なんていうことを」と金髪女は信じられないという顔で言った。「ねえジョー、あなたはこんな間抜け野郎にいつまでも私を侮辱させておくつもりなの？　あなたは銃を持っているし、こいつが持っているのは葉巻と親指だけだっていうのに」

「気に入ったぜ」とブロディーは言った。「なかなか面白い話じゃないか。お前も、余計なことばかりべらべらしゃべってないで、少し黙ってろ。さもないとこいつで引っぱたいて静かにしてやるぞ」、彼は拳銃を上げて振り回した。彼の振る舞いはだんだん荒っぽくなってきた。

金髪女は息を呑み、壁に顔を向けた。ブロディーは私を見て、小狡《こずる》そうな声で言った。

「俺がどうやってその素敵な商売を手に入れることができたか、知りたいものだな」

「君は昨夜、そいつを手に入れるためにガイガーを射殺した。雨が降っていた。人を撃つには絶好の天気だ。問題は君がガイガーを撃ったとき、彼はひとりじゃなかったということだ。君は――ちょっとありそうにないことだが――そのことに気づかなかったか、あるいは恐ろしくなって一目散に逃げ出したか、どちらかだ。それでも彼のカメラから乾板を取り出すだけの度胸はあった。そして後刻現場に舞い戻り、死体を隠す度胸もあった。警察が死体を発見して、殺人事件の捜査にかかる前に、彼の蔵書を丸ごと移動できるようにね」

「なるほど」とブロディーは馬鹿にしたように言った。その膝の上でコルトが揺れていた。彼の褐色の顔は、木彫りの仮面のように硬くなっていた。「なかなか大胆なことを言うやつだな。ただあんたにとって実に幸運なことに、俺はガイガーを殺しちゃいない」

「同じことさ。どのみち罪は免れない」と私は明るい声で言った。「君はまさにお誂え向きの容疑者なんだよ」

ブロディーの声はかさかさしていた。「俺をはめるってか？」

「そのとおり」

「どうやって？」

「そういう筋書きの証言をする人間がいるからさ。目撃者がいたって言っただろう。私を甘く見ない方がいいぞ、ジョー」

彼はそこで爆発した。「あのねじけた、色狂いの女だ！」と彼は叫んだ。「あいつならやりかねない。まったく、あの女ならな！」

私は背中を後ろにもたせかけ、彼に向かって笑みを浮かべた。「いいねえ。彼女のヌード写真を持っているのは君に違いないと踏んでいたんだ」

彼は何も言わなかった。金髪女も何も言わなかった。私は彼らに好きに考えさせておいた。ブロディーの顔はゆっくりと晴れていった。そこには灰色がかった安堵《あんど》がうかがえた。彼はコルトを、椅子の隣にあるエンド・テーブルに置いた。しかし右手はその近くに置かれていた。葉巻の灰をカーペットの上に叩いて落とし、それから瞼《まぶた》を下げ、その隙間に僅《わず》かに光る目で私を睨んだ。

「俺のことをよほどの間抜けだと思っているようだな」とブロディーは言った。

「けちなたかり屋としちゃ、まずまずというところだろう。さあ、写真を出せ」

「何の写真だ？」

私は首を振った。「下手な芝居はよしてくれよ、ジョー。今更とぼけたって無駄さ。君は昨夜あの現場にいたか、あるいはそこに居合わせた誰かからヌード写真を手に入れたか、どちらかだ。彼女がそこにいたことを君は知っている。君がそのガールフレンドを使って、これは警察沙汰になるだろうとミセス・リーガンを脅かしたことでそれがわかる。その事情を摑んでいるというのは、事件が起こるところを自分の目で見ていたか、あるいは写真を手にしており、それがいつどこで撮影されたかを知っているということだ。いいからそっくり吐いちまえよ」

「ちっとばかり金が必要になる」とブロディーは言った。彼は少し首を曲げて、緑色の目の金髪女を見た。今ではもうその目は緑色ではなく、金髪もうわべだけだった。彼女は殺したての兎のようにぐったりしていた。

「金はあきらめろ」と私は言った。

彼は顔を硬く歪めて私を見た。「どうやって俺のことを嗅ぎつけたんだ？」

私は札入れをさっと開き、バッジを見せた。「ガイガーの周辺を調べていた。依頼人のためにね。昨夜、雨に打たれて外にいた。そのとき銃声が聞こえた。急いで中に飛び込んだ。殺人者の顔こそ見なかったが、それ以外のものはそっくり目にした」

「しかしそのことは黙っていた」とブロディーは冷笑した。

私は札入れをしまった。「そうだ」と私は認めた。「今まではな。写真はもらえるのか、もらえないのか？」

「本のことだがね」とブロディーは言った。「なんでそいつがわかったんだ？」

「ガイガーの店からここまで運送トラックを尾行したからさ。証人だっている」

「あのお稚児の坊やか？」

「どのお稚児の坊やだ？」

彼は更に顔を歪めた。「あの店で働いている若いのだよ。トラックが出ていくと、そのとたんに姿をくらましやがった。どこで寝泊まりしてるか、アグネスにもわからん」

「なるほど、そういう関係だったのか」と私は言った。そしてにやりと笑った。「おかげで話の筋が見えてきたよ。君たちのどちらか、ブロディーかガイガーの家に行ったことはあるかね——昨夜より前にということだが？」

「ないね。昨夜だってない」とブロディーがぴしりと言った。「で、俺がやつを撃ったと、あの女は抜かしているわけか？」

「もしこちらに写真が戻れば、彼女を説得できるかもしれない。何かの思い違いだったんじゃないかとね。酒もけっこう入っていたようだし」

ブロディーはため息をついた。「あの女は俺を憎んでいる。俺は彼女を放り出した。たしかにそのための手切れ金はもらったさ。しかしいずれにせよ、早晩放り出さなくちゃならなかった。あの女は俺みたいな単純な男の手には余る。頭がはじけすぎているからな」、彼は咳払いをした。「少しでもいい、金はもらえないのか？　実のところオケラなんだ。

アグネスと俺はずらからなくちゃならんし」

「うちの依頼人から金は出ない」

「なあ、いいか――」

「写真を出せよ、ブロディー」

「ちくしょうめ」と彼は言った。「負けたよ」。彼は立ち上がり、コルトをサイド・ポケットに入れた。左手がコートの内側に伸びた。そしてそれを取り出した。顔は苦々しげにねじれていた。そのときドアのブザーが鳴った。それは鳴り止まなかった。

15

それは彼の気に入らなかった。歯で下唇を噛みしめ、眉をきつくしかめた。顔全体が鋭くなり、とげとげしく警戒的になった。

ブザーはその歌を歌い続けた。私もそれが気に入らなかった。もしその訪問者がエディー・マーズとその手下であれば、私はここにいるというだけで、あっさり消されてしまうだろう。もしそれが警官だったら、私は逮捕され、彼らに差し出せるのは微笑みと約束だけということになる。もしそれがブロディーの友人たちだとしたら――友だちなんてものが彼にいるとすればだが――私はブロディーよりもっと手強い誰かを相手にしなくてはならないかもしれない。

それは金髪女の好むところでもなかった。彼女は跳ねるように立ち上がり、片手でさっと宙を強く払った。神経の高ぶりが彼女の顔を醜くし、老け込ませていた。

ブロディーは私を見ながら、デスクの小さな抽斗を素速く開け、象牙の握りのついた自動拳銃を取り出した。それを金髪女に差し出した。彼女はブロディーのそばに行って、震える手でそれを受け取った。

「そいつの隣に座ってろ」とブロディーは鋭く命じた。「身体の下の方にそれを突きつけていろ。ドアから離れてな。妙な真似をしたら、好きにしてかまわん。俺たちにもまだ勝ち目はあるんだ、ベイビー」

「ねえ、ジョーったら」と金髪女はすがるように言った。彼女はやってきて、ソファの私の隣に座った。そして銃口を私の脚の大動脈に当てた。彼女のひきつった目つきが気になった。

ブザーの音が止み、せっかちなノックがそれに続いた。ブロディーはポケットに手を入れて拳銃を握り、戸口まで歩いて、左手でドアを開いた。カーメン・スターンウッドが小型リヴォルヴァーをブロディーの薄い褐色の唇に突きつけ、彼を部屋の中に押し込んだ。

ブロディーはあとずさりして彼女から離れた。その口はもそもそと動き、顔には恐怖の色が浮かんでいた。カーメンは後ろ手でドアを閉めた。私もアグネスもその眼中にはなかった。彼女はブロディーをじりじりと追い詰めていった。歯の隙間から舌先が微かにのぞいていた。ブロディーは両手をポケットの外に出し、彼女をなだめるような仕草をした。彼の両眉は今ではばらばらな曲線と角度で形成されていた。アグネスは私に突きつけていた銃を、さっとカーメンに向けた。私はすかさず手を伸ばし、彼女の手を指で上から強く押さえ込み、安全装置の留め金を親指で探った。安全装置はかかっていた。だからそのままにしておいた。短い無言の揉み合いがあった。しかしカーメンもブロディーもこちらにはまったく注意を向けなかった。私は銃を取り上げた。アグネスは深く息をつき、身体全体でわなわなと震えていた。カーメンの顔は肉がこそげ落ちたように骨張り、その息はしゅうしゅうという耳障りな音を立てた。彼女の声はどこまでも平板だった。

「私の写真をちょうだい、ジョー」

ブロディーは息を呑み、笑みを浮かべようと試みた。「いいとも、わかったよ。いいとも」、彼は潤いのない小さな声でそう言った。それはさっきまで私に向けていたどすのきいた声に比べると、十トン・トラックに対するスクーターくらいの勢いしかなかった。

カーメンは言った。「あなたがアーサー・ガイガーを撃ったのよ。私は見ていた。だから写真を渡しなさい」。ブロディーは青ざめた。

「おい、ちょっと待て、カーメン」と私は叫んだ。

金髪のアグネスははっと正気に戻った。彼女は身を屈《かが》めて、私の右手にその歯を食い込ませた。私は声を上げ、彼女を振り払った。

「話を聞いてくれ」とブロディーは懇願した。「少しだけ話を――」

金髪女はうなり声を上げ、私の脚に飛びかかって、それに嚙みつこうとした。私は拳銃で彼女の頭をいくらか手加減して殴りつけ、立ち上がろうとした。女は私の両脚にすがり、必死にしがみついた。私はソファに倒れ込んだ。彼女は愛だか恐怖だかのせいで、あるいはその両方のせいで、正気とは思えない力を出していた。あるいはそんなものとは無関係に、ただもともと力持ちだったのかもしれない。

ブロディーは手を伸ばして、顔のすぐ前にあった小さなリヴォルヴァーをつかみ取ろうとしたが、しくじった。銃は何かを叩いたような、こつんという鋭い音を立てたが、それほど大きな音ではなかった。銃弾は折り込まれたフレンチ・ウィンドウのガラスを破砕した。ブロディーは悲壮なうめき声を上げて床に伏せ、カーメンの足を下からすくった。彼女は床に尻餅をつき、小さなリヴォルヴァーは床を部屋の角まで滑っていった。ブロディーは跳ね上がるように身を起こして膝をつき、ポケットに手を伸ばした。

私は拳銃でアグネスの頭をもう一度ひっぱたいた。今度は前のように上品にはやらなかった。そして足にしがみつく彼女を蹴って突き放し、立ち上がった。ブロディーはこちらをちらりと見た。私が自動拳銃を見せると、彼はポケットに入れかけていた手を止めた。

「お願いだ！」と彼は情けない声で懇願した。「あの女に俺を殺させないでくれ！」

私は笑い出した。頭のたがが外れたみたいに笑った。自分でも抑えがきかなかった。金髪のアグネスはカーペットにぺったりと両手をついて身を起こしていた。口はぽっかりと開き、メタリックな金髪が一筋、右目の上に垂れかかっていた。カーメンは四つん這いになって、相変わらずしゅうしゅうという音を立てて呼吸しながら、床を進んでいた。部屋の角には、彼女の小さなリヴォルヴァーが光って転がっていた。彼女は一心不乱にそちらに向かっていた。

私は手に入れた銃をブロディーに向けた。「じっとしていろ。大丈夫だから」

私は這っている娘を追い越し、先に銃を拾い上げた。彼女は私を見上げ、くすくす笑った。私は拳銃をポケットに収め、彼女の背中をとんとんと叩いた。「起きるんだ、エンジェル。それじゃまるで狆《ちん》みたいだぜ」

私はブロディーのところに行って、みぞおちに自動拳銃を突きつけ、サイドポケットのコルトを取り上げた。これでここで姿を見せた拳銃を残らず回収したことになる。私はそれらを自分のポケットに詰め込み、片手を彼の方に差し出した。

「いただこう」

ブロディーは唇を舐めながら、肯いた。目にはまだ怯《おび》えの色があった。分厚い封筒を胸のポケットから取り出し、私に渡した。封筒の中には現像板がひとつと、紙焼きプリントが五枚入っていた。

「これで本当に全部なんだな?」

彼はもう一度肯いた。私はその封筒を自分の胸ポケットに入れ、振り返った。アグネスはソファに戻って、髪を整えていた。そして憎しみを煮詰めたような緑の目で、カーメンを睨みつけていた。カーメンも立ち上がり、片手を差し出して私の方にやってきた。まだくすくす笑い、耳障りな音で呼吸をしていた。口のわきから小さなあぶくが出ていた。白い小さな歯が、唇の近くで光っていた。

「それをもらえる?」と彼女ははにかんだような微笑みを浮かべて私に尋ねた。

「私が始末しておく。君は家に戻るんだ」

「家に?」

私は戸口に行って、外の様子を見た。涼しい夜の風が、こともなげにゆったり廊下を吹き抜けていた。血相を変えた隣人が戸口から顔をのぞかせているようなこともなかった。小型拳銃が発射され、ガラスが割れた。しかしその程度の騒音は、昨今とくに人の注意を引かない。私はドアを開けたまま、カーメンに向かって首を振った。彼女は不確かな笑みを浮かべてこちらにやってきた。

「家に戻って、私を待つんだ」と私はなだめるように言った。

彼女は親指を上げた。それから肯き、私のわきを抜けて廊下に出た。通り過ぎるときに、指で私の頰に触れた。「あなたはカーメンの面倒をみてくれるのね。ねえ?」と彼女は甘えた声で言った。

「しかと」

「あなたってキュートね」

「君は何もわかってない」と私は言った。「右の太腿にバリ島の踊り子の入れ墨をしているんだ」

彼女の目はくるりと丸くなった。「いけない人」と彼女は言って、私に向かって指を振った。それから囁《ささや》くように言った、「私の銃を返してくれない？」

「今はだめだ。あとで持って行ってあげる」

彼女は唐突に私の首に手を回し、口にキスをした。「あなたのこと好きよ」と彼女は言った。「カーメンはあなたが大好き」。彼女はツグミのように朗らかに廊下を走り去っていった。階段の手前で私に手を振り、それから走り降りて、私の前から姿を消した。

私はブロディーのアパートメントに戻った。

16

私は折り込まれたフレンチ・ウィンドウのところに行って、上部の割れた小さなガラスを調べてみた。カーメンの拳銃から発射された弾丸は何かで叩いたみたいにガラスを砕いていた。きれいな穴を作ったわけではない。漆喰《しっくい》には小さな穴が開き、目の鋭い人間ならすぐにそれに気づきそうだ。私はカーテンを引いて割れたガラスを隠し、ポケットからカーメンの拳銃を取り出した。二二口径のバンカーズ・スペシャル、ホロー・ポイントの弾丸が装塡《そうてん》されている。銃把は真珠色で、底の部分に丸い銀のプレートがはまっていた。「カーメンに。オーエンより」と彫られている。彼女に関わる男たちは全員愚かしくなるらしい。

私は拳銃をポケットに戻し、ブロディーの近くに腰を下ろし、彼の落胆した茶色の目をじっと見た。一分が過ぎた。金髪女はコンパクトの助けを借りて、顔を直した。ブロディーは煙草を手の中でいじりまわしていたが、やがてぐいと身をひねった。「これで満足したか？」

「今のところはな。しかしなぜ親父さんを脅さないで、ミセス・リーガンを相手にしたんだ?」

「親父さんから一度金をせびったことがある。六カ月か七カ月前のことだ。二度目となると、腹を立てて警察に通報するかもしれないと思ったんだ」

「ミセス・リーガンが父親に相談するとは思わなかったのか?」

彼は煙草を吸い、私の顔をじっと見ながら、それについて慎重に考えを巡らせていた。そしてやっとこう言った。「あんた、どの程度あの女のことを知っているんだ?」

「二度会っただけだ。写真をネタに強請《ゆす》ろうとしたくらいだから、私よりは君の方が彼女については詳しいに違いない」

「あの女はあちこちで浮き名を流している。親父さんに知られたくない事柄もいくつかあるはずだ。五千くらいなら簡単に都合できるだろうと踏んだのさ」

「今ひとつ納得がいかないが、まあいいだろう」と私は言った。「オケラだって言ったな?」

「この一カ月ばかり、五セント硬貨を二枚手の中で振って、子供を産んで増えてくれないかと願っていたほどさ」

「何をやって生計を立てているんだ?」

「保険業だ。パス・ウォルグリーンのオフィスに机がある。ウェスタン通りとサンタ・モニカ通りの角にあるフルワイダー・ビルだ」

「いったん口を割ると、ずいぶんよくしゃべるようになるんだな。本はここに運び込んだのか？」

彼はかちんと歯を合わせ、褐色の手を振った。身振りにまた自信が少しずつ戻ってきた。

「まさか。倉庫に置いてあるさ」

「君は人を使って本をここに運ばせた。そのあとすぐに倉庫を手配し、そこにまた本を移し替えたわけか？」

「そうだ。ガイガーの店から直接、倉庫にブツを持って行くのはやばいからな。違うか？」

「なかなか頭がいい」と私は感心したように言った。「それで今、この場所には何か犯罪に結びつくようなものはあるか？」

彼はまた心配そうな顔をした。それから鋭く首を横に振った。

「そいつはよかった」と私は言った。そしてアグネスの方を見た。彼女は顔を整え終え、じっと壁を睨んでいた。目は虚ろで、ほとんど話を聞いていなかった。その顔には、緊張とショックが生み出した気怠さがうかがえた。その二つが初めて結びついたのだ。

ブロディーの目が不安そうにきらりと光った。「それで？」

「どうやって写真を手に入れたんだ？」

彼は顔をしかめた。「なあ、あんたは求めていたものを手に入れた。それもただ同然で。たいしたもんだよ。ボスの前に出て、好きなだけ自慢すればいいさ。俺はもうクリーンだ。写真のことなんて何も知らないぜ。なあ、アグネス？」

金髪女は目を開け、彼を見た。その顔にはとりとめない、しかし肯定的とは言い難い思いがうかがえた。「半端にしか頭を働かせられない男」と彼女は鼻をすすりながらくたびれた声で言った。「私が引き当てるのはそんな連中ばかり。最初から最後までまっとうに頭を働かせられる男に出会ったためしがない。ただの一度も」

私は彼女に向かって笑みを浮かべた。「君を痛い目にあわせてしまったかな？」

「あんただけじゃない。出会った男には一人残らず、痛い目にあわされた」

私はもう一度ブロディーを見た。彼は指の間に煙草をはさんでいた。その指はひきつっていた。手全体が細かく震えているようだった。しかし彼の褐色のポーカー・フェイスには相変わらず乱れがなかった。

「話を合わせなくちゃならない」と私は言った。「まずひとつは、カーメンがここに来なかったということだ。こいつは大事だ。彼女はここにはいなかった。君たちが見たのは幻影だ」

「なるほどねえ！」とブロディーはあざ笑うように言った。「もしそういうことをおたくが望むのなら――」、そして掌を上にして手を差し出し、親指で人差し指と中指をそっと擦った。

私は肯いた。「いいだろう。ちょっとした謝礼は出るかもしれない。しかしそれは千ドル単位じゃないぜ。それで誰からその写真を受け取った？」

「ある男がこっそり渡してくれたのさ」

「いいねえ。通りですれ違った男がそれをくれた。これからその男に会うこともないだろうし、それ以前に会ったこともない」

ブロディーはあくびをした。「そいつのポケットからこぼれ落ちたのさ」と彼は横目で見ながら言った。

「いいねえ。昨夜のアリバイは持ち合わせているか？」

「ああ。ずっとここにいたよ。アグネスと一緒に。なあ、アグネス？」

「君のことがまただんだん不憫《ふびん》になってきたよ」と私は言った。

彼の目が大きく開かれ、顎が落ち込んだ。煙草は下唇の上で辛うじてバランスをとっていた。

「君は自分のことを頭が切れると考えているようだが、実はけっこうな阿呆だ」と私は言った。「もしサン・クエンティン刑務所で電気椅子に座らされずに済んだとしても、長くわびしい刑期をくらうことになるだろうぜ」

彼の煙草がぴくっと動き、ヴェストに灰が落ちた。

「そこでは自分の頭がどれほど切れるか、じっくりと考えを巡らせるだけの暇はある」と私は言った。

「消えちまいな」と彼は突然すごみをきかせて言った。「とっとと失せろ。あんたのおしゃべりに付き合っているのにはもううんざりしたよ。出ていけ」

「いいとも」、私は立ち上がり、丈の高い樫材のデスクのところに行き、ポケットから彼の二丁の拳銃を出し、下敷きの上に並べて置いた。銃口がちょうど平行になるように。それからソファのわきに落ちていた帽子を手に取り、ドアに向かった。

ブロディーは高い声を出した。「おい！」

私は振り向いて、待った。彼の煙草はバネのついた人形みたいにふらふら揺れていた。

「まずいことは何もないよな？」

「ああ。ここは自由の国だ。どうしても刑務所に入りたいというのなら、それは君の自由だ。つまり君がアメリカ市民ならということだが、アメリカ市民なんだろうね」

彼は煙草を小刻みに揺らせながら、ただ私の顔を見ていた。金髪のアグネスはゆっくりと首を曲げ、私の顔を同じようにまじまじと見た。二人の目にはだいたい同じくらいの割合で、警戒心と、猜疑《さいぎ》と、鬱屈《うっくつ》した怒りが配合されていた。アグネスは出し抜けに銀色の爪を上げ、髪の毛を一本頭から引き抜き、思い切り引っ張ってそれをちぎった。

ブロディーは硬い声で言った。「警察に行くつもりじゃあるまいな。あんたがスターンウッド家のために働いているとしたら、そいつはよした方がいい。俺はあの一家についちゃいろんなネタを摑んでいるんだ。写真も手に入ったし、口封じもした。それ以上のお節介は身のためにならんぜ」

「はっきりしてくれないか」と私は言った。「君は私に出て行けと言った。だから出ていこうとしたら、君は大声で待てと言った。だから私はこうして立ち止まった。で、また出ていこうとしている。それが君の望んでいることなのか？」

「俺は何も握られちゃいない」とブロディーは言った。

「ただ二件の殺人だけさ。君の住んでいる世界では取るに足らないことなのかもしれないが」

彼が飛び上がったのは、実際にはほんの数センチだったが、三十センチくらいは飛び上がったみたいに見えた。煙草色の虹彩のまわりが白い角膜でいっぱいになった。褐色の顔は、スタンドの明かりの下で青ざめていた。

金髪のアグネスは獣じみた低いうなり声を発して、ソファの端っこのクッションに頭を埋めた。私はそこに立って、腿《もも》のまっすぐなラインを鑑賞させてもらった。

ブロディーはゆっくりと唇を湿らせ、言った。「まあ、座れよ。もう少しあんたに教えられることがあるかもしれない。その二件の殺人というのはどういうことなんだ？」

私はドアにもたれかかった。「なあジョー、昨夜の七時半頃、君はどこにいた？」

彼の口もとは不機嫌そうに下がった。目は床を見ていた。「ある男を見張っていた。その男はけっこうおいしい商売をしていて、パートナーを必要としているんじゃないかと思ったわけさ。ガイガーだよ。俺は折に触れてその男を見張っていた。やつがやくざと関係しているかどうかを知りたくてな。やつが裏でその筋と繋がりをもっているんじゃないかと、俺は踏んでいた。でなきゃ、あそこまで大っぴらに商売はできないからな。しかしその手の連中はやつの家には現れず、やって来るのは女たちだけだ」

「見張り方が十分ではなかっただけさ」と私は言った。「それで？」

「昨夜はガイガーの家の下の道路に車を停めていた。土砂降りで、車の中にこもっていて、何ひとつ見えやしない。ガイガーの家の正面には一台の車が停まり、坂道の少し上のあたりにもう一台別の車が停まっていた。だから俺は下の道路にいたんだ。俺が車を停めているところに、でかいビュイックが駐車した。少しあとで俺はそこに行って、ちらっと車の中をのぞいてみた。車はヴィヴィアン・リーガンに登録されていた。何事も起こらなかった。だから俺は引き上げた。それだけのことさ」、彼は煙草を振った。彼の視線は私の顔色をしつこくうかがっていた。

「それだけのこと、か」と私は言った。「そのビュイックが今どこにあるか、知っているか？」

「なんでそんなことが俺にわかる？」

「警察が保管しているよ。その車は今朝、リドの魚釣り用の桟橋の先、深さ四メートルの海底から引き上げられたんだ。中には男の死体がひとつあった。頭をどやされ、車は桟橋の先に向けられ、ハンド・スロットルが引かれていた」

ブロディーの息づかいが激しくなった。片方の足がせわしなくタップを打っていた。

「なあ、おい、俺をその犯人に仕立てることはできないぞ」と彼は喉に引っかかった声で言った。

「そうだろうか。君の話によれば、そのビュイックはガイガーの家の崖下の道に停められていた。ミセス・リーガンは昨夜その車は使わなかった。その車を持ち出したのは、オーエン・テイラーという、スターンウッド家のお抱え運転手をしている若い男だ。彼はガイガーと話をつけるために、彼の家を訪れた。なぜならオーエン・テイラーはカーメンにぞっこんだったからだ。そして彼は、ガイガーがカーメンを相手にやっているゲームが気に入らなかった。彼はかなてこと拳銃を持って裏側から家に入り、ガイガーが素っ裸のカーメンの写真を撮っているところを押さえた。そして彼の拳銃が火を噴いた。拳銃というのは早晩火を噴くものだ。ガイガーはその場に倒れて一巻の終わり、オーエンは逃亡した。しかしガイガーが撮ったばかりの写真のネガを持って行くことは忘れなかった。君は彼のあとを追いかけ、写真を奪った。それ以外に君がこの写真を手に入れる手だてはない」

ブロディーは唇を舐めた。「ああ」と彼は言った。「しかしだから俺がやつをのしたことにはならないぜ。そう、たしかに俺は銃声を耳にした。そして犯人が裏の階段を駆け下りてくるのを見た。やつはビュイックに乗って、走り去った。俺はあとを追った。車は渓《キャ》谷《ニオン》のいちばん下まで行って、それからサンセット大通りを西に向かった。ベヴァリー・ヒルズの先でタイヤが横滑りして道路を外れ、車は停まった。俺はそこに行って、警官のふりをした。やつは拳銃を持っていたが、神経がおかしくなっていた。そこで俺はやつに一発食らわせた。そして服を探り、素性を知った。それから好奇心に駆られて、写真の乾板を手に取った。それがいったい何なのか俺にはよくわからず、雨に首筋を濡らしながら考え込んでいた。そのとき突然やつが意識を取り戻し、俺を殴って車の外に叩き出した。俺がやっと立ち上がったときには、もうどこかに消えていた。それがそいつを目にした最後だ」

「どうして撃たれたのがガイガーだとわかったんだ？」と私はぶっきらぼうに尋ねた。

ブロディーは肩をすくめた。「ただそう思ったのさ。間違っているかもしれないが。だが乾板を現像してみて、何が写っているのか見たときには、その推測はほとんど確信になった。そしてガイガーが今朝になっても店に出てこず、家に電話をかけても誰も出ないとわかったとき、もう間違いないと思った。それで俺は思ったのさ。今が本を横取りする好機だってな。そしてスターンウッド家をちょっと揺さぶって旅行資金を稼ぎ、どこかにしばらく姿をくらませようと」

私は肯いた。「話の筋は通っているようだ。今回の件で、君は誰も殺してはいないのかもしれない。で、ガイガーの死体はどこに隠した？」

彼の眉毛が跳ね上がった。それから彼はにやりと笑った。「おいおい、よしてくれよ。俺がその現場に引き返して、死体の始末をしたと本気で思っているのか？　おまわりを満載した車が、いつ角を曲がって現れるかもしれないんだぞ。そんなことできるものか」

「しかし誰かが死体を隠したんだ」と私は言った。

ブロディーは肩をすくめた。笑みはまだ彼の顔に残っていた。彼は私の言うことを信じていなかった。彼がまだ私の言うことを信じていないうちに、再びドアのブザーが鳴った。ブロディーは険しい目つきでさっと立ち上がり、デスクの上の自分の拳銃に目を向けた。

「またあの女が戻ってきたんだ」と彼は唸るように言った。

「そうだとしても、もう拳銃は持っていない」と私は言った。「ほかに誰か尋ねてきそうな友だちはいるのか？」

「ひとりばかり」と彼は唸るように言った。「こんな隅取《すみと》り鬼ごっこみたいなややこしいゲームには、もううんざりしたぜ」、彼はデスクに向かい、コルトを取った。それをわきに下ろした手に持ち、ドアに向かった。左手をノブにかけ、それを回してドアを三十センチばかり開き、その隙間に身を乗り出した。拳銃はしっかりと腿に押しつけられていた。

声が聞こえた。「ブロディーか？」

ブロディーは何かを言ったが、よく聞こえなかった。くぐもった銃声が二発続けて響いた。銃口がブロディーの身体にぴたりと当てられていたに違いない。彼はドアに向けて倒れ込み、その重みでドアがばたんと音を立てて閉まった。彼は木の床に滑るように倒れ、その両足はカーペットを押しやっていた。ノブにかけていた左手が離れ、腕が床をどすんと打った。頭はドアに押しつけられる格好で曲がっていた。彼はそのまま動かなかった。コルトは右手にひっかかったままだ。

私はそちらに飛んでいって、ブロディーの身体をどかし、何とかドアを開けて、その隙間から外に出た。ほぼ真向かいの部屋のドアが開いて、一人の女が顔を出していた。彼女の顔は恐怖で真っ青になっていた。そしてかぎ爪のような手で廊下の向こうを指した。

私は廊下を走り抜けた。誰かがタイルの階段を走り降りていく音が聞こえた。その足音を追った。ロビーの階に着くと、玄関のドアがまさに静かに閉まりかけているところだった。外の歩道を、ぱたぱたという足音が走って遠ざかっていった。私はドアが閉まる前に戸口にたどり着き、それをもう一度こじ開けて外に出た。

革ジャンパーを着た、背の高い無帽の男が、道路を斜めに走って横切り、駐車した車の間を抜けているところだった。その男はこちらを向き、そこから炎が走った。二丁の重いハンマーが私の横の漆喰壁をがんと叩いた。男は走り続け、二台の車の間に潜り込んでそのまま姿を消した。

一人の男が私の隣にやってきて、大声を出した。「何があった?」

「銃撃だよ」と私は言った。

「ジーザス!」と彼は言って、そのままアパートメント・ハウスに逃げ込んだ。

私は歩道を足早に歩き、車を駐めたところに行った。車に乗り込み、エンジンをかけた。そして道路に出て、スピードを出さないように気をつけながら坂を下った。道路の反対側から出てくる車はなかった。足音が聞こえたような気がした。しかし確信はなかった。一ブロック半ほど坂を下り、交差点でターンし、同じ道を戻った。歩道の先から、押し殺した口笛が微かに聞こえた。それから足音が聞こえた。私は二重駐車して、二台の車のあいだを抜け、身を低く屈めた。そしてポケットからカーメンの小型リヴォルヴァーを取り出した。

足音は大きくなった。楽しげな口笛がそれに続いた。ほどなく革ジャンパーの男が姿を見せた。私は二台の車の間からのっそりと出て、言った。「マッチはあるかい?」

その若い男はさっとこちらを向き、ジャンパーの内側に素速く右手を突っ込んだ。彼の目は丸い電気シャンデリアの光のように、濡れて輝いていた。湿った黒い瞳がアーモンドの形になった。青白い整った顔立ちで、ウェーブのかかった黒い髪が額に低く、二つのポイントを作って垂れかかっていた。とびっきりの美男、ガイガーの店で働いていた男だ。

彼は黙したままそこに立って私を見ていた。右手は革ジャンパーの縁にあって、まだ中に入れられてはいない。私は小型リヴォルヴァーをわきに下げていた。

「君はあのおかま男のことが、よほど好きだったようだな」と私は言った。

「てめえでファックしやがれ」と青年は柔らかな声で言った（原文はGo—yourself。当時はfuckという言葉は禁句だった）。駐車している車と、歩道の内側の高さ一メートル半ほどの擁壁との間で、彼は身動きもしなかった。

パトカーのサイレンが長い坂道を登ってくるのが、遠くに聞こえた。青年の頭がさっとそちらに向けられた。私は彼に一歩近づき、ジャンパーに拳銃を強く突きつけた。

「私がいいか、それとも警察がいいか？」と私は彼に尋ねた。

彼の顔はまるで私にはたかれたみたいに、僅かに横に傾いだ。「あんた、誰だ？」と彼は唸るように言った。

「ガイガーの友だちさ」

「どこかに消えちまえ、くそったれ」

「こいつは小さな拳銃でね、坊や。こいつをへそに撃ち込んでやろう。歩けるようになるまでに三ヵ月はかかるぜ。でもいちおう回復はする。だからサン・クエンティン刑務所の、ぴかぴかの小綺麗なガス室までは自分の足で歩いて行けるだろう」

彼は言った。「てめえでファックしやがれ」、青年の手はジャンパーの内側に伸びた。私は銃口を彼の腹に食い込ませた。彼は長いため息をつき、ジャケットから手を離し、それを身体のわきに力なく下ろした。広い両肩ががっくり落ちた。「何が望みだ」と彼は囁くように言った。

私はジャンパーの内側に手を伸ばし、自動拳銃を取り上げた。「私の車に乗るんだ、坊や」

私は彼の後ろにまわって、背中を押しやった。彼は車に乗り込んだ。

「運転席に行け。君が運転するんだ」

彼はハンドルの前に座り、私は隣に乗り込んだ。そして言った、「坂を上がってくるパトカーを先に行かせろ。連中は我々がサイレンを聞いて、わきに寄せて車を停めたと思うだろう。それから反対向きに、坂を下りてうちに帰ろう」

私はカーメンの銃をしまい、自動拳銃を青年のあばら骨に押しつけ、窓の後ろを見た。サイレンの音はすぐ間近に迫っていた。二つの赤いランプが道路の真ん中にはっきり見えてきた。それはどんどん大きくなってひとつに混じり、耳を聾《ろう》する音を立てながら、すぐわきを勢いよく通り過ぎていった。

「さあ、行こう」と私は言った。

青年は車を素速くターンさせ、坂を下りた。

「家に戻ろうじゃないか」と私は言った。「ラヴァーン・テラスに」

彼の滑らかな唇が引きつった。彼は車をフランクリン通りに入れ、西に向かった。「早とちりってのはよろしくないぜ、坊や。名前はなんていうんだ？」

「キャロル・ランドグレン」と彼は生気を欠いた声で言った。

「君は間違った男を撃ったんだよ、キャロル。君の恋人を撃ったのはジョー・ブロディーじゃない」

彼はお得意の悪態を口にし、運転を続けた。

17

ラヴァーン・テラスに並んだユーカリの高い枝の間に、霧の輪がかかった半月が光っていた。坂の下の方の家から、ラジオの音が大きく聞こえた。青年はガイガーの家の正面の、四角く刈り込まれた生け垣に勢いよく車を停め、エンジンを切り、両手をハンドルの上に載せたまま、まっすぐ前を見ていた。ガイガーの生け垣の奥には明かりは見えなかった。

私は言った。「誰か中にいるのか？」

「あんたが知っているはずだ」

「どうして私が知っている？」

「てめえでファックしやがれ」

「そういうことを言い続けていると、今に入れ歯が必要になるぞ」

彼はにっと笑って、入れ歯を見せてくれた。それからドアを蹴り開け、車から降りた。

私は急いで彼のあとを追った。彼は腰に両手の拳をあてて立ち、生け垣越しに何も言わずに家を見ていた。

「鍵を持っているんだろう」と私は言った。「さっさと家に入ろうじゃないか」

「俺が鍵を持っているって誰が言った？」

「寝ぼけたことを言うなよ。おかまの恋人から鍵をもらっているはずだ。君はこの家にこざっぱりとした、男っぽい小さな部屋を持っている。ご婦人の訪問者があるときには、彼は君を外に追いやって、家に鍵をかけた。彼はシーザーのようなものだった。女性にとっては夫であり、男性に対しては妻だった（『ローマ皇帝伝』によれば、「シーザーは全ての女の夫であり、全ての男の妻であった」という告発が彼の政敵によってなされたことがあった）。君らのような種類の人間について、何も知らないと思っているのか？」

私はだいたいのところ自動拳銃の銃口を彼に向け続けていた。しかしそんなものにおかまいなく、彼は飛びかかってきた。顎に一発を食らった。私はなんとか素速くバックステップして、倒れるのを防いだが、それでもまともにパンチを食らった。もっとも所詮はおかまパンチだ。強打のつもりでくり出されたものだが、見かけはどうであれ、こいつらには気骨というものがない。

私は拳銃を青年の足もとに放り出して言った。「おい、そいつが必要なんじゃないのか？」

青年は拳銃を取ろうとさっと屈み込んだ。なかなか敏捷な動きだったが、私はすかさずその首の側面にパンチを叩き込んだ。彼は横向けに倒れ、拳銃に手を伸ばそうとしたが、届かなかった。私は拳銃を再び拾い上げ、車の中に放り込んだ。青年は四つん這いになって起き上がり、異様なほど大きく見開いた目で、横目使いに私を見た。咳をして、頭を振った。

「勝ち目はないぞ」と私は言った。「身体の大きさからして違いすぎる」

それでも彼はあきらめなかった。カタパルトから飛び出した飛行機みたいに飛びかかってきた。私の膝にタックルしようとした。私は横にステップし、その頭を小脇に抱え込んだ。彼は地面をしっかりと掘って足下を固め、両手を使って私が痛みを感じる部分を攻めようとした。私は相手の頭をひねり、少し高く持ち上げた。自分の右手首を左手で握り、右の腰骨を彼の方にねじった。ひとしきりその体勢で体重の均衡がとれていた。靄《もや》のかかった月明かりの下で、我々はそのままじっと絡み合っていた。地面に足をのめり込ませ、力を振り絞り、激しく息を切らせている二匹の不気味な獣のように。

今では私は相手ののど笛に右の前腕を回していた。そして両腕のすべての力をそこにかけた。彼の両足が狂ったようにのたうち始めた。まもなく呼吸の音が聞こえなくなった。もう身動きはとれない。左足が脇にだらんと伸び、膝の力が抜けた。私はなおも三十秒間そのままの姿勢を維持した。彼は私の腕の中にぐったりともたれかかった。抱えていられないほどの重さだ。手を放すと、彼は私の足下にどさりと横たわった。意識はない。

私は車のグローブ・コンパートメントから手錠を持ってきて、背中に回した青年の両手首にはめた。彼の両脇に手を当てて身体を起こし、生け垣の背後の人目につかないところまで、苦労して引きずっていった。それから車に戻り、三十メートルばかり坂の上まで運転し、そこに駐めてロックした。

戻ってきたとき、相手はまだ失神していた。ドアの鍵を開け、彼を引きずって家の中に運び込み、ドアを閉めた。そこでようやく青年はぜいぜいと息をし出した。明かりをつけると、しょぼしょぼと目を開け、ゆっくり私に焦点を合わせた。

私は彼の膝が届かない距離をとって身を屈めた。「おとなしくしてろ。さもないと、もう一回同じ目にあわせるぞ。静かに横になって、じっと息を詰めるんだ。もうこれ以上息を詰めていられないというところまで息を詰めるんだ。そしてさあこれから呼吸しなくてはならないと自分に言い聞かせろ。そうしないことには顔が紫色になり、目の玉が飛び出してしまう。だから今すぐ息を吸い込まなくちゃならない。ところが君は今、サン・クエンティン刑務所のなかなか小洒落たガス室の中にいて、椅子に縛り付けられている。そして空気を吸い込むことを身体が求めているというのに、君はなんとかそれを吸い込むまいと全力を振り絞らなくちゃならない。なぜならそこにあるのは新鮮な空気じゃなく、青酸ガスだからだ。そしてそれが、今のところ我々の州において『人道的処刑』と称されるものだ」

「てめえでファックしやがれ」と彼は力のない柔らかなため息と共に言った。

「君は警官にすがることになるんだよ、坊や。そんなことをするわけがないなんて考えるなよ。君は我々が聞きたいと望むことをしゃべり、我々が聞きたいと望まないことはしゃべらないだろう」

「てめえでファックしやがれ」

「もう一度その言葉を口にしてみろ、おつむの下に枕を当てがってやるぜ」

彼の口が引きつった。私は青年をそのままにしておいた。背中で両手首に手錠をかけられ、頬を絨毯に押しつけ、こちらに向けた目に獣のような鋭い光を浮かべ、彼は床に転がっていた。私はもうひとつのライト・スタンドの明かりをつけ、居間の奥にある廊下に足を踏み入れた。ガイガーの寝室は前のとおりだった。廊下の向かいにある別の寝室のドアを開けてみた。そのドアには今回は鍵はかかっていなかった。部屋には仄《ほの》かな明かりがひとつちらちらと明滅し、白檀《びゃくだん》の匂いがした。鏡付きのチェストの上には小さな真鍮のトレイが置かれ、円錐形になったお香の灰の山が二つ、そこに並んでいた。明かりを放っているのは、高さ三十センチほどの二本の燭台の上の、長く黒い蠟燭だった。ベッドの両側にひとつずつ、背もたれのまっすぐな椅子の上にそれらは置かれていた。

　ガイガーはベッドに横になっていた。なくなっていた二枚の中国のつづれ織りが、聖アンドリューの十字架のようなかたちに、死体の中央にかけられていた。ガイガーの中国服についた血の染みを隠すためだろう。その十字の下には、黒いパジャマに包まれた彼の脚があった。それは硬直し、まっすぐになっていた。その足は厚く白いフェルトのついたスリッパを履いていた。十字にかけられた布の上で、彼の手もまた、手首のところで十字を組み、肩に向けて置かれていた。掌を下に向け、指は揃えられたまきれいに伸びていた。口は閉じられ、チャーリー・チャン風の口髭はまるでかつらのように、造りものっぽく見えた。幅の広い鼻は白く縮んでいた。目はほとんど閉じられていたが、すっかり閉じられてはいなかった。ガラスの義眼が明かりを受けて微かに光り、私にウィンクしていた。

私は死体には触れなかった。近くに寄りもしなかった。その身体は氷のように冷たく、板のように硬くなっているはずだ。

黒い蠟燭の火が、開いたドアから入ってくる風に揺らいだ。黒い蠟が筋を引いてゆっくり流れ落ちた。部屋の空気は毒気を含み、現実味を欠いていた。私は部屋を出て再びドアを閉め、居間に戻った。青年はそのままの姿勢でいた。私はそこに立って、サイレンの音が聞こえないかと耳を澄ませた。アグネスがどれくらい早く口を割り、どこまで話すか、あとはそれ次第だ。もし彼女がガイガーの件を話せば、警察はすぐにでもここに押し寄せるだろう。しかしあと数時間、彼女は口を閉ざしているかもしれない。あるいはうまく現場から姿をくらますことができたかもしれない。

私は青年を見下ろした。「身体を起こしたいか、坊や」

彼は目を閉じ、眠っているふりをした。私はデスクに行って、マルベリー色の電話機を取り上げ、バーニー・オールズのオフィスの番号を回した。彼は六時で仕事を終え、帰宅していた。自宅の番号を回してみた。彼は家にいた。

「マーロウだ」と私は言った。「君のところの警官は今朝、オーエン・テイラーの死体と一緒にリヴォルヴァーを見つけなかったか？」

咳払いが聞こえた。自分の声から驚きを消そうとする気配が聴き取れた。「そいつは警察の発表を待たないとな」

「もし発見されていればだが、三発が空薬莢になっていたはずだが」

「なんでそれを知っている？」とオールズがもの静かに尋ねた。

「ローレル・キャニオン通りの外れ、ラヴァーン・テラスの七二四四番地に来いよ。その弾丸の行き先を教えられる」

「なるほど、そういうことか」

「そういうことさ」

オールズは言った。「窓の外をよく見ていろ。俺がその角を曲がってくるのが見えるから。この件に関しちゃ、おまえさんいささか隠しごとをしてくれたようだな」

「隠しごとという表現は穏やかすぎるかもな」と私は言った。

18

オールズは青年を見下ろして立っていた。青年はソファに座って横を向き、壁を見ていた。オールズは黙って彼を見ていた。オールズの青白い眉毛はごわごわと円形に密集し、ブラシ会社のセールスマンがおまけにくれる野菜掃除用の小型ブラシみたいに見えた。

彼は青年に言った。「おまえさんはブロディーを撃ったことを認めるか？」

青年はもそもそした声でお気に入りの三語の悪態を口にした。

オールズはため息をついて私を見た。私は言った、「自白の必要はない。私はその銃を持っている」

オールズは言った。「こういう汚い言葉を浴びせられるたびに一ドルもらっていたら、俺はずいぶん金持ちになっていただろうと、いつも思うよ。何が面白くてそんなこと言うんだ？」

「面白いことを言おうとしているわけじゃないんだ」と私は言った。

「そいつは何よりだ」とオールズは言った。彼は顔を背けた。「ワイルドに連絡を入れた。

やつに会って話をする。この坊やもそこに引っ張っていく。俺はこいつと一緒に車に乗るから、おたくは別の車であとをついてきてくれ。こいつが俺の顔を蹴り上げようとしたときのためにな」

「寝室にあったものについてはどう思う？」

「気に入ったね」とオールズは言った。「テイラーくんが桟橋から海に飛び込んでくれたことを、俺は嬉しく思うよ。こんなスカンク野郎を始末してくれたことで、誰かを死刑台に送らなくちゃならないなんて、寝覚めが悪いものな」

私は小さな寝室に戻り、黒い蠟燭を吹き消した。煙がふっと立ちのぼった。居間に戻ると、オールズが青年を立ち上がらせていた。青年はそこに立って、鋭い黒い瞳で彼を睨みつけていた。顔は冷たい羊肉の脂身のように白くこわばっていた。

「行こうぜ」とオールズは言って、相手の肘をとった。いかにも、手を触れたくなんかないんだがという風に。私はスタンドの明かりを消し、二人のあとを追って家を出た。我々はそれぞれの車に乗り、私はオールズの一対の尾灯を追って、長い曲がりくねった坂道を下った。ラヴァーン・テラスを訪れる機会がもう二度となければいいのだがと願いつつ。

地方検事のタガート・ワイルドは四番街とラファイエット・パーク通りの角に住んでいた。市電の車庫ほどの大きさの、白い木造の屋敷だ。片側には赤い砂岩造りの屋根付き車庫がついていて、正面は二エーカーほどのなだらかな芝生の斜面になっている。昔風のいかにも頑丈な造りの家屋だ。そのような家屋は、市が西に向けて発展している時代には、まるごと新しい場所に移転されたものだ。ワイルドはロサンジェルスの旧家の出身で、おそらくはその家がウェスト・アダムズかフィゲロアかセント・ジェームズ・パークあたりに建っていた時代に、そこで生まれたはずだ。

ドライブウェイには既に二台の車が停まっていた。大きな私用のセダンと、警察車両だった。制服姿の警察車両の運転手は、後部のフェンダーにもたれて、煙草を吸いながら、月をしみじみと眺めていた。オールズはそちらに行って、彼に話しかけた。運転手はオールズの車の中の青年をのぞき込んだ。

我々は家のベルを鳴らした。金髪をきれいに撫でつけた男がドアを開け、廊下を通って、一段低くなった広い居間に我々を通した。そこには暗い色合いの重厚な家具がひしめき合っていた。その居間を抜けるとまた別の廊下があり、そこを先に進んだ。男はひとつのドアをノックし、中に入った。そしてドアを大きく開け、我々を書斎に導いた。部屋は化粧板に囲まれ、その奥のフレンチ・ドアは開け放たれて、暗い庭園と謎めいた樹木がそこから見えた。湿った大地と花々の匂いが窓から入ってきた。壁には色のはっきりしない大きな油絵がいくつかかけられ、安楽椅子があり、書棚があり、上等な葉巻の匂いがあった。その匂いは、湿った大地と花々の匂いと混じり合っていた。

タガート・ワイルドはデスクの背後に座っていた。中年の小太りの男で、その澄んだ青い瞳は、実際には表情などというものをまったく持ち合わせないくせに、それでいて友好的な表情をうまく浮かべることができる。彼の前にはブラック・コーヒーのカップが置かれていた。左手のよく手入れされた端正な指の間には、細身の斑入りの葉巻がはさまれていた。もう一人の男はデスクの角に置かれた青い革の椅子に座っていた。冷ややかな目をした、そげた顔つきの男だ。彼は熊手のように痩せ、金貸しのように容赦のない顔をしていた。その入念に手入れされた顔は、この一時間のうちに髭を剃ったように見えた。しわひとつない茶色のスーツを着込み、ネクタイには黒い真珠のピンがついていた。いかにも頭の回転が速そうな、細長く神経質な指を持っていた。すぐにでも戦闘態勢に入れそうだった。

オールルズは椅子を引き、腰を下ろした。「やあ、クロンジェーガー。こちらはフィリップ・マーロウだ。私立探偵で、面倒に巻き込まれている」、オールルズはそう言ってにやりと笑った。

クロンジェーガーは肯きもせず、私を見た。まるで写真でも見るみたいに、私をじろじろと眺めまわした。それから顎を二センチばかり動かして肯いた。ワイルドが言った、「座りたまえ、マーロウ。私はクロンジェーガー警部を説得していたんだが、まあそのへんの事情はわかるだろう。ここも今ではもう大きな都会になっているからね」

私は腰を下ろし、煙草に火をつけた。オールルズはクロンジェーガーを見て言った。「ランドール・プレースの殺人現場で何かわかったことがあったかい？」

そげた顔つきの男は自分の指を一本、関節がぽきんと音を立てるまで引っ張った。そして顔を上げずにしゃべった。「死体は銃弾を二発ぶち込まれていた。発射されていない銃が二丁あった。下の通りで、車を発進させようとしていた金髪女を捕まえた。その車は彼女のものではなかった。彼女の車はその隣にあって、同じモデルだった。取り乱していたので、警官が不審に思って連れてくると、すぐにゲロった。彼女は現場にいて、ブロディーという男が撃たれた。犯人の顔は見ていないということだ」

「それだけか？」とオールズは尋ねた。

クロンジェーガーは眉毛を少し上げた。「一時間前に起こったばかりの事件だぜ。あんたは何を求めているんだ。犯行現場を撮影した記録映画か？」

「犯人の外見の特徴はわかっているだろう？」とオールズは言った。

「長身で、革ジャンパーを着ている。そんなものが外見の特徴と言えるならだが」

「そいつは外にいるよ。俺の車の中に」とオールズは言った。「手錠をはめられてな。マーロウがあんたの代わりにとっ捕まえてくれたのさ。ここにやつの拳銃がある」。オールズは青年の自動拳銃をポケットから出して、ワイルドのデスクの角に置いた。クロンジェーガーはその拳銃を見たが、手に取ろうとはしなかった。

ワイルドはくすくす笑った。背をもたせかけ、斑の葉巻を口から離さずに煙を吹かした。

それからコーヒーを飲むために前屈みになった。ディナー・ジャケットの胸ポケットから絹のハンカチを取り出して口元を軽く拭《ぬぐ》い、またしまい込んだ。

「他にも二人ほど人が死んでいる」とオールズが、顎の先端の柔らかい肉をつまみながら言った。

クロンジェーガーははっと身体をこわばらせた。彼のむすっとした目は鋼鉄のような光の点になった。

オールズは言った。「今日の朝にリドの桟橋の先で、太平洋から車が引き上げられた話は聞いているだろう。中に死んだ男が一人いた」

クロンジェーガーは言った。「聞いていない」、そして面白くなさそうな表情を浮かべ続けた。

「死んでいたのは、さる裕福な家庭のお抱え運転手だ」とオールズは言った。「その家庭は、娘の一人をめぐって脅迫を受けていた。ミスタ・ワイルドはマーロウをその家庭に紹介した。俺を通じてね。そしてマーロウは、言うなれば、独自の調査をおこなった」

「俺はね、殺人事件に首を突っ込んで独自の調査をする私立探偵が大好きだよ」とクロンジェーガーは吐き出すように言った。「それしきのことで、奥ゆかしくはにかむ必要もあるまい」

「もちろん」とオールズは言った。「はにかむ必要なんか何もない。しかし市警の警官を相手に俺がはにかむ機会なんて、そう多くはないからな。俺はなにしろ市警のみなさんに、どうやって足を踏み出したら、足首を挫かずにすむか伝授するのに日々忙しいんだよ」

クロンジェーガーの鋭い鼻の角のあたりで、血の気が引いた。静かな部屋の中に、彼のひゅうひゅうという息づかいが柔らかく響いた。彼はひどく静かな声で言った。「なあ、うちの警官に向かって、いちいち歩き方の指図をする必要はあるまいぜ。あんた何様だと思ってるんだ？」

「考えておこう」とオールズは言った。「リドの沖合で海から引き上げられたその男は昨夜、おたくの管内で人を一人撃ち殺した。殺されたのはガイガーという男で、ハリウッド大通りに猥褻本を扱う店を構えていた。ガイガーは、俺の車の中にいる可愛い坊やと二人で暮らしていた。しっぽり仲良く暮らしていたんだ。どういう意味かはわかるな？」

クロンジェーガーは今ではまっすぐオールズを見ていた。「どうやら汚らわしい話になりそうだな」と彼は言った。

「俺の経験からすれば、警察が扱う大半はその手の話だ」とオールズはうんざりした声で言って、私の方を向いた。彼の眉は逆立っていた。「さあ、おまえさんの出番だ、マーロウ。彼に話してやれ」

私は話をした。

私は二つの事実だけは伏せておいた。ひとつについては、なぜ伏せておかなくてはならないのか、その時点では理由が自分でもよくわからなかったのだが。カーメンがブロディーのアパートメントを訪れたことと、その午後にエディー・マーズがガイガーの家を訪れたことは黙っていた。それ以外のことはすべてあるがまま順番に話した。

クロンジェーガーは一瞬たりとも私の顔から目を離さなかった。私が話している間、彼の顔には表情というものがまったく浮かばなかった。話が終わると、彼はしばし完全な沈黙を保っていた。ワイルドも黙っていた。彼はコーヒーを飲み、斑の葉巻を穏やかに吹かしていた。オールズは片方の親指を眺めていた。

クロンジェーガーはゆっくり後ろにもたれかかり、膝の上に片方の足首を載せ、くるぶしの骨を長い神経質そうな指で撫でた。面長《おもなが》の顔は厳しい渋面を作っていた。気味悪いまでに丁寧な口調で彼は言った。

「つまりあんたは、昨夜の殺人事件を警察には通報せず、自分の足であれこれつつきまわり、おかげでガイガーのお稚児さんが、今日の夕方に第二の殺人を犯すことになった。それだけのことかね？」

「それだけだ」と私は言った。「私はかなりむずかしい立場に置かれていた。たしかに間違いを犯したかもしれない。しかし私は依頼人を守りたかったし、それにあの若者がブロディーを撃ちに行くなんて、わかりっこなかった」

「そういうことを考えるのは警察の役目だよ、マーロウ。もし昨夜のうちにガイガー殺しが通報されていれば、店の書籍がブロディーのアパートメントに運ばれることはなかっただろうし、その若者がブロディーの居場所をつきとめて、殺しに行くこともなかっただろう。ブロディーは所詮長生きはできなかっただろう。あの手の連中の末路はしれている。とはいえ人の命は人の命だ」

「言えてる」と私は言った。「今度おたくの部下が、スペアタイヤを盗んで横町を逃げていく怯《おび》えたこそ泥を撃ったとき、その話を聞かせてやってくれ」

ワイルドはデスクの上に、ばたんという大きな音を立てて両手を置いた。「それくらいにしてくれ」と彼は語気鋭く言った。「そのテイラーという男がガイガーを撃ったと、どうしてそこまで確信をもって言えるんだね、マーロウ？　たとえガイガーを撃った拳銃が、車の中のテイラーの死体からみつかったとしても、彼が犯人だと決めつけることはできまい。誰かが彼の死体に拳銃を持たせたということもあり得る。たとえばブロディーか、あるいは本当の犯人によって」

「理論的にはそれはあり得ます」と私は言った。「しかし現実的にはあり得ない。それにはあまりに多くの偶然の一致が必要になります。ブロディーとその連れの女にはそぐわない要素が、また彼らが企んでいたことにそぐわない要素が多すぎます。私はブロディーと長く話をした。やつはいかさま師です。しかし殺人者タイプではない。拳銃を二丁所持していたが、どれも身につけてはいなかった。やつはガイガーの商売に割り込もうとしていた。商売の中身については当然女から聞いて心得ていた。ブロディーはガイガーの後ろにやくざがついているのではないかと心配して、ちょくちょく彼を見張っていた。彼は自分でそう言っていたし、私はその言い分を信用します。本を手に入れるためにガイガーを殺害し、ガイガーが撮影したばかりのカーメン・スターンウッドの写真を持ってとっとと逃げ去り、凶器の拳銃をオーエン・テイラーのポケットに突っ込み、テイラーをリドの沖合に沈める。それは彼にできる芸当じゃない。テイラーには動機もあったし、嫉妬から来る怒りに駆られ、ガイガーを殺す機会もあった。彼は許可なく雇い主の車の一台を持ち出しています。そして娘の眼前でガイガーを撃ち殺している。ブロディーはまずそんなことはしない。たとえ殺したのが彼であったとしてもです。ガイガーの商売に純粋に商業的興味を抱くような人間がそこまでやるとは、私にはどうしても思えません。しかしテイラーならやりかねない。ヌード写真が絡んでいるというだけで、それくらいはやってのけたでしょう」

ワイルドはくすくす笑い、視線をクロンジェーガーの方に移した。クロンジェーガーは鼻を鳴らし、咳払いをした。ワイルドは質問した。「その死体を隠したことにはどんな意味があるんだね？　私にはわけがわからないんだが」

私は言った。「青年はまだ何も言っていませんが、彼がやったことだと思います。ガイガーが殺されたあと、ブロディーはそんなあぶないところに足を踏み入れようとは思わないはずだ。青年は私がカーメンを送り届けるために家を出たあとに帰宅したのでしょう。彼は警察を恐れました。立場を考えれば当然のことです。そして自分の所持品を持ち出すまで、ガイガーの死体をどこかに隠しておくのが得策だと考えたのでしょう。絨毯に残った跡から察するに、彼は死体を引きずっていって、玄関から家の外に出し、おそらくはガレージに運んだようです。そして家の中に置いてあった自分の所持品をまとめ、運び出しました。そのあと、おそらくは夜中でしょうが、まだ死体が硬直しないうちに、彼は激しい後悔の念に襲われた。亡くなった親しい友人に礼を尽くさなかったことに対して。だから彼はその家に戻って、彼をベッドに寝かせた。もちろんすべては想像に過ぎませんが」

ワイルドは肯いた。「そして彼は今朝、まるで何事もなかったような顔をして店に出て、様子をうかがっていた。そしてブロディーが本を運び出したとき、それがどこに搬送されたかをつきとめ、本を横取りしたのが誰であれ、その人物がガイガーを、ただ商売を乗っ取るために殺害したものと思い込んだ。彼はブロディーとその娘について、二人が思っていたよりも詳しく知っていたかもしれないな。君はどう思うね、オールズ？」

オールズは言った。「そいつは調べてみましょう。しかしそれはクロンジェーガーの抱えている問題を解決してはくれません。彼が気に入らないのは、すべてが昨夜のうちに起こったというのに、それを知らされたのがついさっきだということです」

クロンジェーガーは苦みのある声で言った。「その方面の問題についても、落としどころはやがて見つけられるだろう」。彼は私の顔を鋭く見て、それからすぐにまた視線を逸《そ》らせた。

ワイルドは葉巻をひらひらと振って言った。「証拠物件を見ようじゃないか、マーロウ」

私はポケットを漁って、中にあるものをデスクに並べた。三通の借用書、ガイガーからスターンウッド将軍にあてられた葉書、カーメンの写真、暗号化された名前と住所が書き付けてある青いノートブック。ガイガーの鍵束は既にオールズに渡してある。

ワイルドは私が差し出したものを、穏やかに葉巻を吹かしながら検分した。オールズは自分の小型の葉巻に火をつけ、天井に向けていかにも平和そうに煙を吹いた。クロンジェーガーはデスクに前屈みになり、私がワイルドに渡したものに目を通していた。

ワイルドはカーメンの署名のある三通の借用書をとんとんと叩いた。「こいつはほんの序の口に過ぎないという気がする。もしスターンウッド将軍がこいつに金を払ったとしたら、それはもっとたちの悪いものが出てくることを恐れたためだろう。そしてガイガーは更にきつくネジを締めていったはずだ。将軍が何を恐れていたか、君には見当がつくか？」。彼は私を見ていた。

私は首を振った。

「君はこれで、重要な事実はすべて述べたのかな？」

「二つばかり個人的な事実は伏せてあります。そしてそれを明らかにするつもりはありません、ミスタ・ワイルド」

クロンジェーガーは言った。「ほう！」。そして感に堪えかねたように鼻を鳴らした。

「どうしてだね？」とワイルドは静かに尋ねた。

「私の依頼人には秘密を守られる権利があるからです。大陪審まではということですが。私は私立探偵の免許を受けていますし、その『私立』という言葉にはいささかの意味が込められていると考えています。ハリウッド管区警察は目下二件の殺人事件を抱えていますが、そのどちらも既に解決されています。どちらの事件の犯人も特定され、彼らはそれぞれに動機を持っています。凶器も確保されています。脅迫に絡む事柄は公表される必要はないはずです。関係者の名前をも含めて」

「どうしてだね？」とワイルドは重ねて質問した。

「こっちはかまわんですよ」とクロンジェーガーは乾いた声で言った。「優秀な私立探偵のためにぼけ役をつとめるのは、我々の欣快《きんかい》とするところですから」

私は言った、「お見せしたいものがあります」。そして立ち上がり、家の外に出て、自分の車の中から、ガイガーの店にあった本を手に取った。制服を着た警察車の運転手が、オールズの車のわきに立っていた。青年は座席の隅で、ぐったり横にもたれかかっていた。

「彼は何か言ったかい？」と私は尋ねた。

「ちょっとした示唆をされましてね（もちろんお得意の三語の台詞のこと）」と警官は言って、ぺっと唾を吐いた。「口は災いのもとって言います」

私は家の中に戻った。その本をワイルドのデスクの上に置き、包装紙をとった。クロンジェーガーはデスクの端で電話を使っていたが、私が入っていくと受話器を置き、腰を下ろした。

ワイルドは本をざっと見て、ぎこちない顔つきになり、閉じてクロンジェーガーの方に押しやった。クロンジェーガーは本を開き、一ページか二ページ見て、すぐに閉じた。五十セント硬貨くらいの大きさの赤い点が二つ、頬骨の上あたりに浮かんだ。

私は言った。「前の見返しについているスタンプの日付を見ていただきたい」

クロンジェーガーはもう一度本を開き、日付を見た。「それがどうかしたか？」

「もし必要があれば」と私は言った。「それがガイガーの店から出たものであることを宣誓証言してもいい。金髪のアグネスも、そういう商売があの店でおこなわれていたことを認めるだろう。あの店がその手のいかがわしい商売の隠れ蓑になっていたことは、誰の目にも明らかです。しかしハリウッド警察は、何らかの理由があって、その営業を黙認していた。それがいかなる理由なのか、大陪審はおそらく知りたがるでしょうな」

ワイルドはにやりと笑った。彼は言った、「大陪審はたしかにときとしてその手の、人に恥をかかせるような質問をするものだ。都市がなぜこのように様々な問題を抱えているかを解明しようという、まずは無益な努力の一環としてね」

クロンジェーガーは突然立ち上がり、帽子をかぶった。「三対一ではいささか分が悪いようだ」と彼は吐き捨てるように言った。「私は殺人課の人間だ。もしそのガイガーという男がいかがわしい読み物を扱っていたところで、私の与《あずか》り知らんことだ。しかしながら、もしそれについて新聞が書き立てたりしたら、うちの署の評判にとってあまりよろしくはなかろう。そいつは認めよう。で、あんた方が求めているのはどんなことだ？」

ワイルドはオールズを見た。オールズは穏やかな声で言った。「おたくにあの容疑者を委ねたい。さあ、行こう」

彼は立ち上がった。クロンジェーガーは噛みつくような目で彼を見ていたが、やがてゆっくり大股に部屋を出て行った。オールズはそのあとを追った。ドアが再び閉まった。ワイルドはデスクをこつこつと叩きながら、澄んだ青い目でじっと私を見ていた。

「こんな風に事件のもみ消しがおこなわれて、警官たるものどんな気持ちになるか、君も理解しなくてはな」と彼は言った。「これらすべての件について、君の供述書を作らなくてはならない。少なくとも書類を整えるためにな。二件の殺人を別々のものとして処理することは可能だと思う。そしてスターンウッド将軍の名前を、その両方から外すこともな。私がどうして君の片耳をむしり取らないか、その理由がわかるかね？」

「わかりませんね。両耳をむしり取られるだろうと覚悟していたのですが」

「この仕事で君はどれくらい稼ぐことになる？」

「料金は一日二十五ドル、プラス経費です」

「今のところ合計して、五十ドルとガソリン代が少々だな」

「そんなところです」

彼は首を片方に傾け、左手の小指で顎の下の部分を撫でた。

「それっぽちの報酬のために、君はこの地域の法執行組織の半分を敵にまわそうというわけか？」

「好きでやってるわけじゃありません」と私は言った。「しかしそれ以外に何ができるというんです？　私は依頼を受けて仕事をしています。そして生活するために、自分に差し出せるだけのものを差し出している。神から与えられた少しばかりのガッツと頭脳、依頼人を護るためにはこづき回されることをもいとわない胆力、売り物といえばそれくらいです。今夜ここで話したことだって、本来の私の方針からすれば、将軍の許可を必要とすることです。もみ消し工作について言えば、あなたもご存じのように、私自身警察に身を置いたことがあります。大都市ならどこだって、それくらい日常茶飯事です。警官は、外部の人間が事件を隠そうとすると、やいのやいの騒ぎ立てる。しかし自分たちは一日おきに同じようなことをやっています。友人や、ちょっと縁故のある人間をかばうためにね。そしてこの話はもう終わったわけじゃありません。私は今でも事件を調査中です。もし必要とあらば、また同じことをするでしょう」

「もしクロンジェーガーがまだ君の免許を取り上げていなければな」、ワイルドはにやりと笑った。「君はまだ二つばかり、個人的な事柄を伏せていると言った。それはどの程度重要なことなんだろう？」

「私はまだ事件を調査しているところです」と私は言った。そして率直に彼の目を見た。

ワイルドは私に向かって微笑んだ。彼はアイルランド人特有の、裏のない大胆な笑みを身につけていた。「ひとつ言わせてくれ。私の父はスターンウッド老人の親しい友人だった。私はあの老人がつらい目にあわないように、職務上許される限りのことを——あるいは明らかにそれ以上のことを——やってきた。しかし長い目で見れば、それでも力及ばなかった。あそこの娘たちは、簡単にはもみ消せないごたごたに必ず巻き込まれる。とくにあのはねっかえりの金髪の妹がな。あの娘たちを野放しにしておいてはいけない。それについてはご老体に責任がある。彼にはまるでわかっていないんだ。世間がどのように変化したかがな。そしてお互いこのように腹蔵なく話しているからこそ、ついでに君に言っておきたいことがもうひとつある。私は君に腹を立てているわけでもない。そして一ドルにつきカナダの十セント硬貨の割合で賭けてもいいが、将軍が案じているのは、今回の一件に彼の義理の息子が、つまりかつての酒の密売人が、何らかのかたちで関わっているのではないかということだ。そして将軍としては君に、彼が関わっていないことを明らかにしてもらいたかったのだ。それについてどう思うね？」

「話を聞いた限りでは、リーガンは脅迫に関わるような人間には思えません。自分がいる場所にいささか感じるところがあって、さっさと出て行った」

ワイルドは鼻を鳴らした。「その感じるところというのが、どのような種類のものであったかは、君にも私にも判断のしようがなさそうだな。もし彼が評判通りの男なら、それほどやわな感受性を持ち合わせていたとは思えない。自分がリーガンを捜索していることを、将軍は君に話したかね？」

「将軍が口にしたのは、リーガンの居場所がわかればいいし、彼が元気でいるかどうかを知りたい、というくらいです。将軍はリーガンが好きだったし、彼が別れの挨拶もなく突然姿をくらましてしまったことでは、心を傷つけられていました」

ワイルドは背中をもたせかけ、眉をきっとひそめた。「そうか」と彼は言った。声の調子が変化していた。それからデスクの上に置かれていたものを手で動かした。ガイガーの青いノートブックだけをわきに寄せ、それ以外の証拠物件を私の方に押して寄越した。

「これらは君が持っていればいい」と彼は言った。「私にはもう用のないものだ」

19

車から降りて、ホバート・アームズの正面玄関まで歩いたとき、時計はもう十一時近くを指していた。玄関のガラス扉は十時を過ぎると施錠される。だからポケットから鍵をひっぱり出さなくてはならなかった。人気のない正方形のロビーで、一人の男が手にしていた緑色の夕刊を鉢植えの椰子の木のそばに置き、吸っていた煙草を指ではじいて、椰子の生えている鉢の中に捨てた。そして立ち上がり、私に向けて帽子を振った。「ボスがあんたに話があるそうだ。しかしずいぶん長く人を待たせてくれたな」

私は歩を止め、そのつぶされた鼻と、安物ステーキのような片耳を見た。

「どんな話だ？」

「そいつはおたくの考えることじゃない。黙って言うことを聞いていりゃ、それでいいんだ」、彼の手は、前を開けたコートの上のボタンホールのあたりを彷徨《さまよ》っていた。

「警官の匂いが身体に染みついている」と私は言った。「話をするには疲れすぎているし、食事をするにも疲れすぎているし、ものを考えるにも疲れすぎている。しかしそれでもエディー・マーズの命令とあらばおとなしく従うだろうと思っているのなら、ひとつ試してみようか。君がそのハジキを抜く前に、私が君のまともな方の耳をうまく吹き飛ばせるかどうか」

「冗談はよせ。おたくは銃を持っちゃいない」、彼は真剣な目で私を見た。黒いもしゃもしゃした眉が寄せられ、口がへの字に曲げられた。

「それはこのあいだの話だ」と私は言った。「いつもいつも丸腰ってわけじゃない」

彼は左手をひらひらとさせた。「わかったよ。いいようにしな。俺は何も誰かをばらせといいつけられたわけじゃない。ボスからあんたに挨拶があるはずだ」

「そいつは楽しみだ」と私は言った。彼は私の前を通り過ぎ、ドアに向かって歩いた。私はそれに合わせてゆっくり振り向き、動きを見守った。男はドアを開け、後ろも振り返らず外に出た。私は自分が馬鹿な真似をしたことを笑い、エレベーターに乗って自分の部屋に戻った。カーメンの小型拳銃をポケットから出し、それを見て笑った。それからその銃を丁寧に掃除し、油を差し、綿ネルの布地にくるみ、鍵のかかる場所にしまった。酒をつくり、飲んでいると電話のベルが鳴った。私は電話機が置かれたテーブルの前に腰を下ろした。

「今夜はつっぱっているらしいな」とエディー・マーズの声が言った。

「でかくて機敏で、つっぱっていて、とげとげしているんだ。どんなご用だろう?」

「あそこが警官だらけだった。どこだかはわかるよな？　俺の名前は出さなかっただろうな？」

「出しちゃまずいのかい？」

「俺はな、よくしてくれた相手にはよくするんだ、ソルジャー。よくしてくれなかった相手には、ちっときつくなる」

「耳を澄ませれば、私の歯ががちがち音を立てているのが聞こえるはずだ」

彼は乾いた声で笑った。「それで俺の名前は出たのか、出なかったのか？」

「名前は出さなかった。どうしてそうしたのか、自分でもよくわからない。君を抜きにしても、話は既に十分ややこしくなっているからじゃないかな」

「恩に着るぜ。ところでやつを殺ったのは誰だ？」

「明日の朝刊を読めよ。たぶんそこに出ている」

「俺は今知りたいんだ」

「求めるものはすべて手に入れるのか？」

「とはかぎらん。ところで、答えはまだ聞いていないぜ」

「君の見たことも聞いたこともない男が、やつを撃った。それでいいだろう」

「もしそれが本当なら、俺はそのうちあんたに礼をすることになると思う」

「電話を切って、私をゆっくり寝かせてくれればいい」

彼はまた笑い声を上げた。「あんた、ラスティー・リーガンを探しているんだろう?」

「多くの人がそう考えているらしい。しかし私は彼を探しているのではない」

「もし探しているのなら、ちっとばかし教えてやれることがあると思う。暇なときに海辺《ビーチ》まで会いに来てくれ。いつでもかまわん。楽しみにしてるぜ」

「いつかな」

「それじゃ、またな」。電話が音を立てて切れた。私はそこに座り、ささくれた気持ちをなんとか抑えながら、受話器をじっと握っていた。それからスターンウッド家の番号を回した。ベルが四度か五度鳴ってから、執事の如才ない声が聞こえた。「スターンウッド将軍の自宅でございます」

「こちらはマーロウだ。覚えているだろうか? この前会ったのは百年前だったか、それとも昨日だったか……」

「はい、ミスタ・マーロウ。よく覚えております、もちろん」

「ミセス・リーガンはご在宅かな?」

「はい。そのはずです。よろしければ――」

しかし私はそこでふと気を変えた。「いや、メッセージを伝えてくれればいい。こう伝えてもらいたい。写真は手に入れた。一枚残らず。万事落着した、と」

「はい……はい……」、その声は心なしか震えているようだった。「写真は手に入れた―

うございました」

——一枚残らず——万事落着した……そうお伝えいたします。イエス・サー。誠にありがと

五分後に電話がかかってきた。私は酒を一杯飲み終え、おかげで夕食を食べてもいいかなと思い始めたところだった。夕食のことをすっかり忘れていた。私は電話のベルをそのまま鳴らしておいて、外出した。部屋に戻ったときにも、ベルは鳴っていた。ベルは間隔を置いて十二時半まで鳴り続けた。私は明かりを消し、窓を開け、電話を紙で被って音を殺し、ベッドに入った。スターンウッド家の人々にはもううんざりだった。

翌朝、私はベーコン・エッグを食べながら、新聞三紙に目を通した。事件の報道は、新聞記事が通常そうであるように、実にいい加減なものだった。それらの記事と真実との間には、火星と土星ほどの距離があった。三紙とも、自動車で「リド桟橋から飛び込み自殺」したオーエン・テイラーと、「ローレル・キャニオンの異国風バンガロー」での殺人事件を結びつけてはいなかった。どの新聞を見ても、スターンウッドや、バーニー・オールズや、私の名前は出ていなかった。オーエン・テイラーは「さる裕福な家の専属運転手」と書かれているだけだ。ハリウッド管区で起きた二件の殺人事件が解決されたのはすべて、ハリウッド警察のクロンジェーガー警部の功績になっていた。その殺人は、利益を巡ってハリウッド大通りで書店を経営し、その裏で闇商売をしていたガイガーなる人物が、ハリウッドて仲間と喧嘩になり、その結果起こったものとされていた。ブロディーがガイガーを撃ち、

キャロル・ランドグレンが仕返しにブロディーを撃った。警察はキャロル・ランドグレンの身柄を拘束している。彼は犯行を自白した。ランドグレンには前科があった――たぶん高校時代のものだろう。警察はまた、ガイガーの秘書アグネス・ロゼールの身柄も、重要証人として拘束している。

よく書けた提灯持ちの記事だった。それを読むと、ガイガーが殺害されたのが昨夜のことで、その一時間後にブロディーが殺され、クロンジェーガー警部が両方の事件を、煙草に火をつけるほどの間にさらさらと解決してしまった、という印象を読者に与えていた。テイラーの自殺についての記事は第二セクションの一面にあった。動力付き艀《はしけ》の甲板に乗せられたセダンの写真が出ていた。ナンバー・プレートは黒く塗りつぶされている。ランニング・ボードの横のデッキには何かが横たえられ、布の被いがかけられている。オーエン・テイラーは最近元気がなく、健康を損なっていたとあった。遺族はデュビュークに住んでおり、遺体はそちらに移送される。審問はおこなわれない。

20

失踪人課のグレゴリー警部は、私の名刺を広い平らなデスクの隅に置いた。そして名刺の角が、デスクの角と正確に平行になるように置き直した。彼は首を片方に傾け、それをじっと見て、低くうめいてから回転椅子に乗った身体をくるりと回し、窓の外に目をやった。そこからは、半ブロック先にある裁判所の、鉄柵のついた最上階が見えた。彼は疲れた目をした、たくましい体軀《たいく》の男で、動作には夜警のような意図的な緩慢さがあった。声は単調で起伏がなく、関心を欠いていた。

「私立探偵か。ほう」と彼は言った。私の方は見向きもしなかった。窓の外を眺めているだけだ。犬歯からぶらさがったブライアーのパイプの、黒くなった火皿から煙が立ち上っていた。「それで、どんなご用かな？」

「私はガイ・スターンウッド将軍のために調査をしている。依頼人の住所はウェスト・ハリウッド、アルタ・ブリーア・クレッセント三七六五」

グレゴリー警部はパイプをくわえたまま、口の端から煙を少しだけ吐いた。「どのような件に関して？」

「あなたがおこなっている捜査とは直接の関わりはないが、しかし私が関心を抱いている件に関して、助力をもらえればと思って」

「何についての助力だね？」

「スターンウッド将軍は金持ちだ」と私は言った。「地方検事の父親の旧友でもある。もし彼が用を足してくれる人間をフルタイムで雇いたいと考えても、それは警察の名折れにはならない。それくらいの贅沢をするのは彼には当然のことだから」

「で、私がその人物のために何かの捜査をしていると、どうしておたくは考えるのかね？」

私はそれには返事をしなかった。彼は回転椅子の上の身体をゆっくりと重々しく回転させ、むき出しのリノリウム床の上に、その大きな両足をぺたんと置いた。彼のオフィスは黴臭《かび》かった。長年にわたる決まり切った仕事の反復が生んだにおいだ。彼は滋味を欠いた目つきで私をじっと見た。

「あなたの時間を無駄にさせたようだ、警部」と私は言って、椅子を引いた。十センチくらい。

彼は動かなかった。その疲れて色褪せた目でじっと私を見続けていた。「おたくは地方検事を知っているのか？」

「会ったことはある。昔彼のところで働いていた。検事局の主任捜査官をしているバーニー・オールズとは懇意にしている」

グレゴリー警部は受話器を取った。そしてそれに向かってぶつぶつと言った。「地方検事局のオールズを出してくれ」

彼はそこに座り、戻した受話器をそのまま押さえていた。時間が経過した。パイプから煙が上っていた。彼の目はその手と同じくらい重く、動かなかった。ベルが鳴り、彼は左手を伸ばして私の名刺を取った。「オールズか？　……本署のアル・グレゴリーだ。フィリップ・マーロウという人物がうちのオフィスに来ている。名刺によれば私立探偵だ。そして私から情報を得たいと言っている。……なるほど。どんな外見だ？　……ふん、わかった。ありがとう」

彼は受話器を置き、パイプを口から取った。そして大型鉛筆の金属キャップを使ってそこに煙草を詰めた。その日になさねばならない案件の中では、それが何より重要なものであるかのように、慎重に厳かに彼はそれをやった。それから後ろにもたれかかって、私の顔をまたしばらく注視した。

「何が知りたい？」

「捜査の進捗《しんちょく》ぶりを知りたい。もしそのようなものがあるなら」

彼はそれについて考えを巡らせた。「リーガンか？」と彼はようやく言った。

「そうだ」

「やつを知ってるのか？」

「会ったことはない。三十代後半の男前のアイルランド人で、かつて酒の密売をやっていたという話を聞いた。スターンウッド将軍の上の娘と結婚したが、うまくいかず、一ヵ月ほど前に姿を消したということだ」

「スターンウッドはそれを幸運と見なすべきなんだ。私立探偵を雇って無益な調査をさせるよりな」

「将軍は彼のことがとても気に入っていた。ありがちなことだよ。老人は足が悪く、孤独だ。リーガンは彼と一緒にいて、話し相手になってやった」

「警察にできなくて、おたくにできることが何かあるのか？」

「何もないね。リーガンの行く先を探すことに関しては。しかしそこにはちょっと謎めいた脅迫事件が絡んでいる。私としては、リーガンがその一件に関わっていないことを確かめたい。彼が今どこにいるか、あるいはどこにいないかがわかれば、調査の助けになるかもしれない」

「なあ、おたくを助けてやりたいとは思うが、やつが今どこにいるか、それは私にもわからんのだ。やつは自ら幕を引いて退場した。それでおしまい」

「しかし警察の目を逃れるのはそう簡単ではないだろう。違うかね、警部」

「ああ、簡単じゃない。しかしできなくはない。当座のあいだは、ということだがね」、彼はデスクの脇のブザーを押した。横のドアから中年女が首を出した。「テレンス・リーガンのファイルを持ってきてくれ、アッバ」

ドアが閉じられた。グレゴリー警部と私はまたしばらく、重い沈黙の中で互いを眺めていた。ドアが再び開き、女がラベルのついた緑色のファイルをデスクの上に置いた。グレゴリー警部は彼女に向かって肯き、部屋から出て行かせた。それからがっしりとした角縁眼鏡を、血管の浮き出た鼻にかけ、ファイルの中の書類をゆっくりめくった。私は煙草を紙に巻いた。

「リーガンは九月十六日にいなくなった」と彼は言った。「その日付に関してひとつだけ重要なのは、それが運転手の非番の日にあたり、リーガンが自分の車を持ち出したのを誰も目にしていないということだ。しかしそれは午後遅くのことだった。その車は四日後に、サンセット・タワーズの近くにある高級集合住宅地のガレージで発見された。見かけない車があると、ガレージの係員が警察の盗難車担当に連絡をしてきた。住宅地の名前はカーサ・デ・オロだ。その場所にはちょっといわくがあるんだが、そいつはあとで話す。誰が車をそこに置いていったか、それはわからなかった。車の中に残された指紋をとってみたが、警察に登録されている指紋には合致するものがなかった。ガレージに残されていた車は犯罪には関わっていなかったものの、犯罪を推測させる理由はあった。さっきあとで話すと言った一件に関わっているんだが」

私は言った。「それはエディー・マーズの奥さんに関わっている。彼女の失踪届も出ている」

彼は顔に憂慮の色を浮かべた。「そうだ。おれたちはテナントを調べ、彼女がそこに住んでいることを知った。リーガンが姿を消したのと時を同じくして、やはり姿を消している。それから二日の内にということだが。リーガンに似ていなくもない男が、彼女と一緒にいたところを目撃されている。しかし彼だとはっきり断定されたわけではない。警察に長くいるといろいろと面白い目にあう。窓の外を何気なく眺めていて、走り去る男を目撃したばあさんが、六カ月後に警察の面通しで、たしかにこいつですと断言する。しかしホテルの従業員に鮮明な写真を見せても、よくわかりませんねと抜かしやがる」

「それくらいじゃないとホテルの良き従業員にはなれないんだろう」と私は言った。

「たしかにな。エディー・マーズとかみさんは別居していた。しかし仲は良かった、とエディーは言う。そこにはちょっとした可能性がある。第一に、リーガンは常に一万五千ドルをポケットに入れて持ち歩いていた。紛れもない本物の現金だったということだ。上だけ見せ金で、あとは偽物というようなやつじゃない。大した額の金だが、リーガンは、人前でわざと見せびらかすために、大金を常時持ち歩くような男だったのかもしれない。あるいは誰に見られても屁とも思わなかったのかもしれない。細君の話によれば、彼はスターンウッド将軍からはただの一銭も金はもらわなかったということだ。彼の屋敷で食客となっていただけだ。それからパッカード一二〇を女房から贈り物として受け取っていた。何不自由のない生活をするかつての酒の密売業者にとって、これがどういう意味を持つと思うね？」

「さっぱりわからんね」と私は言った。

「つまり、ここに一人の男がいる。ひょっこりと姿を消し、そのズボンのポケットには一万五千ドルが収まっていて、それは世間周知の事実だった。まあ、ちょっとした金だ。私だって一万五千持ってりゃ、高校生の子供が二人いたとしても、どっかにふらっと消えちまうかもな。だからまず考えつくのは、誰かが金を目当てにやつの頭をどやしたということだ。どやし方がきつすぎて、しょうがないから連中はその死体を砂漠まで運んでいって、サボテンの間に埋めた。しかしその説はどうもしっくり来ない。リーガンは銃を持ち歩いていたし、実際にそいつをさんざん使ってきた。それもそのへんの酒の密売ギャングを相手にしていただけじゃない。アイルランドでは、一九二二年の内乱だったかなんだったか、大きな部隊の指揮までとっていたんだ。そこらのけちな物取りの手に負える相手じゃない。そして彼の車がそのガレージに残されていたということは、リーガンをのしたのが誰であれ、その人物は彼がエディー・マーズの女房に熱を上げていたのを知っていた、ということになる。実際に彼はマーズの女房に熱を上げていたのだろう。だがそれはそのへんのちんぴらの耳に簡単に入るような話じゃない」

「写真はあるかい？」と私は尋ねた。

「やつの写真はあるが、女のはない。それもおかしなことなんだ。この事件にはけったいなところがうんとある。これだよ」と言って、彼はデスク越しに光沢のある写真を一枚押してよこした。アイルランド系の顔で、楽しげというよりは悲しげ、威勢が良いというよりは物静かだった。やくざ者の顔ではないが、かといっておとなしく人にこづき回されているような男の顔でもない。まっすぐな黒い眉毛の下には、がっしりとした骨格があった。額は高いというよりは広く、黒い髪はふさふさと生えていた。鼻は薄く短く、口は幅広かった。顎の形はくっきりと力強かったが、口に比べると小ぶりだった。顔にはいくぶん張り詰めたところがあった。素速く行動に移り、何ごとも本気でやるタイプだ。私は写真を返した。会えばすぐに本人とわかる。

　グレゴリー警部はこんこんと叩いてパイプの中身を捨て、煙草を新たに詰め、親指で固めた。それに火をつけ、煙を吐き、話を続けた。

「リーガンがエディー・マーズの女房に惚れていたことを知っていた連中がいたとしてもおかしくない。エディーご当人以外にもな。驚くべきことだが、エディーはそのことをちゃんと承知していた。しかしちっとも気にしちゃいないみたいだった。おれたちはその前後の彼の動きをかなりじっくり調査した。むろんエディーは嫉妬に駆られてリーガンを始末したりはしない。そんなことをすれば、自分に容疑がかかること必定だからな」

「頭の切れ具合にもよるだろう」と私は言った。「やつはその裏をかいたのかもしれない」

グレゴリー警部は首を振った。「やつがあの稼業でうまくやっていけるくらい頭が切れるとすれば、そんな危ない橋は渡らん。あんたの言いたいことはわかるよ。まさかそんな愚かしい真似はするまいと我々が考えると踏んで、あえてそういう手を打つ。しかし警察の観点からすれば、それは考え違いというものだ。なぜなら何はともあれ警察が乗り出してくると話が面倒になるし、商売にも影響が出てくるからだ。愚かなふりをすればうまく裏をかけるとおたくは考えるかもしれん。私もそう思うかもしれん。しかし現場の兵隊たちはそこまで深く考えやしない。連中はやつの生活をかきまわすだろう。あの男がそんな危い真似をするとは思えない。もし私の考えが間違っていると思ったら、証明してみてくれ。そうしたら喜んでこの椅子のクッションを食べて見せてやるよ。それまでは私なら、エディーを容疑者から外しておくね。やつのようなタイプにとって、嫉妬というのは愚かしい動機だ。ああいう上級のやくざはビジネス向けの頭脳を持っている。連中は穏当に物事を進めることを学ぶ。個人的な感情を絡めたりしない。やつはしろだよ」

「じゃあ、誰がくろなんだね？」

「女とリーガン自身さ。他には誰もいない。女はかつては金髪だったが、今は色を変えているだろう。彼女の車は行方不明。たぶんその車で駆け落ちしたんだな。しかし捜査にとりかかったのがいささか遅すぎた。なにしろ二人が消えてから十四日も経ってからだものな。置き去りにされたリーガンの車を別にすれば、その失踪を犯罪に結びつける要素はない。もちろんこっちはそういう話には馴れっこになっている。とりわけ上流の家庭が絡んでいるときにはな。そして言うまでもなかろうが、これまでの捜査についちゃ、すべてが秘密事項になっている」

彼は身を後ろに反らせ、椅子の肘を大きながっしりした両手の付け根でとんとんと叩いた。

「こっちにできるのは、待つことだけだった」と彼は言った。「ポスターも貼りだしたが、結果が出るまでには時間がかかる。リーガンはわかっているだけで一万五千ドル所持している。女だってある程度のものは持っているだろう。とくに宝石なんかをたっぷりとな。それでもやがては持ち金も底を突く。リーガンは小切手を現金化するか、借用証を書くか、手紙を出すかするだろう。二人は聞き慣れない名前の街にいて、偽名を用いているだろう。しかし人間の欲ってのは変わらん。いったん身についた金遣いはそうそう改まるものじゃない」

「その女は、エディー・マーズと結婚する前は何をしていたんだろう？」

「クラブ歌手だ」

「昔の仕事用の写真は手に入らなかったのか?」

「駄目だ。エディーはたぶん何枚か手元に持っているだろうが、進んでこっちに提供してくれるわけがない。やつとしちゃ、その女のことはそっとしておきたいんだ。強制するわけにもいかない。やつはこの街じゃ、たくさんの偉いさんを知り合いにしている。そうでなきゃ、あそこまでのしあがれんよ」、彼は不平の響きを漏らした。「これで少しはお役に立てたかな?」

「どれだけ待っても二人は見つからんさ」と私は言った。「太平洋が近すぎる」

「椅子のクッションについてさっき言ったことは本気だぜ。時間はかかるかもしれんが、おれたちはやつをきっと見つける。それまで一年か二年、そんなところだろう」

「将軍はそんなに長くは生きちゃいないぜ」と私は言った。

「我々としても、できる限りのことはやっているんだ。もし将軍が懸賞金をいくらかはずむ気があるなら、結果が出せるかもしれない。市はろくすっぽ予算をつけてくれないものでね」、彼の大きな目が私をじろりとうかがった。不揃いな眉毛が動いた。「エディーが二人を始末したと、おたくは本気で考えているのか?」

私は笑った。「いや、ただの冗談さ。私もそちらと同じように考えているよ、警部。リーガンはそりの合わない金持ちの女房を袖にして、もっとしっぽりやれる女を選んで、駆け落ちしたのさ。そもそも女房はまだ金持ちにもなっちゃいない」

「細君には会ったんだろう？」

「ああ。派手に遊びまわるのが好きな女だ。しかし洒落たドレスを着こなすだけの体型はしっかり保っている」

彼は低く呻いた。時間を割いて情報を与えてくれた礼を私は言った。グレーのプリマスのセダンが市役所から私のあとをつけてきた。ひっそりした通りで追いつくチャンスを与えてやったのだが、向こうは誘いに乗ってこなかった。だから私はそいつをあっさり振り切って、自分の仕事に戻った。

21

スターンウッド家には近寄らないようにした。オフィスに戻り、回転椅子に腰掛け、足をぶらぶらさせる運動の遅れを取り戻すべく努めた。窓から強い風が吹き込んでいた。隣のホテルのオイル・バーナーの煤《すす》が吹き下ろされ、私の部屋に入り込んで、空き地を彷徨う草玉《タンブルウィード》みたいにデスクの上を転がった。昼食を取りに行こうかと考えていた。そして人生はかなり味気ないものだとも考えた。もし酒を飲んだとしても、その味気なさにはさして変わりあるまいし、それに一日のこの時刻に一人で酒を飲むことは、どのみちたいして愉快なことではあるまい。そんなことをあれこれ考えている最中に、執事のノリスから電話がかかってきた。彼は例によって隙のない丁重な口調で、スターンウッド将軍の具合が今ひとつおもわしくないと言った。しかるべき新聞記事が将軍のために読み上げられ、これで私の調査は終了したものと彼は見なしている、ということだった。

「そのとおり。ガイガーに関していえば」と私は言った。「彼を撃ったのは私ではないぜ。わかっていると思うが」

「将軍もそのようなことは考えておられません、ミスタ・マーロウ」

「ミセス・リーガンが心配していた写真について、将軍は何かご存じなのだろうか？」

「いいえ、まったくご存じではありません」

「将軍が私に何を渡したか、君は知っているか？」

「はい、存じております。三通の借用書と、一枚の葉書であると理解しておりますが」

「そのとおりだ。すべてそちらに返却する。写真に関してはこちらで処分してしまった方が良いと思うのだが」

「それでけっこうでございます。ミセス・リーガンは昨夜何度もあなた様に電話で連絡を取ろうとなされて――」

「外に出て飲んでいたものでね」と私は言った。

「はい。そのようなことも時に必要です、サー。理解いたしております。五百ドルの小切手をあなた様にお送りするように、という指示を将軍から受けております。それで足りますでしょうか？」

「十分すぎるほどだよ」と私は言った。

「そしてわたくしどもは、これで一件は終了《クローズ》したと考えてよろしいのでしょうか？」

「もちろん。防犯時限ロックつきの金庫みたいに、しっかり閉鎖《クローズ》している」

「ありがとうございます、サー。わたくしども全員が感謝しております。将軍のお具合がもう少し良くなりましたら、おそらくは明日にでも、あなた様に直接お礼を申し上げたいと、そのようにおっしゃっておられます」

「それはそれは」と私は言った。「またそちらにうかがって、ブランディーを少しいただこうか。たぶんシャンパンで割って」

「冷え具合をのちほど見て参ります」と執事は言った。その声にはほとんど淡い笑みさえ浮かんでいた。

それで話は終わった。別れの挨拶をして電話を切った。隣のコーヒーショップの匂いが、煤とともに窓から吹き込んできたが、それは残念ながら私の食欲を刺激してはくれなかった。だから私はオフィス用の酒瓶を取り出し、一口飲み、自尊心には好きにレースを走らせておくことにした。

私は指を折って数え上げてみた。ラスティー・リーガンは大金と美人の奥さんを捨て、エディー・マーズなるやくざと婚姻関係らしきものにある、正体のよく知れない金髪女と駆け落ちする。彼はさよならひとつ言わず突然姿を消すが、それにはそれなりの理由があるかもしれない。将軍は最初に私と会って話をしたとき、誇りが高すぎたのか、あるいは用心深すぎたのか、リーガンの失踪届が出され、警察が調査していることを伏せていた。失踪人課の連中はもともと動きがのろいし、その出来事を重要案件だとは見なさなかった。リーガンは自ら姿を消したのだし、それはリーガンの勝手だ。私はグレゴリー警部の見解に賛成だった。エディー・マーズは、自分がもう一緒に暮らしてもいない金髪女がよその男と駆け落ちしたからといって、二人をばらしてしまえと考えるような男ではない。もちろんあまり面白くはないだろうが、そんなことよりビジネスが大事だ。だいたいハリウッド界隈には、ぐっとくる金髪女が文字どおりうようよしている。そこに大金が絡んでくればむろん話は違ってくるが、一万五千ドルなんてエディー・マーズにとってはただのはした金だ。ブロディーのようなけちなちんぴらとは話が違う。

　ガイガーは死んで、カーメンは一緒にエキゾティックなカクテルを飲むいかがわしい相手を、新たに探し求めなくてはならないが、それはさして難しいことではあるまい。どこかの街角に立って、五分ばかりしなを作っていればいい。彼女をカモにしようとする次なるいかさま男が、もう少し練れたやり方を選んでくれることを私としては望むばかりだ。お手軽なたかりなんかではなく、より長い目で利益を見てくれることを。

　ミセス・リーガンはエディー・マーズと親しい関係にある。まとまった金を借りようとするくらいに。もし彼女がルーレット好きで、負け癖がついているとしたら、それはまあ自然なことだろう。どのような賭場の経営者も、優良な顧客には必要とあらば進んで金を用立てする。それとは別に、二人の間にはリーガン絡みの縁があった。なにしろ彼女の夫であるリーガンが、エディー・マーズの妻と駆け落ちしたわけだから。

　限られた語彙しか持たない若き殺人犯、キャロル・ランドグレンはかなりの長期刑を食らうことになるだろう。もし酸を入れたバケツの上の椅子に縛り付けられなかったらということだが、おそらく死刑は免れるだろう。彼は有罪を認め、減刑を嘆願し、郡《カウンティー》の出費を浮かせてくれるはずだ。それは大物弁護士を雇う金がない連中の常套手段だ。アグネス・ロゼールは重要証人として収監されている。もしランドグレンが嘆願の道をとり、罪状認否手続きで有罪を認めれば、彼女を拘束しておく必要はもはやなくなり、放免されるだろう。彼女が違法行為を犯していないということもあるが、当局としてはガイガーの闇商売をあまり深く追及したくないからだ。

残るは私だ。私は二十四時間にわたって殺人事件を通報せず、証拠を隠匿した。それなのに自由の身で、おまけに近々五百ドルの小切手が送られてこようとしている。もう一杯酒を飲んで、今回の一切の騒動をそっくり忘れてしまうのがかしこいやり方だ。

そうするのは何よりまっとうなことに思えたので、私はエディー・マーズに電話をかけ、今夜ラス・オリンダスに行って、話をすることはできるだろうかと尋ねた。いつになったらかしこくなれるものか。

そこに着いたのは九時頃だった。高く硬質な十月の月は、海岸の霧のいちばん上の層に仄《ほの》かに霞んでいた。サイプレス・クラブは街のいちばん奥にあった。まとまりのない造りの大きな屋敷で、かつてはデ・ケイズンズという金持ちの夏別荘だったが、やがてホテルになった。今では暗い色合いの、外見《そとみ》にはうらぶれた大きな建物で、風のためにねじくれたモンタレー糸杉《サイプレス》の鬱蒼《うっそう》とした木立の中に建っていた。クラブの名前はそこから取られていた。渦巻き型の装飾が施された巨大なポーチがあり、いたるところに小塔《タレット》が配され、大きな窓のまわりにはステンドグラスの縁取りがついていた。裏には大きな空っぽの厩《うまや》があり、全体にノスタルジックな衰退の雰囲気が漂っていた。エディー・マーズは、それをMGMのセット風に作りかえたりはせず、外側はおおむね手に入れたときのままに残していた。

私はまばらなアーク灯に照らされた道路に車を停め、湿った砂利道を歩いて敷地に入り、正面玄関に向かった。お仕着せのダブルのコートを着たドアマンが、私を広大なロビーに招き入れてくれた。そこは仄暗く、しいんとして、白い樫材の階段が堂々たるカーブを描きながら、暗い階上に通じていた。私は帽子とコートを預け、重い両開きのドアの奥から聞こえる音楽と、人々の意味不明の声に耳を澄ませながら待った。物音はひどく遠くから聞こえてきて、建物と同じ世界のものとは思えなかった。やがて、先日エディー・マーズと、ボクサー上がりの用心棒と共にガイガーの家にいた、青白い顔の痩せた金髪の男が、階段の下のドアから姿を見せた。私に向かって寒々しい微笑を向け、カーペット敷きの廊下を先に立って歩き、ボスのオフィスに私を導いた。

奥行きの深い昔風のベイウィンドウと、石造りの暖炉がそなわった真四角な部屋で、暖炉ではセイヨウネズの丸太が気怠く燃えていた。壁は胡桃《くるみ》材の板張りで、鏡板の上には色褪せたダマスク織りの装飾帯が巡らされている。天井は頭上遙か高くにあった。冷ややかな海の匂いがした。

エディー・マーズのつや消しのデスクはその部屋に不似合いだった。いずれにせよ、一九〇〇年よりあとに製造されたものはすべて、ここには不似合いだったろう。カーペットはフロリダで日焼けしたような色合いだった。隅には大型のラジオがあり、銅製のトレイの上にはセーヴル焼きのティー・セットが置かれ、その脇にサモワールがあった。いったい誰のためにそんなものが置いてあるのだろう？　部屋の隅には決まった時刻にしか開かないようになっている金庫の扉があった。

エディー・マーズは私に向かって如才ない笑みを浮かべ、握手をし、顎でその金庫を指した。「こいつがなければ、俺は押し込み強盗の格好の餌食になる」と彼は快活な声で言った。「毎朝、土地の警官たちがここに立ち寄り、俺はそこで金庫を開く。連中とそういう取り決めを結んでいてね」

「君は私に何か話があると言っていた」と私は言った。「どんな話だろう？」

「まあ、急ぐな。座って一杯やろうじゃないか」

「まったく急いじゃいない。ただ君と私との間には、商売上の案件しか、話すことがない」

「まあうまい酒でも飲もうじゃないか」と彼は言った。飲み物を二人分作り、赤い革椅子の隣に私のグラスを置き、自分はデスクにもたれかかって、立ったまま足を交差した。ミッドナイト・ブルーのディナー・ジャケットのサイドポケットに片手を入れ、親指を出していた。爪がきらりと光っていた。ディナー・ジャケットを着ると、グレーのフランネルを着ていたときよりいくぶん強面《こわもて》に見えたが、それでもやはり乗馬をする人のように見えた。我々は酒を飲み、お互いに肯き合った。

「ここは初めてかね?」と彼は尋ねた。

「禁酒法の時代に来たことはある。ギャンブルはもうひとつ好きになれなくてね」

「金を賭ける必要はない」と言って彼は微笑んだ。「今日はちょっとのぞいてみるといいぜ。お友だちの一人があっちでルーレットを楽しんでいるはずだ。今夜はどうやらツキに恵まれているらしい。ヴィヴィアン・リーガン」

私は酒をすすり、彼のモノグラムがついたシガレットを一本手に取った。

「あんたが昨日の一件を処理した手際が気に入った」と彼は言った。「そのときはいささか頭に来たが、後になると、あんたのやり方が正しかったことがわかった。おれたちは友好的にやっていくべきだ。どれくらい礼をすればいい?」

「何に対して?」

「今更とぼける必要はあるまい。俺は警察の中枢にパイプを通してある。そうでなきゃ、ここまでにはなれん。事の真相を俺は耳にしている。新聞で読むのとは違う話をな」。彼は大きな白い歯を私に見せた。

「それでどれくらいの礼を君は用意しているんだ？」

「金の話をしているんじゃないよな？」

「こちらとしては、情報にしか興味はない」

「何についての情報だね？」

「忘れたふりをしないでほしいね。リーガンだよ」

「ああ、そうだったな」。天井の梁に向けて光線を送っているブロンズのランプの静かな明かりの中で、彼は爪をきらきらと揺らせた。「あんたは既にその情報を得たという話を耳にした。金で謝礼を払った方がいいんじゃないか。世話になった相手には金で礼をすることに、俺は馴れているんだが」

「私は金をせびるためにここまで車を走らせてきたわけじゃない。仕事の報酬は既にもらっている。君の基準からすれば僅かな金だが、それでなんとか暮らしていける。そして一度に依頼人は一人しかとらないというのは良きルールだ。君がリーガンを始末したわけじゃないんだろう？」

「いや。俺がやったと思ったのか？」

「やりかねないところはある」

彼は笑った。「冗談だろう」

私も笑った。「ああ、冗談だよ。リーガンに会ったことはないが、写真は見た。君の手下には、あの男の始末はちと荷が重かろう。ああ、そうだ、この話が出たからついでに言っておきたいんだが、拳銃使いを私の近くにこれ以上寄越さないでもらいたい。虫の居どころが悪いと、つい撃ち殺したりするかもしれない」

彼はグラス越しに火を見た。それからグラスをデスクの端に置き、薄い亜麻のハンカチで口元を拭いた。

「なかなか口が達者だな」と彼は言った。「しかしそう簡単には言いくるめられないぜ。だいいち、おたくはリーガンにとくに興味を持っていない。そうじゃないか?」

「職業的な意味ではその通りだ。リーガン探しを依頼されたわけではない。しかし彼がどこにいるかがわかれば喜ぶ人がいる」

「彼女は気にもしていないぜ」と彼は言った。

「私が言っているのは、彼女の父親のことだ」

彼はもう一度唇を拭き、そのハンカチを見た。血がついているのではないかというような目で。そして太い灰色の眉毛を引き寄せ、しっかり日焼けした鼻の片側に指を触れた。

「ガイガーは将軍を脅迫しようとした」と私は言った。「将軍ははっきりとは口に出さなかったが、控えめに言って半分くらいは本気で、リーガンが裏に控えているのではないかと心配していたと思う」

エディー・マーズは笑った。「ああ、ガイガーは誰彼かまわずそういう手を使っていた。それはやつが一人で思いついたことだ。合法的に見える借用書をどこかから入手する――おそらくは実際に合法的なんだろうが、ただそれをもとに訴えを起こすつもりはない。それらしい美辞麗句を添えて借用書を送りつけ、あとは手をこまねいて待つ。もしうまくいって、相手が縮みあがっているという感触を得れば、そこで本腰を入れて仕事にとりかかる。もしうまくいかなければ、あきらめてそのまま捨ててしまう」

「うまい手だな」と私は言った。「たしかにやつはそれを捨てた。ところがそいつにつまずいて転んでしまった。しかしどうしてそこまでよく事情を知っているんだ？」

彼は面倒そうに肩をすくめた。「正直言って、俺の耳に入ってくる話の半分くらいは、聞かなきゃよかったと思うような代物《しろもの》だ。おれたちの世界ではな、他人のビジネスについて知ったところで、一銭の得にもなりゃしない。いずれにせよ、もしあんたがガイガーの線だけを追っているとすれば、すぐに行き止まりになる」

「行き止まりになって、お役ご免だ」

「そいつは気の毒に。俺としてはね、スターンウッド将軍があんたみたいな男を、それなりの給料を払って目付役として雇い、あそこの姉妹を、少なくとも週に数日は家でおとなしく夜を過ごさせてくれればいいのにと、切に願っているんだがな」

「どうして？」

彼の口もとは苦々しげになった。「あの二人は厄介のもとだからさ。とくに黒髪の方には迷惑をかけられっぱなしだ。負け出すと、ますます大きな勝負に出て、俺の手元に残るのは借用証の山になる。そんなものどこの業者も、どれだけ割引しても引き受けちゃくれない。彼女には自分の財産なんてない。毎月の小遣いをもらっているだけだ。そして父親の遺言にどんなことが書かれているか、そいつは誰にもわからん。その一方で、もし勝負に勝てば、しっかりと俺の金を手にして帰宅する」

「そして君は翌日その金を取り返す」と私は言った。

「そのうちのいくらかは取り返す。しかし長期的に見れば、俺は損をしている」

彼はじっとまっすぐ私を見ていた。まるでそれが私にとって重要なことであるみたいに。なぜそんな話をここでわざわざ持ち出さなくてはならないのだろう？　私はひとつあくびをし、グラスの酒を飲み干した。

「少し賭場を見ていきたいな」と私は言った。

「ああ、それがいい」と彼は金庫の扉の近くにあるドアを指さした。「そいつはテーブルのすぐ裏側に通じている」

「できればカモたちと同じ入り方をしたいんだが」

「いいとも。お好きなように。なあ、俺たちは友だちだよな、ソルジャー？」

「もちろん」、私は立ち上がり、彼と握手をした。

「たぶんいつか、あんたにちゃんとした礼をすることができると思う」と彼は言った。

「今回はグレゴリーからうまく情報を引き出したようだが」

「つまり彼も君の手の中にあるということか」

「そいつは人聞きが良くないな。俺たちはただ仲が良いというだけさ」

私はしばらくマーズの目を見ていた。それからさっき入ってきたドアの方に向かった。ドアを開けるときに、振り返って彼を見た。

「ひとつ聞きたいんだが、グレーのプリマス・セダンに乗った男に私の尾行をさせているか？」

彼の目がきっと大きく見開かれた。動揺しているみたいだった。「いや、まさか。なんでそんなことをしなくちゃならない？」

「さあ、見当もつかんね」と私は言った。そして部屋を出た。彼は本当に驚いているように見えた。いくらか不安を感じているようでさえあった。それがどうしてか、私にはわからなかった。

22

黄色い腰帯をつけた小編成のメキシコ人の楽団が、お上品に編曲されたルンバを――それに合わせて踊るものは一人もいなかったが――おとなしく演奏することに疲れたのは、十時半頃だった。瓢簞《ひょうたん》で作った楽器を演奏していた男は、いかにもひりひりするように指先をこすりあわせ、それとほとんど同じ動作で口に煙草をくわえた。あとの四人は申し合わせたようにいっせいに身を屈《かが》め、椅子の下からグラスを取り、それを一口すすり、うまそうに唇を鳴らし目を輝かせた。飲みっぷりからするとテキーラのようだが、実際はたぶんミネラル・ウォーターだろう。そんな芝居は、彼らの音楽と同じくらい無益だった。誰も見ていなかったのだから。

その部屋はかつてはダンスホールで、エディー・マーズは彼の商売にとって必要な最低限の改修しか、そこに加えていなかった。クロムの輝きもなければ、角っこのコーニスの間接照明もなく、ガラス細工の絵画もなく、きつい紫色の革を張った椅子もなく、ぴかぴかの金属配管もなかった。ハリウッドのナイトクラブではお決まりの、似非《えせ》モダニズム風のごたごたは排されていたということだ。明かりは堂々たるシャンデリアから届き、バラ色のダマスク織りの壁パネルは、時の経過によっていくぶん色褪せ、埃で暗い色合いになっているものの、今でもバラ色のダマスク織りのままだった。それは遙か昔には、寄せ木細工の床とよく似合っていた。しかし今ではその床は小編成のメキシコ人の楽団の前の、ガラスのようにつるつるした僅かなスペースとしてむき出しになっているだけだ。残りの部分は分厚い、灰色がかったピンクのカーペットの下に隠されている。それだけのカーペットを敷くにはずいぶん金がかかったに違いない。寄せ木細工には十種類以上の硬木が使われていた。ビルマ・チークから、微妙に色合いの異なる六種類の樫を通過して、マホガニーみたいな赤みを帯びた木へと移り、それからカリフォルニアの丘陵地帯に生える頑丈な薄青色の野生のライラックへと色が淡くなっていく。そんなすべてが念入りに並べられ、その模様は測定器で測ったように精密だった。

それは今でも美しい部屋だったが、今そこに見受けられるのはおっとりとした昔風のダンスではなく、ルーレット台だった。三つのルーレット・テーブルが奥の壁に沿って並んでいる。丈の低いブロンズの手すりがその三つのテーブルをひとまとめに囲い、その中に進行係《クルピエ》たちが控えていた。ルーレットは三台とも稼働中だったが、人々は真ん中のテーブルに集まっていた。そのテーブルの脇に、ヴィヴィアン・リーガンの黒髪が見えた。私は部屋の反対側でバーに身を屈め、マホガニーの上でバカルディの小さなグラスをぐるぐる回していた。

バーテンダーが私の隣に身を屈め、中央のテーブルに集まった身なりの良い人々の群れを眺めていた。「彼女は今夜は勝ち運に乗っていますね、ばっちりと」と彼は言った。

「ほら、あそこの背の高い黒髪の女でさ」

「誰なんだ？」

「名前は知りません。よくここで見かけますが」

「おいおい、君が知らないわけがなかろう」

「あたしはただここで働いているだけですよ、ミスタ」、彼は悪びれた風もなくそう言った。「彼女は一人ですよ。連れの男は酔っ払って倒れています。彼の車までみんなで運んだんですよ」

「私が彼女を送ろう」

「そいつはいいや。幸運を祈ってますよ。ところでそのバカルディ、何かで割りましょうか？　それともそのままがお好きですか？」

「好きと呼べるかどうかはともかく、このままがいい」

「あたしなら喉頭炎の薬でも飲んでますがね」と彼は言った。

群衆が二つに割れ、夜会服を着た二人の男が人々を押し分けるようにして、そこから姿を見せた。彼女のうなじと、むき出しになっている背中が見えた。彼女は鈍いグリーンのヴェルヴェットのローカット・ドレスを着ていた。それは場の雰囲気にはいささかドレッシーに過ぎた。人の輪がまた閉じて、そのあとは彼女の黒髪しか見えなくなった。二人の男は部屋を横切ってきて、バーにもたれかかり、スコッチ・ソーダを頼んだ。一人は顔を紅潮させ、興奮していた。彼は黒い縁取りをしたハンカチで額の汗を拭った。そのズボンの脇につけられた二本のサテンのストライプは、タイヤの跡と言っても通じるくらい幅広かった。

「なあ、あれほどの勝ち続けは見たことないよ」、彼は震え気味の声で言った。「二回は見送ったが、八回連続して赤に賭け続け、負け知らずだものな。こいつがまさにルーレットだよ。まったく、これぞルーレットだ」

「見ていてむずむずしてきたよ」ともう一人が言った。「あの女、一度に千ドルも張るんだもの。あれは負けっこないな」。二人はグラスに口をつけ、一息で飲み干し、テーブルに戻っていった。

「けち臭いことを言ってますね」とバーテンダーが間延びした声で言った。「一勝負に千ドルがなんだっていうんです。あたしは前にハバナで見たんですが、ひどく不器量なばあさんが――」

真ん中のテーブルで人々のどよめきがわき起こった。それを制するように、外国訛りのあるくっきりした声が言った。「申し訳ございませんが、今少々お待ち下さい、マダム。

あなた様の賭け金を、当テーブルにおいてはお受けすることができません。ミスタ・マーズがただ今、こちらに参ります」

私はバカルディを置き、カーペットを踏んでそちらに向かった。小編成の楽団が、心なしか大きめの音でタンゴの演奏を始めた。誰も踊らなかったし、踊ろうかというそぶりも見せなかった。私はばらばらと集まったディナー・ジャケットや、正式のイブニング・ドレスや、スポーツコートや、ビジネス・スーツを着た人々をかき分けるようにして、左端のテーブルに行った。そのルーレット台は既に動きを止めていた。二人のクルピエはその後ろに立ち、頭を寄せ合い、横を向いていた。一人は賭け金を集める熊手《レイク》を、空っぽのレイアウトの上で意味もなく前後に動かしていた。二人はどちらもヴィヴィアン・リーガンをじっと見ていた。

彼女の長いまつげはぴくぴくと動き、顔は不自然なくらい白くなっていた。彼女は中央のテーブルの、ルーレットを挟んで私のちょうど正面にいた。乱雑に積まれた札とチップの山が彼女の前にあった。かなりの金額に見えた。彼女は冷ややかで横柄で、いかにも不機嫌そうな気取った声でクルピエに向かって言った。

「ここはまったく、なんてけち臭い店なの。さっさとルーレットを回しなさいよ、のっぽのお兄さん。私はもう一勝負したいのよ。それも総賭けをね。取るときはさっさか急いで持って行くくせに、自分が吐き出すとなるとうだうだ泣き言を言い出すんだから」

クルピエは冷たく丁重な笑みを浮かべた。それはこれまで何千もの田舎者と、何百万もの愚か者を見てきた笑みだった。彼は長身で、髪が黒く、その乱れのない態度には非のうちどころがなかった。彼は重厚な声で言った。「このテーブルはあなた様の賭け金をまかないきれないのです、マダム。あなた様のお手元には一万六千ドル以上ございます」

「もとはといえばあんたたちのお金よ」と女は嘲るように言った。「取り戻したくないの？」

隣にいた男が彼女に何事かを言おうとした。彼女はさっとそちらを向いて、吐き捨てるように何かを言った。男は赤い顔をしてこそこそと人混みの中に引っ込んだ。ブロンズの手すりで囲まれたスペースの、いちばん奥にある板張り壁に付いたドアが開き、エディー・マーズが取り澄ました顔でそこから出てきた。両手はディナー・ジャケットのポケットに突っ込まれ、どちらからもマニキュアを塗られた親指が出ていた。そのポーズがお気に入りのようだ。彼はクルピエたちの背後をゆっくりと歩き、中央のテーブルの角で歩を止めた。彼はのんびりとした、穏やかな声で話したが、そこにはクルピエほどの丁重さはなかった。

「何か問題でも、ミセス・リーガン？」

彼女はまるで挑みかかるように、顔をさっとそちらに向けた。彼女の頰の曲線がこわばるのがわかった。内に込められた緊張が耐えがたいまでに高まったみたいに。彼女は返事をしなかった。

エディー・マーズは重々しく言った。「もしこれ以上勝負をなされないというのであれば、お宅まで誰かに送らせましょう」

女の顔に赤みが差した。頬骨のところが白く残っていた。それから彼女は調子外れな声で笑い出した。そして腹立たしげに言った。

「もう一勝負するのよ、エディー。総額を赤に賭ける。赤は血の色だもの」

エディー・マーズは僅《わず》かに微笑んだ。それから肯いて、上着の内ポケットに手を伸ばした。そして角に金《きん》をあしらった、大きなアザラシ革の札入れを取り出し、横にいるクルピエの前にそれを無造作に放った。「賭け金を端数のない千ドル単位に揃え、お受けするんだ」と彼は言った。「もし皆様に異議がなければ、今回はこのご婦人お一人とだけの勝負にさせていただきたいのですが」

誰にも異議はなかった。ヴィヴィアン・リーガンは身を乗りだし、勝った金を両手でかき集め、それを荒々しくレイアウトの大きな赤のダイアモンドの上に押しやった。

クルピエは急ぐ様子もなく淡々と、テーブルに屈み込んだ。彼は金とチップを勘定し、積み上げた。端数として余った何枚かのチップと札をきれいな山にして、熊手を使ってレイアウトの外に押しやった。それからエディー・マーズの札入れを開き、千ドル札の平たい小さな束を二つ取り出した。ひとつの封を切り、中から六枚を抜いて、手つかずの札束に加えた。残りの四枚の札を札入れに戻し、それを脇にさりげなくひょいと置いた。まるで紙マッチか何かみたいに。エディー・マーズはその札入れには手も触れなかった。クルピエの他に動くものはいなかった。彼は左手でホイールを回し、無造作にひらりと手首を振って上の段に象牙の玉を放り入れた。それから手を引っ込め、腕を組んだ。

ヴィヴィアンの唇がゆっくりと開いた。歯が明かりを受けて、ナイフのようにきらりと光った。ボールはのんびりとホイールの傾斜を下りてきて、ナンバーの上のクロムの仕切りにあたって跳ねた。長い時間が経過したあとで、かちんという乾いた音とともに、唐突にその動きが止まった。玉をそこに載せたまま、ホイールは速度を弱めていった。ホイールが完全に停止するまで、クルピエは腕組みを解かなかった。

「赤の勝ちです」と彼はとくに関心もなさそうに、形式的に告げた。小さな象牙の玉は赤の25の上にあった。ダブル・ゼロから三つめだ。ヴィヴィアン・リーガンは頭を後ろにのけぞらせ、勝ち誇ったように笑った。

クルピエは熊手を手に取り、千ドル札の束をレイアウト越しにゆっくり押しやり、彼女の賭け金に加えた。そしてすべてを張り台の外に出した。

エディー・マーズは微笑みを浮かべ、札入れをポケットに戻した。くるりと後ろを向き、板張り壁に付いたドアから姿を消した。

十数人の見物人が一斉にため息をついた。そしてバーへと散っていった。私もみんなと一緒にその場を離れ、ヴィヴィアンが儲けた金をかき集め、テーブルをあとにする頃には、部屋の向こう側に着いていた。それから静かな広いロビーに出て、預かり所の女性から帽子とコートを受け取った。二十五セント硬貨をチップ用のトレイに置き、ポーチに出た。ドアマンがのっそりと私の隣に姿を見せ、「車をお持ちしましょうか?」と尋ねた。

私は言った。「いや、少し歩きたい」

ポーチの縁を飾る渦巻き模様の細工は霧に濡れていた。霧は、海岸の切り立った断崖に向けていっそう暗さを増していくモンタレー糸杉から、ぽたぽたと垂れていた。その先には何も見えない。どの方向であれ、四、五メートルも離れるともう何も見えなくなった。私はポーチの階段を降り、樹木の間をゆっくりと歩いた。定かには見えない小径を進んでいくと、断崖のずっと下の方から、霧の足もとを舐めるように打ちつける波音が聞こえてきた。どこにも明かりらしきものは見えない。まわりの樹木はあるときにはくっきりと見え、あるときにはぼんやりとしか見えないという状態だったが、やがて霧の他には何も見えなくなった。私は左に輪を描く格好で、やがてまた砂利道に戻った。その道はぐるりとまわって、駐車場に転用された厩《うまや》に通じている。屋敷の輪郭がようやく見えてきたところで、私は歩を止めた。道の少し先の方で、男が咳をするのが聞こえたからだ。

私は湿った芝生の上を歩いていたから、足音は殺されていた。男はもう一度咳をし、それからハンカチだか服の袖だかを使って、咳の音をおさえた。男がそんなことをやっているところに、私は歩いて近寄っていった。男の姿が見えた。小径のすぐそばに、ぼんやりとした影がひとつ立っている。何か不穏な気配を感じて、私は樹木の陰に隠れ、屈み込んだ。男はこちらに顔を向けた。その顔は霧に白くぼやけて見えるはずだったが、実際にはそうではなかった。それは暗いままだった。覆面をつけていたのだ。

私は樹木の陰でじっと待った。

23

軽い足音が、こちらからは見えない小径をやってきた。女の足音だ。私の先にいる男は足を前に踏み出し、霧の中に身をのめらせるような格好になった。女の姿は見えない。それからぼんやりと見えてきた。いかにも傲慢にそらせた頭の格好には見覚えがあった。男は敏捷に進み出た。二つの人影が霧の中で重なった。まるで霧の一部と化したかのように。しばし完全な沈黙があった。そして男が言った。

「こいつは銃だ、レディー。声は立てるな。この霧じゃ音は遠くまで届く。黙ってバッグをよこせ」

女は声を出さなかった。私は前に足を踏み出した。突然、その男の帽子の縁にぼんやりとした綿毛のようなものがついているのが見えた。女は身動きもしなかったが、やがて柔らかい材木にやすりをかけるような、喉にかかった音を発した。

「大声を出したら命はないぞ」と男は言った。

彼女は叫ばなかった。動きもしなかった。動きは男の方からあった。彼は乾いた声でくすくす笑った。「こいつは置いてってもらおう」と男は言った。

バッグの留め金がかちんと音を立て、ごそごそという音が耳に届いた。男は向きを変え、私の隠れている木の方にやってきた。三歩か四歩歩いて、また男はくすくす笑った。そのくすくす笑いにも覚えがあった。私はポケットからパイプを取り出し、それを拳銃のように構えた。

私は静かな声で言った、「よう、ラニー」

男ははっと立ち止まり、手を持ち上げようとした。私は言った、「よせ。そいつはやめた方がいいぜ、ラニー。銃口はそちらに向いている」

すべての動きが止まった。小径にいる女も動かなかった。私も動かなかった。ラニーも動かなかった。

「両足の間にバッグを置くんだ」と私は言った。「ゆっくりとな」

彼は屈み込んだ。男がまだ屈み込んでいる間に、私は木陰から飛び出し、そのそばまで行った。彼は荒く息をしながら身体を起こし、私に向き合った。両手には何もなかった。

「こんなことをしてただで済むと思うなよ、とは言わないのか」と私は言った。私は身を乗りだし、オーバーコートのポケットから拳銃を取り上げた。「最近、みんなが私に拳銃をくれるんだ」と私は言った。「その重みで身体が曲がって、まともに歩けないくらいだ。もう行っていいぜ」

我々の息がぶつかり合い、混じり合った。壁の上の二匹の雄猫のように、我々は互いを睨《にら》んだ。私は一歩後ろに下がった。

「さあ、消えろよ。恨みっこはなしだ。そちらが騒ぎ立てなければ、こちらもおとなしくしている。それでいいな？」

「よかろう」と彼は淀んだ声を出した。

霧がその男を呑み込んだ。微かな足音が聞こえ、それから何も聞こえなくなった。私はバッグを取り上げ、中身が入っていることを手で確かめ、小径の方に歩いて行った。彼女はグレーの毛皮のコートを喉に固く巻き付け、そこに立ちすくんでいた。手袋をはめていない手には、微かな煌めきを放つ指輪がひとつあった。帽子はかぶっていない。二つに分けられた黒髪は夜の闇の一部になっていた。瞳についても同じことだ。

「見事な手際ね、マーロウ。今は私のボディーガードをやっているわけ？」、彼女の声にはざらっとした響きがあった。

「そのようだ。ほら、君のバッグだ」

彼女はそれを手に取った。私は言った、「車はお持ちかな？」

彼女は笑った。「男の人と来たのよ。あなたはここで何をしているの？」

「エディー・マーズが私に会いたがった」

「彼と知り合いだとは知らなかった。どうしてなの？」

「妙な話だがエディーは、彼の奥さんと駆け落ちした男を私が捜索していると考えていたらしい」

「捜索しているの？」

「ノー」

「じゃあどうしてここまで足を運んだの？」

「彼の奥さんと駆け落ちしたと彼が考えている男を、私が捜していると、なぜ彼が考えたのか、そのわけを知りたかった」

「そのわけはわかった？」

「ノー」

「まったく、ラジオのアナウンサー顔負けの口の軽さね」と彼女は言った。「まあ、私にとってはどうでもいいことよ。たとえその男が私の夫であったとしてもね。でもあなたはその件には興味がないと思っていたんだけど」

「ところが何かというと、みんながその件を持ち出してくるんだ」

彼女は苛立ったように歯をこんと鳴らした。拳銃を持った覆面男の一件は、頭からすっかり消えているようだ。「ガレージまで送ってくれる？」と彼女は言った。「私のエスコートがどうなったか様子を見ないと」

小径に沿って歩き、建物の角を曲がると、前方に灯りが見えた。そしてもうひとつ角を曲がると、厩の中庭に出た。まわりを囲われ、二基の照明灯に煌々と照らされている。今でも煉瓦敷きのままで、中央の格子つきの穴に向けて緩やかな傾斜がついている。そこに自動車がきらびやかに並んでいた。茶色のスモックを着た男がスツールから立ち上がってこちらにやってきた。

「私のボーイフレンドはまだ酔いつぶれている?」、ヴィヴィアンは無造作にそう尋ねた。

「そのようです、お嬢さん。毛布をかけて、車の窓を閉めておきました。具合が悪いってんじゃありません。ただ休んでおられるだけで」

我々は大きなキャディラックの停まっているところに行った。スモックを着た男が後部席のドアを開けた。広々としたバックシートに、格子柄のローブを喉元までかけた男が、だらしない格好で横になっていた。口を開けていびきをかいている。大柄の金髪の男だった。この体格なら大量のアルコールを体内に溜め込めそうだ。

「こちらはラリー・コブさんよ」とヴィヴィアンは言った。「ミスタ・コブ――こちらはミスタ・マーロウ」

私は軽くうなった。

「ミスタ・コブは私のエスコート役だったの」と彼女は言った。「ずいぶん立派なエスコートだこと、ミスタ・コブ。とてもよく気がついて。あなたはしらふの彼に会うべきよ。私もしらふの彼に会うべきだわ。誰しもしらふの彼に会うべきなのよ。記録として保存しておくためにね。そしてそれは歴史のひとこまとなる。ラリーがしらふであった、その短くも輝かしい一刻《ひととき》――それはあっという間に時の流れに呑み込まれてしまうにせよ、忘れ去られることはない」

「ははん」と私は言った。

「彼と結婚することまで考えていたのよ」と彼女は緊張にこわばった高い声で続けた。ホールドアップのショックがやっと今になってやってきたみたいに。「楽しいことなんて心にもう何ひとつ浮かばないという時期なんかに、ふとね。私たちにはみんな、そういう時期がちょくちょくあるのよ。たくさんのお金。わかるでしょ。ヨット、ロング・アイランドのどこそこ、ニューポートのどこそこ、バミューダのどこそこ、おそらくは世界中にあちこち散らばっているその手の場所。スコッチのボトルを一本空にする間に、次なる贅沢な場所にさっと移動できる。ミスタ・コブについていえば、スコッチのボトルはそこまで長くは持たないかもしれないけれどね」

「ははん」と私は言った。「彼を家まで送り届けてくれる運転手はいるのだろうか？」

「ねえ、その『ははん』というのはやめてくれない。品がないから」、彼女は眉を吊り上げて私を見た。「運転手なら大丈夫、間違いなく一小隊くらいいるから。朝になればおそらくガレージの前で、彼らの教練がおこなわれる。ボタンを磨き上げ、制服にきりっと身を包み、しみひとつない白い手袋をはめて、まるでウェスト・ポイントの士官候補生並みにエレガントにきめた連中がね」

「ほう、で、その運転手は今どこにいるんだね？」とスモックの男が言った。まるで弁解するみたいに。

「この方は自分で運転してみえたんです」と私は言った。

「おたくに電話をかけて、誰かを寄越してもらうようにはできますが」

ヴィヴィアンは振り向いて、彼ににっこりと微笑みかけた。まるで彼にダイアモンドのティアラでもプレゼントされたみたいに。「とても親切ね」と彼女は言った。「そうしていただけるかしら。ミスタ・コブがこんな格好のまま死んでしまったら、私としても困るの。口をぱっくり開けたままね。喉の渇きのせいで死んだと思う人も出てくるかもしれない」

スモックの男は言った。「匂いを嗅げば、思い違いのしようはありませんがね、お嬢さん」

彼女はバッグを開き、紙幣をひとつつかみ出して彼に押しつけた。「この人の面倒をちゃんと見てちょうだいね」

「こりゃまた」と男は言って、目を剝《む》いた。「そりゃもうちゃんと、お嬢さん」

「私の名前はリーガンよ」と彼女は優しい声で言った。「ミセス・リーガン。これからも私の顔をちょくちょく見かけるはずよ。あなたはここではまだ新顔でしょう」

「ええ」。彼の手は札をひとつかみ手にしているせいで、ばたばたとわけのわからない動きをした。

「ここがきっと好きになるわよ」と彼女は言った。そして私の腕をとった。「あなたの車で行きましょう、マーロウ」

「外の道路に駐めてあるんだ」

「ぜんぜんかまわないわよ、マーロウ。私は霧の中を歩くのが好きだから。いろんな興味深い人々に会えるし」

「言うね」と私は言った。

彼女は私の腕につかまって、震え始めた。車まで歩く間、彼女はずっと私の腕にしがみついていた。車を駐めたところに着く頃には、その震えは止まっていた。私は建物の裏側を抜ける、樹木にはさまれた曲がりくねった道路を運転した。やがてデ・ケイズンズ大通りに出た。ラス・オリンダスの目抜き通りだ。ぱちぱちという音を立てる旧式のアーク灯の下をしばらく進むと、街が現れた。ビルディング、死んだような店舗、夜間用ベルの上に灯りがついたガソリン・スタンド、そして最後にまだ店を開けているドラッグストアがあった。

「何か飲んだ方がいい」と私は言った。

彼女は顎を動かした。シートの隅っこでその白い先端が肯いた。私はターンし、道路を斜めに横切って縁石に車を駐めた。「ブラック・コーヒーにライ・ウィスキーをちょっぴり入れると、なかなかいける」と私は言った。

「船乗りが二人泥酔できるほど、しこたま飲みたい気分よ」

私がドアを開けてやると、彼女は車を降りて、私のわきに立った。髪が私の頬を撫でた。我々はドラッグストアに入った。私は酒類販売カウンターでライ・ウィスキーのパイント瓶を買い求め、それからスツールに座り、ひびの入った大理石のカウンターの上にそれを置いた。

「コーヒーを二つ」と私は言った。「ブラックで強いやつ。今年になって作られたものがいいな」

「ここで酒を飲むことはできんよ」と店員が言った。彼は色落ちした青いスモックを着ていた。髪は頭のてっぺんで薄くなり、目はいかにも律儀そうだった。危ない橋は決して渡らないタイプだ。

ヴィヴィアン・リーガンはバッグから煙草の箱を出し、二本を振り出した。まるで男がやるように。そしてそれを私に勧めた。

「ここで酒を飲むことは法律で禁止されておるんです」と店員は言った。

私は煙草に火をつけ、その男には注意を払わなかった。彼は変色したニッケルのコーヒー沸かしから、二つのカップにコーヒーを注ぎ、我々の前に置いた。目はウィスキーの瓶を見ていた。もそもそと何ごとかを小声で口にし、それからあきらめたように言った。

「わかったよ。通りを向いてるから、勝手に注げばいい」

彼はショー・ウィンドウの前に行って、そこに立ち、我々に背中を向けた。耳が両側に突き出していた。

「こんなことをしてると、心臓が喉もとまでせり上がるよ」、私は瓶の蓋を開け、コーヒーにウィスキーを注いだ。「この街の警察は厳格なことで有名なんだ。禁酒法時代を通してエディー・マーズの店はナイトクラブだったんだが、店のロビーでは制服警官が二人、毎晩目を光らせていたものだ。客が酒を持ち込んだりしないようにね。そんなことをされたら店の売り上げが減るからさ」

店員はさっとこちらを振り返り、カウンターの奥に戻った。それから処方箋調合室の小さなガラス窓の向こうに行った。

我々はアルコール入りのコーヒーを飲んだ。コーヒー沸かしの奥にある鏡に映ったヴィヴィアンの顔を、私はじっと見ていた。緊張し、青白く、美しく、そしてワイルドな顔だった。唇は赤く、きつさを漂わせていた。

「君は含みのある目をしている」と私は言った。「エディー・マーズは君のいったい何を握っているんだ?」

彼女は鏡の中の私を見た。「今夜私はルーレットで、彼からたくさんの金をとっていった。元手は昨日彼から借りた五千ドルだった。使わずにすんだ例の五千ドルよ」

「彼はいささか頭に来たかもしれない。あのハジキ屋は彼の差し金だと思うかい？」

「ハジキ屋って何よ？」

「拳銃を持った男のことさ」

「あなたもハジキ屋なの？」

「そうだよ」と私は言って笑った。「しかし正確に言葉を定義するなら、ハジキ屋というのは塀の間違った側にいる連中のことだ」

「間違った側なんてものがあるのかしら。しばしばそれがわからなくなるわ」

「話題がずれているな。エディー・マーズは君の何を握っているのだろう？」

「弱みを握っているとか、そういうことかしら？」

「そうだよ」

彼女の唇がねじれた。「もっと面白い話をしてちょうだい、マーロウ。もっと気の利いた話を」

「将軍の具合はいかがかな？　もともと気が利かない性格でね」

「あまり良くはない。今日はベッドから起きなかった。なんでもいいけど、私を質問攻めにするのはよして」

「同じような意見を君に対して持ったことも、かつてあったがね。将軍はどれくらい事情を知っているんだ？」

「たぶんすべてを知っていると思う」

「ノリスが話しているということ？」

「そうじゃない。地方検事のワイルドが会いにやってきた。あの写真はあなたが焼き捨てたの？」

「そうだよ。君は妹のことを案じている。そうだね？　時に応じてということだが」

「私が心配しているのは妹のことだけ。父についてもある意味、案じてはいる。面倒なことは耳に入れないようにしている」

「彼はもう幻想はあまり抱いていない」と私は言った。「しかしプライドはまだ残っていると思う」

「私たちは彼の血筋を引いているの。それが問題点なのよ」。彼女は鏡の中の私を深く遠い目でじっと見ていた。「父に自分の血を憎みながら死んでもらいたくはないの。それは常にワイルドな血ではあったけれど、いつもいつも腐った血というわけではなかった」

「今は腐っているのかな？」

「あなたはそう考えているのでしょうね」

「君はそうじゃない。君はただ自分に与えられた役柄をこなしているだけだ」

彼女は下を向いた。私はもう少しコーヒーを飲み、二人分の新しい煙草に火をつけた。

「で、あなたは人を撃つのね」と彼女は静かな声で言った。「あなたは人殺しよ」

「私が？　どうして？」

「新聞と警察は事件をうまくまとめあげた。でも私は新聞に書かれていたことを鵜呑みにはしない」

「じゃあ君は、私がガイガーを始末したと思っているのか？　あるいはブロディーを。それとも両方を」

彼女は何も言わなかった。「私にはそんなことをする必要もなかった」と私は言った。「でも考えてみれば、そういう展開になっても不思議はなかった。またもしそうなっても、私は罪に問われなかっただろう。あいつらはどちらも、もし必要とあらば、私に銃弾を撃ち込むことを躊躇しなかったはずだ」

「人を殺すように心ができているのよ。警官もみんな同じ」

「言うね」

「暗くて、どこまでも寡黙な男たち。肉屋が畜肉に対して抱く程度の感情しか持ちあわせない。あなたはそういう人間の一人なのよ。最初に会ったときからそれはわかった」

「その違いがわかるくらい、君はたくさんの怪しげな連中と交際してきたようだ」

「他の人たちなんて、あなたに比べたらやわなものよ」

「ありがたいお言葉だ。しかし君だってイングリッシュ・マフィンというわけじゃない」

「こんな腐った小さな町はさっさと出ましょう」

私は勘定を払い、ライ・ウィスキーをポケットに入れ、店を出た。店員はまだ私を嫌な目で見ていた。

我々はラス・オリンダスをあとにし、いくつかの海岸沿いの小さく湿っぽい町を通り過ぎた。そういう町では小屋のようにちっぽけな家が波打ち際に近い砂浜に並び、大きな家は山側の斜面に建てられていた。ところどころの窓が黄色く染まっていたが、ほとんどの家は明かりが消えていた。海藻の匂いが海からやってきて、霧に重なった。大通りの湿ったコンクリートの上で、タイヤが歌うような音を出した。世界は濡れそぼり、空っぽだった。

デル・レイに近づいたあたりで、ドラッグストアを出てから初めて、彼女が口を開いた。その声は、まるで奥深くで何かがうずいているみたいに、くぐもっていた。

「デル・レイ・ビーチクラブのそばを通ってくれる。海が見たいの。次の通りを左に折れて」

交差点では黄色のライトが点滅していた。私はそこを曲がり、片側が切り立った崖になった坂道を下った。右手には都市間連絡電車の線路が走っていた。線路の反対側のずっと先に、まばらな低い明かりが見えた。その更に向こうに桟橋の明かりと、街の上空にかかった靄《もや》が見えた。そちらにかけて霧はおおかた晴れていた。鉄道の線路が断崖の下に向けて曲がろうとするところで、道路はその線路を越えた。そして舗装された海岸道路に入った。その道路が、遮るものもない整然としたビーチの境界線になっていた。遊歩道に沿って車が並んで駐車していた。暗い中で、鼻先を海に向けて。ビーチクラブの明かりは何百メートルか向こうにあった。

私は縁石に沿って車を駐め、ヘッドライトを消し、両手をハンドルの上に置いた。薄まりゆく霧の下で、波はほとんど音も立てずに浜に打ち寄せ、白い泡を立てた。意識の縁でなんとかかたちをなそうとする思考のように。

「もっと近くに寄って」と彼女は厚みのある声で言った。

私はハンドルを離れ、シートの真ん中に移動した。彼女は窓の外を見ようとするみたいに、私から少し身を引いた。それから後ろ向きに倒れ込み、音もなく私の腕の中に身を預けた。もう少しで頭がハンドルにぶつかるところだった。両目は閉じられ、顔はぼんやりしていた。それから彼女の両目が開き、瞬いた。暗闇の中でもその輝きは見えた。

「私を抱きしめてよ、この獣《けだもの》」と彼女は誘った。

私は最初ゆるやかに腕を彼女の身体に回した。彼女の髪が私の顔をちくちくと刺激した。私は腕に力を入れ、彼女を抱き起こし、その顔をゆっくり私の顔に近づけた。彼女の瞼《まぶた》はまるで蛾の羽のようにはらはらとそよいだ。

私は彼女にしっかりと、素速くキスをした。それからゆっくりと、まとわりつくようなキスを。彼女の唇は私の唇の下で開いた。私の腕の中でその身体は震え始めた。

「殺し屋」、女の声は柔らかだった。彼女の息が私の口の中に入ってきた。私は女をぴったりと抱き寄せていた。彼女の震えが私の身体をも震わせるようになるまで。私は彼女にキスし続けていた。長い時間が経過して、彼女はやっと少しだけ、口がきけるように頭を後ろに引いた。「あなたはどこに住んでいるの？」

「ホバート・アームズ。フランクリン通り、ケンモアの近くだ」

「見たことがないわ」

「見てみたいか？」

「ええ」と彼女は息を吐きながら言った。

「エディー・マーズは君の何を握っているんだ？」

私の腕の中で彼女の身体が硬くなり、息が粗い音を立てた。彼女は頭をさっと後ろに引いた。大きく見開かれた瞳が、白い部分に囲まれて、私を睨んでいた。

「そう、そういうことだったのね」と彼女は抑揚を欠いたソフトな声で言った。

「そういうことだよ。キスはかまわない。しかし君の父上は、君と寝るために私を雇ったわけではない」

「いけすかないやつ」と彼女は身動きもせず、静かに言った。

私は彼女の顔を間近に見ながら笑った。「私のことをつららみたいに思わないでもらいたい」と私は言った。「私は目が見えないわけではないし、感覚を欠いているわけでもない。他のみんなと同じように、身体には温かい血が流れている。そして君は簡単に手に入る。いや、あまりにも簡単に手に入りすぎる。エディー・マーズは君の何をつかんでいるのだろう？」

「もう一度同じことを言ったら、悲鳴を上げてやるから」

「いいとも。ご自由に」

彼女は身をのけぞらせるようにして私から離れ、座席の隅で姿勢を正した。

「その程度のちっぽけなことのために、人は撃たれてきたのよ、マーロウ」

「人はまるで意味のないことのために撃たれてきたさ。最初に君に会ったとき、私は私立探偵だと言った。そのことを君の美しい頭によく叩き込んでおくといい。私はそれを飯のたねにしている。遊び半分でやっているわけじゃない」

彼女はバッグの中を探ってハンカチを引っ張り出し、それを嚙んだ。顔は背けられていた。ハンカチが裂ける音が聞こえた。彼女はそれをゆっくりと、何度も何度も歯でびりびりと引き裂いた。

「なぜそう考えるのかしら？　エディーが私の何かを握っていると」、彼女は囁《ささや》くようにそう言った。ハンカチが彼女の声をくぐもらせていた。

「彼は君に大金を勝たせる。それからガンマンを差し向けてそれを取り戻そうとする。そんな目にあいながら、君はとくに驚きもしない。助けてくれてありがとうとも言わない。

一部始終が芝居くさくてならないんだ。あるいは思い上がりかもしれないが、それは少なくとも部分的には、私への謝礼代わりの余興だったんじゃないかと言いたくなる」

「彼は意のままに勝ったり負けたりできると考えているの？」

「そうだよ。丁か半かの勝負について言えば、五回のうち四回までそれは可能だ」

「あなたは胸くそ悪いやつだって、わざわざ声に出して言わなくちゃならないかしら、探偵さん」

「君は私に何の借りもない。私は支払いを受けている」

彼女はずたずたになったハンカチを車の窓から捨てた。「あなたはずいぶん優しく女性を扱うのね」

「君とのキスは素晴らしかった」

「あなたは頭を見事に冷静に保っていた。嬉しくて涙が出るわ。あなたにおめでとうと言うべきなのかしら？　それとも父にかしら？」

「君とのキスは素晴らしかった」

彼女の声はどろんとして、冷ややかになった。「もし親切心というものがあるのなら、ここからさっさと連れ出して。とにかく家に帰りたい気分よ」

「私の妹みたいになってはくれないだろうね？」

「もし剃刀《かみそり》を持っていたら、あなたの喉を裂いてやるんだけど。何が流れるのか見るためだけにね」

「イモムシの血さ」と私は言った。

私は車のエンジンをかけ、Uターンし、来た道を戻り、都市間連絡電車の線路を越え、ハイウェイに乗った。街に着いて、ウェスト・ハリウッドまで行った。そのあいだ彼女は一言も口をきかなかった。おおよそ身動きもしなかった。私はゲートを抜け、一段掘り下げられたドライブウェイを通って、屋敷に付属した屋根付き車寄せに車をつけた。まだ車が停まりきらないうちに、彼女はドアを勢いよく開けて外に出た。そのときになっても、彼女はまだ口をきかなかった。ベルを鳴らしたあと、彼女はそのままドアと向き合っていた。私はその背中を見ていた。ドアが開き、ノリスが顔をのぞかせた。彼女は彼のわきをさっさとすり抜けて中に入った。ドアがばたんと閉まり、私はシートに座ったままそのドアを見ていた。

それからドライブウェイを引き返し、家に帰った。

24

アパートメント・ハウスのロビーは今回は無人だった。鉢植えの椰子の木陰にガンマンが控えていて、私に偉そうに指図するようなこともなかった。自動エレベーターに乗って住居のある階まで上がり、閉じたドアの奥から僅かに聞こえてくるラジオの音楽に合わせて廊下を歩いた。一杯飲みたかったし、それも早急に飲みたかった。ドアを入ったところにある明かりのスイッチをつけず、まっすぐ台所《キチネット》に向かいかけたのだが、一メートルほどではっと立ち止まった。何かがいつもと違う。空気の中にある何か、匂いだ。窓のシェードが下ろされ、その隙間から差し込む外の明かりが部屋をうっすら照らし出していた。私はそこに立って耳を澄ませた。それは香水の匂いだった。もったりと甘い香水。

音はしない。音はまったくない。私の目はだんだん暗闇に慣れてきた。部屋の奥に、いつもはそこにない何かがあるのがわかった。私はあとずさりし、手を伸ばして親指で壁のスイッチを入れた。明かりが灯った。

ベッドが乱され、何かがその中でくすくす笑っていた。私の枕に金髪の頭が載っていた。

むき出しの両腕がカーブを描いて持ち上げられ、両手の指は金髪のてっぺんで組み合わされていた。カーメン・スターンウッドが私のベッドに仰向けに寝そべって、くすくす笑っていた。髪の黄褐色の波が、枕の上に広がっていた。まるで技巧を凝らして注意深く配置されたみたいに。その粘板岩のような色合いの目は私をじっと見ていた。そこにはいつもの、銃身の向こうからじっと見られているような感触があった。彼女は微笑んだ。鋭い小ぶりの歯がきらりと光った。

「私ってキュートじゃない？」と彼女は言った。

私は乾いた声で言った。「土曜日の夜のフィリピン人みたいにキュートだよ」

私はフロア・ランプのところに行って明かりをつけ、それから入り口に戻って天井の照明を消した。再び部屋を横切り、フロア・ランプの下のカードテーブルに置かれたチェス盤の前に行った。ボードの上には詰めの問題が配置されていた。六手で詰むことになっているのだが、それを解くことができなかった。私の抱えている他の多くの問題と同様に。私は手を伸ばし、ナイトを動かした。それから帽子とコートをむしり取り、その辺に放り投げた。その間ずっと柔らかなくすくす笑いがベッドから聞こえていた。それは古い家の羽目板の背後にいる鼠たちを思わせた。

「私がどうやって中に入れたか、わかんないでしょう？」

私は煙草を一本出し、荒涼とした目で彼女を見た。「見当はつく。鍵穴から入ってきたんだろう。ピーター・パンみたいに」

「誰、それ?」

「昔よくビリヤード場で顔を合わせた男さ」

彼女はくすくす笑った。「ねえ、あなたってキュートよねえ。違う?」と彼女は言った。

「その親指のことだが――」と私は言いかけたが、機先を制された。私は彼女にそれを思い出させる必要はなかった。彼女は右手を頭の後ろから出して、親指をしゃぶり始めた。まん丸い、ふしだらな目で私を見ながら。

「私、まるまる裸なの」、煙草を吸いながら、しばらくそちらを見ていると、彼女はやがてそう言った。

「それはそれは」と私は言った。「ひょっとしてそうじゃないかと推測していたところだった。君がそう口にしたとき、私もおおむねそういう結論に達していた。もうちょっとで、『君はきっとまるまる裸なんだよな』ってこっちから言い出すところだった。私自身についていえば、いつもベッドではオーバーシューズを履いて寝ることにしている。朝目が覚めて、良心の痛みに耐えかねて、こそこそ逃げ出したくなったときのためにね」

「あなたってキュートよね」と彼女は小首を少し傾げ、子猫のような声で言った。それから頭の下から左手を出して掛け布団の端をつかみ、いかにも芝居がかった間を置いてさっと払った。たしかに彼女は丸裸だった。フロア・ランプに照らされてベッドに横たわった彼女は、真珠のようにむき出しで、艶やかだった。スターンウッド家の娘たちは今夜二人揃って、私に身体を差し出してくれたわけだ。

私は下唇の端についた煙草の葉をとった。

「見事だね」と私は言った。「ただ、前にもそっくり同じものを見せてもらった。覚えているか？　私は一糸まとわぬ姿でいる君にいつも出くわすことになっているみたいだ」

彼女はまたくすくす笑った。そして身体に再び布団をかけた。「それで、君はどうやって中に入ったんだ？」

「管理人が中に入れてくれた。あなたの名刺を見せたの。ヴィヴィアンから盗んだ名刺をね。ここに来て待つように、あなたに指示されたって言った。あのね、私はけっこうミステリアスにふるまったわけ」。彼女の顔は喜びに輝いていた。

「うまい手だ」と私は言った。「管理人なんてちょろいものだ。それで君がどうやってここに入ったかはわかった。今度はどうやってここから出ていくかを教えてくれないか」

彼女はくすくす笑った。「出ていくつもりはない。これから当分の間はね――。ここが気に入ったの。あなたはキュートだし」

「いいかい」と私は煙草を持った手を彼女の方に突き出した。「もう一回君に服を着せるのは勘弁してもらいたい。こっちはくたくたなんだ。君が差し出してくれたものについては感謝している。私なんかがいただくには立派すぎる代物だ。ドッグハウス・ライリーは決して友だちをがっかりさせない。君は私の友だちだ。だから私は君をがっかりさせない——君が自分でがっかりすることまで止められはしないが。私と君とは友だちどうしでいなくちゃならないし、これはそのためにはならない。だからいい子にして、服を着てくれないか？」

彼女は首を大きく横に振った。

「いいかい」と私は我慢強く続けた。「君は私のことが本当に好きなわけじゃない。どこまで自分が羽目を外せるか、見せびらかしているだけだ。でもわざわざそんなことをする必要はない。それはもうわかっているんだから。私は君を助けに行った男だし——」

「明かりを消してよ」と言って彼女はくすくす笑った。

私は煙草を床に投げ、それを踏み消した。ハンカチを取り出し、両方の手のひらを拭いた。私は今一度がんばってみた。

「近所がどうこういう問題じゃない」と私は言った。「誰もそんなことはとくに気にしない。この建物じゃ、どの部屋にも金髪の女が出入りしているし、それが一人増えたからといって、大騒ぎになるわけじゃない。これは職業的なプライドの問題なんだ。どういうことなのかはわかるだろう。私は君のお父さんのために仕事をしている。彼は重い病気にかかっていて、衰弱していて、まずい状態にある。お父さんは私を信頼してくれているし、その信頼を裏切るわけにはいかない。だからおとなしく服を着てくれないか、カーメン？」

「あなたの名前はドッグハウス・ライリーじゃない」と彼女は言った。「本当はフィリップ・マーロウよ。だまされるものですか」

私はチェス盤を見下ろした。ナイトを動かしたのは間違いだった。私はその駒を元の位置に戻した。このゲームではナイトは何の意味も持たない。そこには騎士《ナイト》の出番はないのだ。

私は彼女を見下ろした。彼女は今は何も言わずベッドに横になり、枕につけられた顔は青白かった。瞳は大きく黒く、干魃《かんばつ》時の雨水桶のように空っぽだった。彼女の不思議なほど親指の小さな手のひとつが、せわしなく布団を引っ張っていた。頭のどこかで、仄かにではあるが疑念が生まれつつあった。しかし彼女自身はまだそれに気づいていない。女たちにとっては――たとえ正常な頭を持った女性であっても――自分の肉体が男を骨抜きにできないという事実に思いあたるのは、容易なことではないのだ。

私は言った。「キッチンに行って何か飲むものを作る。君も飲むか？」

「うん。ああ」、戸惑った黒い瞳が、沈黙のうちにじっと探るように私を見ていた。徐々に疑念が膨らみ、瞳の中に音もなく忍び込んでいった。まるで幼いムクドリモドキを狙って、高い草の中をこっそり歩む猫のように。

「もし戻ってきたときに君がちゃんと服を着ていれば、一杯飲ませてあげよう。いいね？」

彼女の歯が開き、しゅうっという耳障りな音が微かに口から漏れた。返事はなかった。

私はキチネットに行ってスコッチとソーダ水を出し、ハイボールを二杯つくった。とくに心を揺さぶるようなものは作れない。ニトログリセリンもなければ、虎の息吹を蒸留したものもない。グラスを持って戻ったとき、彼女は微動だにしていなかった。しゅうっという音は止まり、その目はまた死んでいた。唇は私に向かって微笑みを形づくり始めていた。それから唐突にベッドの上に身を起こし、身体から掛け布団をはねのけ、手を伸ばした。

「ちょうだい」

「服を着たらね。服を着るまではあげられない」

私は二つのグラスをカードテーブルに置き、腰を下ろし、煙草に火をつけた。「見ていないから服を着なさい」

私は顔を背けた。それからしゅうっという騒音が突然、鋭く聞こえることに気づいた。私は驚いて、彼女の方に再び目を向けた。娘はそこに裸で座り、両手をついて身体を支えていた。口は僅かに開き、顔は磨きこまれた骨のようだった。しゅうっという音は口から漏れ出ていた。本人には制御しきれないみたいに。彼女のどこまでも空虚な両目の奥には何かがあった。それは私がかつて女性の目の中に見たことのない何かだった。

それから彼女の唇はゆっくり用心深く動いた。まるでゼンマイで操作される作り物の唇みたいに。

彼女は私のことを、汚い名前で呼んだ。

私は気にはしなかった。彼女が私をどのように罵《ののし》ろうが、誰が私をどのように罵ろうが、知ったことではない。しかしこの部屋は私がこれからも住んでいかねばならない場所なのだ。私にとって我が家《ホーム》と呼べるものは他にはない。ここにあるものはすべて私のものだ。私と何かしらの関わりを持ち、何かしらの過去を持ち、家族の代わりをつとめるものたちだ。たいしたものはない。何冊かの本、写真、ラジオ、チェスの駒、古い手紙、その程度のものだ。とくに価値はない。でもそこには私の思い出のすべてがしみ込んでいる。

彼女がその部屋にいることに、それ以上我慢ができなくなった。娘の口にした汚い言葉は、そのことをあらためて気づかせてくれただけだ。

私は慎重に言った。「服を着て、部屋を出ていくのに、三分間だけ与えよう。それまでに出ていかないなら、力尽くで放り出す。そのままの姿で。つまり真っ裸で。あとで服を廊下に放り出す。さあ、今から数え始めるぞ」

彼女の歯はかたかたと音を立て、しゅうっという騒音は鋭く、荒々しかった。彼女は足を振って床に下り、ベッド脇の椅子の上に置かれた服を手に取り、着込んだ。私はその様子を見ていた。服を着る手つきは女性にしては生硬で不器用だったが、それでも素速かった。二分と少しで服を着終えた。私は時間を測っていた。

彼女はベッドの脇に立ち、毛皮の縁取りのあるコートに、緑のバッグを強く押しつけていた。洒落た緑色の帽子を、頭の上にねじ曲げてかぶっていた。娘は少しのあいだそこに立ち、私に向かってしゅうっという音を立てていた。顔は相変わらず磨きこまれた骨のようだった。目はまだ空虚だったが、同時にそこには凶暴な情動が満ちていた。それから彼女は足早に戸口まで歩いていった。ドアを開け、外に出た。そのあいだ振り返りもせず、一言も口をきかなかった。エレベーターがごとごとと音を立てて動き出し、シャフトを移動する音が聞こえた。

私は窓際に行ってシェードを上げ、窓を大きく開けた。入り込んできた夜気には饐《す》えた甘さがあった。そこにはまだ自動車の排気ガスと、賑やかな街の行き来の記憶が残っていた。私は酒のグラスを手に取り、静かに飲んだ。下の方で、アパートメント・ハウスのドアが自動的に閉まった。静かな通りに足音が高く鳴り響いた。それほど遠くないところで車のエンジンがかかった。ギアのぶつかりあう乱暴な音とともに、車は夜の中に飛び出していった。私は戻ってベッドを見下ろした。枕には彼女の頭のあとがついていた。その小さな堕落した身体はシーツの上にまだ残されていた。

私は空になったグラスを置き、ベッドから一切の寝具を荒々しく剝《は》ぎとった。

25

翌朝も雨が降っていた。クリスタル・ビーズのカーテンが揺れるような、斜めに降る灰色の雨だ。ぐったりと疲れ果てた気分で、窓際に立って外を眺めた。スターンウッドの娘たちのひりひりと刺激的な後味が、まだ口中に残っていた。案山子《かかし》のポケットみたいに生気をすっかり抜かれた気持ちだった。キチネットに行って、ブラック・コーヒーを二杯飲んだ。二日酔いになるのはアルコールのせいとは限らない。私の二日酔いは女たちによってもたらされたものだった。女たちが私の体調を狂わせたのだ。

私は髭を剃り、シャワーを浴び、服を着て、レインコートを手に下に降りた。そして玄関のドアから顔を出して外をのぞいた。通りの反対側の三十メートルほど先に、グレーのプリマス・セダンが見えた。前日に私を尾行しようとしたのと同じ車だ。エディー・マーズに問いただしたのと同じ車だ。中にいるのは警官かもしれない。時間が余っていて、私を尾行して暇を潰すのも悪くないと考える警官がどこかにいるとすればだが。あるいは目端の利く探偵稼業の同業者が、おこぼれに預かろうと、他人の手がけている事件に鼻を突っ込んでいるのかもしれない。それともそこにいるのは、私のナイト・ライフに対して一言あるバミューダの司教かもしれない。

私は裏手に行ってガレージからコンバーティブルを出し、正面に回り込んで、グレーのプリマスの前を通り過ぎた。車の中には小柄な男が一人でいて、私のあとからエンジンをスタートさせた。彼は雨の中で前よりはましな仕事をした。ぴったりと私のあとについてきたので、素速く横町に折れて、彼が追いつくまでにまいてしまうということができなかった。そしてほどほどの距離を置いていたので、我々の間にはいつも他の車がはさまっていた。私は大通り《ブールヴアード》に出て、オフィスのある建物の脇の駐車場に車を駐めた。そしてレインコートの襟を立て、帽子のつばを低く下ろしてそこを出た。その隙間にある私の顔を雨粒がひやりと打った。プリマスは通りの反対側の消火栓の前に駐まった。私は交差点で信号が緑になるのを待って通りを渡り、それから歩道の端を、駐車している車すれすれに歩いて後戻りした。プリマスはそこにじっと駐まっていた。誰も外に出てこなかった。私は手を伸ばし、ドアを歩道側に向けてさっと開けた。

きらきらした目の小男は運転席の隅に背中を押しつけた。私はそこに立って彼を睨んだ。雨が私の背中で音を立てた。たちこめた煙草の煙の奥で、彼は目をしばたかせていた。手は細いハンドルの上を休みなくとんとんと叩いていた。

私は言った。「気持ちを決めたらどうだ？」

彼は息を呑み、おかげで口にくわえた煙草がぴくぴく上下した。「あんたのことは知らない」と硬い小さな声で男は言った。

「名前はマーロウ。この二日ばかり、君が尾行しようと努めていた男だ」

「俺は誰のことも尾行なんかしちゃいないぜ」

「この車が尾行してきた。たぶん君にはこの車をコントロールできないんだろう。好きにすればいい。私は今から通りの反対側にあるコーヒーショップに、朝飯を食べに行くところだ。オレンジ・ジュース・ベーコン・エッグ、トーストとハニー、コーヒーを三杯か四杯、そして爪楊枝を一本。それからオフィスに行く。正面にあるビルの七階だ。もし君に、これ以上抱えきれないほど心を苛《さいな》んでいる問題があるとしたら、ちょっと寄って打ち明けてくれてもいい。マシンガンにオイルを差す以外、今日はとくに用事はないから」

私はあっけにとられている男をあとに残し、歩き去った。二十分後、私は窓を開けて空気を入れ換え、掃除女の残していった高級香水の残り香を追い払いながら、粗い紙質の分厚い封筒を開いていた。古風に装飾的な、上手な手書き文字で宛先が書かれている。封筒の中には短い形式張った手紙と、大きな藤色の小切手が入っていた。金額は五百ドル、宛先はフィリップ・マーロウ、振出人の署名、ガイ・ド・ブリセイ・スターンウッド。ただし実際に署名をしたのはヴィンセント・ノリスだ。それで爽快な朝になった。ブザーが鳴ったとき、私は銀行の振り込み用紙に書き込みをしていた。そのブザーは、狭い待合室に誰かが入ってきたことを告げていた。やってきたのはプリマスに乗っていた小男だった。

「ようこそ」と私は言った。「入ってコートを脱ぎ給え」

私がドアを押さえている戸口を、彼は恐る恐る抜けて入ってきた。その小さな尻に蹴りを入れられるんじゃないかと、心配しているみたいに。我々は腰を下ろし、デスクをはさんで顔を見合わせた。彼はとても小さかった。身長百六十センチもない。体重は肉屋の親指ほどもあるまい。彼はそのきりっとした明るい目を、できるだけハードに見せようとしていたが、そこには殻を開かれた牡蠣ほどの硬さしかなかった。彼の着たダブル・ブレストの濃いグレーのスーツは、肩が広すぎたし、ラペルが大きすぎた。アイリッシュ・ツイードのコートの前を開けて羽織っていたが、それはところどころで哀れに擦り切れていた。薄絹の柄物のネクタイは盛大に膨らみ、ラペルの重なり合った上の部分で、雨に打たれたあとをさらしていた。

「おれのことはたぶんご存じだろう」と彼は言った。「ハリー・ジョーンズだ」

知らないと私は言った。私は金属製の平らな煙草入れを彼の方に押しやった。彼の小さく小綺麗な指がさっと伸びて、その一本をとった。まるで鱒《ます》が蠅をとるときのように。彼はデスクのライターでそれに火をつけ、手をゆらゆらと振った。

「このへんじゃ、少しは顔が売れている」と彼は言った。「以前はヒューニーメ・ポイントあたりでちっとばかり酒の密輸をやってた。きつい商売だよ、ブラザー。偵察の車に乗っていた。膝には銃、ヒップ・ポケットには札束だ。石炭落としの樋《シュート》がつっかえちまいそうな厚い札束さ。ベヴァリー・ヒルズに着くまでに合計四度、官憲に袖の下をつかませるなんてこともしょっちゅうだった。きつい商売さね」

「そりゃ大変だ」と私は言った。

彼は背中を後ろに倒し、小さく締まった唇の、小さく締まった端っこから、天井に向けて煙を吹いた。

「あんた、ひょっとしておれの話を信じてないだろう」と彼は言った。

「ひょっとして信じてないかもしれない」と私は言った。「ひょっとして信じているかもしれない。ひょっとして、どっちだってかまわないと思っているかもしれない。そんなに肩をいからせて、いったい何を売り込むつもりなんだ？」

「何も」と彼は苦々しそうに言った。

「この二日ばかり君は私をつけ回していた」と私は言った。「女の子をものにしようと思いながら、最後の一歩を踏み出す勇気のない男みたいにな。ひょっとして君は保険を売っているのかもしれない。あるいはひょっとしてジョー・ブロディーという男の知り合いなのかもしれない。ひょ、ひょ、ひょっとしてが多すぎる。まあ商売柄そういうのには慣れているがね」

彼の目が飛び出し、下唇がほとんど膝まで垂れた。「まったく、どうしてそんなことまでわかるんだ？」と彼は吐き出すように言った。

「超能力者なんだよ。いいからさっさと用件を言ってくれ。こっちはそれほど暇人でもないんだ」

瞼《まぶた》が急に狭まり、輝きのある目はその奥にほとんど隠れた。沈黙があった。窓の真下に、マンション・ハウスのロビーの平らなタール塗りの屋根があり、雨がそれを強く打つ音が響いていた。瞼が少し開き、再び瞳が輝いた。彼の声は考え深げだった。

「ああ、たしかにあんたに探りを入れていた」と彼は言った。「買ってもらいたいものがあってね。安いものさ。せいぜい百ドル札が二枚ほどだ。しかしどうやっておれとジョーを結びつけたんだ?」

私は手紙の封を切り、読んだ。指紋採取の通信講座の勧誘だった。六カ月コースで、プロフェッショナルのための特別割引がある。私はそれをゴミ箱に放り捨て、もう一度小男を見た。「気にすることはない。ただの推測さ。君は警官じゃないし、エディー・マーズの手下でもない。彼には昨日、直接それを確かめておいた。私にそれほど強い関心を抱くものが他にいるとすれば、ジョー・ブロディーの友だちくらいだ」

「ジーザス」と彼は言って、下唇を噛んだ。私がエディー・マーズの名前を出すと、彼の顔は紙みたいに白くなった。口はだらんと開き、煙草が口の隅っこに手品か何かのようにだらんと垂れ下がった。まるでそこから生えているみたいに。「ああ、あんたからかっているんだな」とようやく彼は声を出した。微笑みが浮かんでいたが、それは手術室でしか見かけないような代物だった。

「そうだよ、からかっているんだ」。私は別の封書を開いた。その手紙は私にワシントンから日刊会報を送りたがっていた。とれたて、ほかほかの極秘情報満載とある。「アグネスは釈放されたんだろうね？」と私は言い足した。

「ああ、彼女がおれを寄越した。興味はあるのか？」

「うむ――まあ金髪だからな」

「つまらんことを言うなよ。この間、ジョーがばらされた夜、あんたはそこに居合わせて、あれこれかき回してくれたそうだな。ブロディーはどこかで、スターンウッドの弱みのようなものを摑んでいたんだろう。でなきゃ、連中にあんな写真を送りつけるような無謀な真似はするまい」

「ほほう。彼は何か摑んでいたと？　どんなものだろう、それは？」

「それが二百ドルのネタさ」

私は何通かのファン・レターを更にゴミ箱送りにし、新しい煙草に火をつけた。

「おれたちは街を出なくちゃならん」と彼は言った。「アグネスはまっとうな女だ。何ごとにも値段ってものがある。今どき、女が一人で生きていくってのは簡単じゃないからな」

「彼女は君にはでかすぎる」と私は言った。「寝返りを打った下敷きになったら、窒息しておしまいだぜ」

「品のないことを言うね、ブラザー」と彼は言った。その声に込められた威厳にほとんど近いものが、私の顔をはっと彼に向けさせた。

私は言った。「君の言うとおりだ。ここのところ、ねじくれた連中とばかり会っていたせいだな。くだらんおしゃべりは抜きにして、まっすぐ本題に入ろうじゃないか。金と引き替えになる何を君は持っているんだ?」

「払ってくれるのか?」

「それがどんな役に立つかによるね」

「ラスティー・リーガンを見つけるための役に立つとしたら?」

「私はラスティー・リーガンを探してなんかいない」

「とあんたは言う。聞きたいのか、聞きたくないのか?」

「好きにしゃべればいい。役に立つと思えば、そのぶんを払う。この界隈じゃ二百ドルも出せば、しこたま情報が買えるからな」

「エディー・マーズがリーガンを始末させたんだ」と静かな声で彼は言って、背中を後ろにもたせかけた。ついさっき副大統領に任命されたとでもいうように。

私は手を波打たせ、ドアの方を示した。「これ以上君と話し合うことはない」と私は言った。「酸素の無駄遣いはしたくない。出ていってくれないか、スモール・サイズくん」

彼はデスクに前屈みになった。口の両端に白い線がよった。彼は何度も何度も丁寧に煙草を押さえて消したが、そちらには目もやらなかった。待合室の仕切りの向こうから、タイプライターがシフトするときのベルの単調な音が聞こえた。一行ごとにそれがちりんと鳴った。

「おれは本気で言ってるんだぜ」と彼は言った。

「消えてくれ。もう用はない。私には仕事があるんだ」

「いや、そうはいかん」と彼は鋭く言った。「簡単には引き下がらんよ。おれは言いたいことがあってここに来たし、今そいつをしゃべってるんだ。ラスティーのことは個人的に知っていた。親しい仲というほどじゃないが、顔を合わせれば『よう元気かね、大将』と声をかけるくらいは顔見知りだった。そのときの機嫌次第で返事が返ってくることもあり、返ってこないこともあった。でもすかっとした男だったぜ。いつもやつのことは好きだった。モナ・グラントという女性歌手に入れ込んでたんだが、その女はやがてマーズという名字に変わった。ラスティーはそれで腐っちまって、そのナイトクラブの常連だった金持ち女と結婚した。その女はまるで家じゃ眠れないみたいに、毎晩そこに入り浸ってたんだ。彼女のことはあんたもよくご存じだろう。黒髪の長身で、ダービー優勝馬みたいに目立つ女だ。しかしそういうタイプの女は男にとっちゃ鬼門だ。神経の安まる暇がない。ラスティーとうまくやっていけるわけがないやな。しかし、女房とは駄目でも、彼女の親父さんの財産とはうまくやっていけたはずじゃないか？　それがあんたの考えていることだろう。ところがこのリーガンはいささかへそ曲がりでね、一筋縄ではいかない。そしてやつは長い目でものを見る男だった。常に次に行くべき谷間に目をやっているんだ。ひとところにぐずぐず腰を据えるってのができない性格だ。やつは財産のことなんぞ眼中にはなかったと思うね。そしておれの口がそう言うときはだな、ブラザー、そいつはまさに賞賛なんだ」

このちびは見かけほど愚かなわけではないのだ。ペテン師の四分の三まではそんなことは思いつきもしないだろう。またそれを言葉で的確に表現できる人間は更に希だ。

私は言った。「だから彼は逃げた」

「おそらく逃げようとしたのだろう。モナって女と一緒にな。彼女はエディー・マーズと別居状態にあった。やつの稼業が好きじゃなかったんだ。とくに副業の方がな。たとえば恐喝とか、車の窃盗とか、東部から来た剣呑《けんのん》なやくざを匿うとか。話によれば、ある夜リーガンがエディーに向かって、みんなのいる前でこう言ったということだ。もしお前がモナを何かの犯罪に巻き込むようなことがあったら、ただじゃおかないからなって」

「そういうことはおおかたは世間周知の事実だよ、ハリー」と私は言った。「そんなネタで金をもらおうっていうんじゃあるまいな」

「ここからがみんなの知らない部分だ。とにかくそうリーガンは豪語した。毎日午後にヴァーディのバーで、やつが壁を見つめながらアイリッシュ・ウィスキーを飲んでいるところを見かけたよ。もうあまり話をしなくなったが、ときどきおれを通して賭をした。おれがその店に出入りしていたのはそのためだった。パス・ウォルグリーンのために賭け金を集めていたのさ」

「ウォルグリーンは保険業をやってたんじゃないのか？」

「ドアにはいちおうそう書いてある。もし彼にねじ込んだら、ひょっとしたら保険を扱ってくれるかもな。それでだな、九月の半ば頃からリーガンの姿をぱったり見なくなったんだ。そのときすぐには気づかなかったけどな。そういうのってわかるだろう。いつも来ていたやつが来なくなる。でも急には気がつかない。ある日何かがあって、ふとこう思うのさ。そういえばあいつ最近見かけないなって。その何かってのは、たまたま小耳にはさんだ話だよ。一人の男が笑いながら言っていた。エディー・マーズの女がラスティー・リーガンと駆け落ちした。それなのにマーズは怒りもせず、結婚式の花婿付添人みたいに涼しい顔をしてるって。それでおれはその話をジョー・ブロディーにしたんだが、ジョーはどっこい目端がきいた」

「たいした目端のききようだ」と私は言った。

「切れ者というんじゃないが、それなりに頭の働く男ではあったよ。やつは金を必要としていた。それで、駆け落ちした恋人たちの行方をうまくつきとめれば、二倍の金がむしり取れるんじゃないかと踏んだのさ。一方はエディー・マーズから、一方はリーガンの女房から。彼はあの一家のことをいささか知っていた。「彼は少し前にあの一家をゆすって、それだけ手に入れていた」

「五千ドルぶんな」と私は言った。

「そうかい？」ハリー・ジョーンズの驚きはほどほどのものだった。「アグネスはそのことをおれに話すべきだったな。まったく女ってやつは、いつだって何かしら隠し事をするんだ。まあそいつはともかく、ジョーとおれは新聞をチェックしていたんだが、そんな記事は何ひとつ出てこない。これはスターンウッドのじいさんが口封じをしたんだなと思った。そんなある日、ヴァーディの店でラッシュ・カニーノを見かけた。やつのことは知ってるか？」

私は首を振った。

「そういうタフなやくざがいるんだよ。自分で自分のことをタフだと自認している、例の連中の一人さ。エディー・マーズが必要とするとき、彼はエディーのために仕事をする——いわゆるトラブル・シューティングの仕事だ。やつは実に手早くかたをつける。マーズが必要としないとき、彼はマーズの周辺には近寄らない。ロサンジェルスにも住んでいない。やつがそこにいたという事実には、何か意味があるかもしれないし、ないかもしれない。たぶん手下にリーガンの行方を捜させ、そのあいだマーズはにこやかに寛いで、好機到来を待っていたんだろう。それとも話はまったく違う展開だったかもしれない。そいつはわからん。とにかくおれはそのことをジョーに教え、ジョーはカニーノのあとをつけた。やつは尾行がうまいんだ。おれにはとてもできない。黙ってやつに任せるしかない。そしてジョーはカニーノをスターンウッドの屋敷まで尾行した。カニーノが敷地の外に車を駐めていると、娘の乗った車がやってきて、その隣につけた。二人はしばらく何かを話していたが、ジョーが見たところ、女はカニーノに何かを渡した。たぶん金だろう。そして女は行ってしまった。それはリーガンの女房だった。オーケー、彼女はカニーノを知っているし、カニーノはマーズを知っている。それでジョーはこう考えた。カニーノは何か、リーガンの尻尾のようなものを摑んでいる。そして本業以外の余禄として、なにがしかの金を搾り取ろうとしている、と。カニーノは急いでそこを立ち去り、ジョーは彼を見失う。そこで第一幕が終わる」

「カニーノはどんな見かけだ？」

「背は低く、身体つきはがっしりしている。髪は茶色で、目も茶色で、いつも茶色の服を着ている。帽子も茶色で、時には茶色のスエードのレインコートを着ていることさえある。茶色のクーペを運転している。ミスタ・カニーノの身のまわり、何もかもが茶色なんだ」

「第二幕を聞かせてもらおうか」

「金を拝ませてもらえないなら、話はここまでだ」

「その話に二百ドルの価値があるとは思えんな。ミセス・リーガンは元ウィスキー密売人と酒場で知り合い結婚した。彼女には他にもその手の剣呑な知り合いがいる。エディー・マーズのことも知っている。もしリーガンの身に何かがあったと思えば、彼女はまずエディーのところに行くだろう。その件の処理にあたらせるために、エディーはカニーノを呼んだのかもしれない。君の持ち札はそれだけか？」

「エディーの女房の居場所がわかるとしたら、二百は出すか？」と小男はもの静かに尋ねた。

彼は今では私の注意をしっかりと惹きつけていた。私が力を込めて寄りかかったせいで、危うく椅子の肘掛けが砕けてしまうところだった。

「たとえそこにいるのが、彼女一人きりだったとしてもだ」、ハリー・ジョーンズは柔和《にゅうわ》な、どちらかというと不吉さを感じさせる声音で付け加えた。「彼女はリーガンと駆け落ちなんかしちゃいないし、今はロサンジェルスから六十キロ離れたあたりの、とある隠れ家に匿われているとしたらどうだい？　彼女はリーガンと一緒に逃げたと見せかけているんだ。警察がそう考え続けてくれるようにな。そういう情報になら二百ドル出してもいいと思うかい、探偵さん？」

私は唇を舐めた。それは乾いて、塩っぽかった。「出せると思う」と私は言った。「どこだ？」

「アグネスが彼女を見つけた」と彼は暗い顔で言った。「幸運な偶然でね。その女が車に乗っているのを目にして、苦労してそのあとをつけた。アグネスがあんたにその場所を教えてくれるよ。しっかり金を手にしたときにな」

私は彼に向かって険しい顔をした。「なあ、警官が相手じゃ一文にもならないんだぜ、ハリー。最近じゃセントラル署は腕っ節の強い署員を揃えているらしい。君の口をうまく割らせることができず、うっかり息の根を止めてしまったとしても、彼らにはまだアグネスが残っている」

「試してみればいい」と彼は言った。「俺はそう簡単には折れないぜ」

「私はアグネスをいささか見くびっていたようだ」

「彼女は詐欺師なんだよ、探偵さん。おれもご同様だ。おれたちはみんな詐欺師だ。狸と狐が二束三文でお互いを売り合っている。オーケー、好きにすればいいや」。彼は私の煙草にまた手を伸ばし、唇に小粋にくわえ、私がやるようにマッチを擦ろうとした。親指の爪で火をつけようとして二度失敗し、足を使うことにした。そしてゆっくりむらなく煙を吹き、私の顔をまじまじと見据えた。なかなか愉快な男だ。ホームベースから二塁まで軽く投げられそうなくらい小さい。大男の世界で生きていく小男。彼には好感を持たざるを得ないところがあった。

「おれはここまで偽りのない話をしてきた」と彼はぶれのない声で言った。「おれは二百ドルの話をしに来たんだ。その値段はまだ変わらない。それを買うか買わないかはあんた次第、そういうまっとうな、男と男の話をしに来たつもりだった。なのにあんたは警察の話をちらつかせる。男気ってものはないのかい？」

私は言った。「君は二百を受け取る。言うとおりの情報であればな。しかしその前にまず私は二百を用意しなくちゃならない」

彼は立ち上がり、肯き、くたびれた小さなツイードのアイリッシュ・コートを、胸のところで硬く合わせた。「けっこうだ。いずれにせよ、暗くなってからの方がありがたい。おっかない取引だ。エディー・マーズみたいな男の裏をかくわけだからな。しかしおれたちも飯を食わなくちゃならない。賭け屋の仕事も最近はさっぱりでね。上の連中はどうやら、パス・ウォルグリーンをお払い箱にするようだ。そこのオフィスに来てくれないか。ウェスタン通りとサンタモニカ通りが交差したところにある、フルワイダー・ビルディングだ。裏側の四二八号室。あんたは金を持ってくる。それからあんたをアグネスに会わせる」

「君の口から言えないことなのか？　アグネスには前にもお目にかかった」

「おれは彼女に約束したんだ」と彼はさらりと言った。オーバーコートのボタンをかけ、帽子を斜めにかぶり、もう一度肯いてからドアにゆっくりと向かった。部屋を出た。足音が廊下を遠ざかっていった。

私は銀行に行って五百ドルの小切手を預金し、そこから二百ドルを現金で引き出した。またオフィスに戻り、椅子に座って、ハリー・ジョーンズと彼の話について考えた。話はいささか整いすぎていた。そこに見受けられるのは複雑に織り込まれた事実の模様ではなく、そぎ落とされたフィクションの単純さだった。それならグレゴリー警部にもモナ・マーズを見つけられたはずだ。彼女の居場所は警部の管区からそれほど離れてはいないのだから。もちろん警部に女を見つけようという気があれば、という条件付きの話だが。

私はそれについてほとんど丸一日考えていた。オフィスを訪れるものは一人もいなかった。一本の電話もかかってこなかった。ただ雨が降り続けた。

26

七時になって、雨は僅かのあいだやんだが、溝はまだ水で溢れていた。サンタモニカ通りでは歩道の高さまで水位が上がって、薄い水の膜が縁石の上を洗っていた。長靴から帽子まで、艶々したゴム引きの黒に身を包んだ一人の交通警官が、それまで雨宿りしていた濡れた天蓋《オーニング》の下から出てきて、溢れた水の中をばしゃばしゃと歩いていた。フルワイダー・ビルディングの狭いロビーに入ろうとしたとき、私の靴のゴム底が歩道の上で滑った。ロビーのずっと奥の方に電灯がひとつ天井から吊され、明るく光を放っていた。その奥には扉を開けたエレベーターがあった。それもかつては黄金色に輝いていたのだろう。擦り切れたゴムのマットの上には色褪せた、そしてしばしば的を外された痰壺が置いてあった。入れ歯のケースが芥子色の壁にかけてあったが、それは網戸付きポーチのヒューズ・ボックスみたいに見えた。私は帽子を振って水を切り、その入れ歯ケースの隣にあるビルの案内板を見た。名前の書かれた番号があり、名前の書かれていない番号がある。空き部屋がたくさんあるか、あるいは名前を表に出したくないテナントがたくさんあるか、どちらかだ。無痛が売り物の歯医者、インチキ探偵事務所、そこで朽ち果てるべく、虫が這うようにずるずるともぐりこんできたいかがわしい、胸くそが悪くなるような数々の商売。通信販売の学校、それは鉄道の事務員やら、ラジオ技術者やら、映画の脚本家やらになる方法を教えると称している。郵便局の調査官に早々に摘発されなければということだが。おぞましいビルディングだ。葉巻の吸い殻の饐《す》えたにおいが、ここでは最も清涼な香りに感じられる。

エレベーターの中では老人が、不安定なスツールに座って居眠りをしていた。尻に敷かれたクッションは中身がはみ出している。口はぽかんと開き、弱い明かりの下で血管の浮き出たこめかみが光っていた。青い制服のコートをまとっていたが、それは、狭い馬房が馬の身体に合っているという程度にしか、身体に合っていなかった。コートの下のグレーのズボンは裾が擦り切れ、靴下は白いコットン、靴は黒の子山羊《キッド》の革だ。靴の片方は瘤《こぶ》になった親指の上で裂けていた。スツールの上で老人は利用客を待ちながら惨《みじ》めに眠っていた。私は建物自体のこそこそとした空気に後押しされるようにその前をそっと通り過ぎ、非常口を探し、ドアを引いて開けた。非常階段はもう一カ月は掃除されていないようだった。浮浪者たちがそこで寝泊まりし、ものを食べたらしく、食べ物の滓《かす》やら、べとべとした新聞紙の切れ端やら、マッチやら、中身を抜かれた模造皮革の札入れやらが散らばっていた。落書きのある壁の陰になった角には、青白いゴムの避妊リングが落ちていた。それを片付けるものもいない。実に心温まるビルディングだ。

私はまともな空気を求めるように、四階で廊下に出た。そこにもやはり汚れた痰壺と、擦り切れたゴムのマットがあった。同じ芥子色の壁と、同じ凋落《ちょうらく》の記憶があった。私は廊下を進み、角を曲がった。「L・D・ウォルグリーン——保険業」という名前が、暗い磨りガラスのドアの上に見えた。二つ目の暗いドアがあり、三つ目のドアには明かりがついていた。暗いドアのひとつには「入り口」と書かれていた。

明かりのついたドアの上にある、ガラスの換気窓は開いていた。そこからハリー・ジョーンズの、鳥が鳴くような鋭い声が聞こえた。

「カニーノ？ ……ああ、あんたの顔には見覚えがあるよ。たしかに」

私はそこに凍りついた。もう一つの声が聞こえた。喉の奥で重く唸る声だった。煉瓦の壁の向こうで小さな発電機がまわっているみたいに。その声は言った、「覚えていてくれるような気がしたよ」。そこにはどことなく不吉な響きがあった。

リノリウムの床の上で、椅子が引かれた。足音が聞こえ、私の頭上の換気窓がきいっという音とともに閉じられた。磨りガラスの向こうに、人影がひとつ滲むように映った。

私は最初の暗いドアまで戻った。ウォルグリーンという名前のあるドアだ。そのノブをそっと回してみた。ロックされていたが、ドアは緩くなった枠の中でがたがたと動いた。当初はぴったりしていたのだろうが、乾燥が十分でない木材を使ったせいで、長い歳月を経て収縮したのだ。私はポケットから財布を出し、運転免許証の硬く分厚いセルロイドの仕切りを抜いた。当局がうかつにも見逃している窃盗犯の必需品だ。私は手袋をはめ、そっと優しくドアに身をもたせかけ、ノブを強く押して枠から離した。そして隙間にセルロイドの板を差し入れ、スプリング・ロックの斜めになった部分を探った。小さなつららが折れるときのような、ぽきんという乾いた音がした。私はしばらくそこで、水の中の怠惰な魚のように身動きひとつしなかった。中では何ごとも起こらなかった。私はノブを回し、暗闇の中にドアを押し開けた。そして開けたときと同様、用心深くドアを閉めた。

正面にはカーテンの引かれていない、明かりのついた長方形の窓が見えた。デスクの角がその一部を切り取っていた。デスクの上に、被いのかかったタイプライターがひとつあるのが見えてきた。それから部屋と部屋を繋ぐドアの、金属のノブも見えた。ドアはロックされていない。私は三室続きのオフィスの二つめに移動した。閉まった窓に、突然雨がばらばらと打ちつけた。その音に紛れて、私は部屋を横切った。明かりのついたオフィスのドアが数センチ開き、そこから光が扇状にくっきりと漏れていた。何もかもが都合良くできている。私はマントルピースの上の猫のようにこっそりと歩き、ドアの蝶番のついている側に身を寄せ、隙間からのぞいてみたが、見えるものといえば木材の角にあたる明かりだけだった。

喉の奥で唸るような声は今では、ずいぶん愉快そうな響きを帯びていた。「そうとも。

自分じゃ腰ひとつ上げねえくせに、したり顔で他人にけちをつけるやつがいる。お前はあの探偵に会いに行った。なあ、そいつは間違いってものだ。エディーは面白くない。探偵がエディーに言った。グレーのプリマスに乗った男にあとをつけられているってな。エディーとしちゃ当然ながら、誰が何のためにそんなことをしているのか、知りたいと思うわな」

ハリー・ジョーンズは明るい声で笑った。「それが彼と何の関係がある？」

「つまらん真似をすると痛い目にあうってことさ」

「おれがどうして探偵に会いに行ったか、その理由はあんたも知っている。それは既に話したものな。ジョー・ブロディーの女のためだよ。女はずらかる必要があるんだが、からっけつだ。探偵からいくらか金がとれると、彼女は踏んでいる。おれには金はないし」

唸るような声は穏やかに言った。「その金の見返りはなんだ？　探偵が見返りもなしに、おまえらみたいなちんぴらに、気前よく金を出すわけがあるまい」

「彼はその金を作れる。金持ちと知り合いだからな」と言って、ハリー・ジョーンズは笑った。勇気のある小さな笑いだった。

「俺を甘く見るんじゃないぜ、ちび公」、その唸るような声には、鋭い響きがあった。ベアリングに混ざった砂のように。

「わかった、わかった。あんたも知っているだろうが、ブロディーが消された。頭のいかれた若いものがやったんだ。しかしブロディーが撃たれた夜、そのマーロウっていうやつは、ちょうどその部屋に居合わせた」

「それは知ってるよ、ちび公。やつが警察にそう言っている」

「そうだ。ところがやつが警察にしゃべっていないこともある。ブロディーはヌード写真をネタにスターンウッドの末娘をゆすろうとしていたんだ。マーロウはそれを嗅ぎつけた。その件で言い合いを続けているところに、スターンウッドの末娘本人がひょっこり現れた——銃を手に。そしてブロディーを撃った。その一発は外れて窓ガラスを割った。しかし探偵はそのことを警察には伏せた。アグネスも話さなかった。口を閉ざしていれば、汽車賃くらいにはなるだろうと思ってな」

「つまり、エディーとは関わりがないネタだと言いたいのか？」

「お聞きのとおりさ」

「アグネスはどこにいる？」

「そいつは言えないな」

「教えてもらおうじゃないか、ちび公。今ここでしゃべるか。それとも、若い連中が壁に向かって銭投げをして遊んでいる、裏部屋につれていかれたいか？」

「なあ、あの女は今じゃおれの女なんだよ、カニーノ。おれとしちゃややこしい目にあわせたくないんだ」

沈黙が続いた。私は窓を打つ雨音を聞いていた。ドアの隙間から煙草の煙が漏れ漂ってきて、咳がしたくなった。ハンカチをぎゅっと嚙みしめた。

唸るような声が、なおも穏やかに言った。「その金髪女はガイガーの手先をつとめていただけだと聞いている。それについてエディーと話してみる。それで探偵からいくら巻き上げようとしていたんだ？」

「二百ほどな」

「うまくいったのか？」

ハリー・ジョーンズはまた笑った。「やつには明日会う。うまくいくだろうと思っている」

「アグネスはどこにいる？」

「なあ、だから――」

「アグネスはどこにいる？」

沈黙。

「こいつを見ろよ、ちび公」

私は動かなかった。私は銃を持っていなかった。喉の奥で唸る声の男がハリー・ジョーンズに向かって見ることを要請しているのが拳銃であることは、ドアの隙間からわざわざのぞかなくてもわかった。しかしカニーノなる男が拳銃をちらつかせる以上のことをするとは、私には思えなかった。私は待った。

「見ているよ」とハリー・ジョーンズは言った。彼の声は小さく固まって、歯より前に進み出ようとはしなかった。「前にも見たことのあるものしか見えない。さっさと撃てばいいだろう。それであんたは何を手に入れるんだ？」

「お前さんはシカゴのオーバーコートを手に入れるのさ（棺桶のこと）、ちび公」

沈黙。

「アグネスはどこにいる？」

ハリー・ジョーンズはため息をついた。「オーケー」と彼はくたびれた声で言った。

「バンカー・ヒルの、コート・ストリート二八番地にあるアパートメント・ハウスだ。部屋は三〇一。おれはからきし意気地がなくてな。しかしそんな面倒に巻き込まれるのはごめんだよ」

「そうとも。お前はなかなか聞き分けがいい。俺とお前とでこれからそこに行って、女と話をしよう。俺が知りたいのは、女がお前に何か隠し事をしていないか、それだけだ。もし話がお前の言ったとおりであれば、それで問題はない。探偵を好きにゆすって、どこへなりと高飛びすればいい。それで文句はあるまいな？」

「ああ」とハリー・ジョーンズは言った。「文句はないよ、カニーノ」

「けっこうだ。一杯飲もうじゃないか。グラスはあるか？」、その唸るような声は今では劇場案内嬢のまつげのように偽物っぽくなり、西瓜《すいか》の種のようにつるつる上滑りになっていた。抽斗が開けられた。何かが木の上で軋んだ音を立てた。椅子がぎいっと鳴った。床の上で足を引きずる音が聞こえた。「こいつは上等な酒だぜ」と唸るような声が言った。

酒が注がれる音が聞こえた。「さあ乾杯といこう」

ハリー・ジョーンズがソフトな声で言った。「成功に」

鋭い咳の音が聞こえた。それから荒々しい嘔吐。何かが床を打った。分厚いグラスが落ちたような音だ。私の指がレインコートの上で曲げられた。

唸るような声が優しげに言った。「たった一杯で倒れる手はなかろうぜ、兄弟」

ハリー・ジョーンズは返事をしなかった。少しの間、必死の喘《あえ》ぎがあった。それから重い沈黙が降りた。やがて椅子がきしきしと鳴った。

「じゃあな、ちび公」とカニーノ氏は言った。

足音が聞こえ、ぱちんという音がして、私の足もとを照らしていた楔形《くさびがた》の明かりが消えた。ドアが開き、静かに閉じられた。足音が消えていった。のんびりした、自信たっぷりの足音だった。

私はドアの縁ににじり寄り、それを大きく開いて、暗闇の中をのぞき込んだ。窓から差し込む鈍い輝きによって、少しはものを見ることができた。デスクの角が微かに光っていた。その背後の椅子の上に、背中を丸めた人の姿が浮かび上がった。締め切った部屋の空気には、もったりと重い匂いがした。香水を思わせる匂いだ。廊下に通じるドアの前に行って耳を澄ませた。遠くでエレベーターがかたかたと音を立てていた。

明かりのスイッチを探し当てた。天井から三本の真鍮のチェーンで吊られた埃っぽいガラスのボウルに光が灯った。ハリー・ジョーンズがデスク越しに私を見ていた。目は大きく見開かれ、顔は硬く痙攣したまま凍りつき、皮膚は蒼白だった。小さな黒髪の頭は片方に傾げられ、身体は椅子の背にまっすぐもたれて座った格好になっている。

路面電車のベルが鳴った。その音はほとんど無限の彼方から、数え切れないほどの壁にぶつかりながら届いた。蓋の開いたウィスキーの茶色の半パイント瓶が、デスクの上にあった。ハリー・ジョーンズのグラスは、デスクのキャスターの隣に転がって光っていた。もうひとつのグラスは見当たらなかった。

私は肺の上の方で浅く呼吸をしながら、瓶の上に身を屈めた。バーボンの炭で焦がした匂いに混じって、微かに他の匂いがあった。苦いアーモンドの匂いだ。ハリー・ジョーンズは自分のコートの上に嘔吐して、死んでいた。どうやら青酸カリのようだ。

私は彼のまわりを用心深く歩いてまわり、窓枠の木に吊されていた電話帳を取り上げた。そしてそれをもう一度元に戻し、死んだ小男からできるだけ遠く離れたところで電話機をとった。私は番号案内にかけた。相手が出た。

「コート・ストリート二八番地、アパートメント三〇一の番号を知りたいんだが」

「少々お待ち下さい」。その声にも苦いアーモンドの匂いが混じっていた。沈黙があった。「番号はウェントワース二五二八です。この番号は、グレンダウアー・アパートメントの名義で登録されています」

私は礼を言って、その番号をまわした。ベルが三回鳴った。それから受話器が取られた。電話の隣では大きな音でラジオが鳴っていたが、ボリュームが下げられた。ぶっきらぼうな男の声が言った。「もしもし」

「アグネスはそこにいますか？」

「いや、アグネスはここにいない。何番にかけているんだね？」

「ウェントワース二五二八」

「番号はあっているが、女が違っている。残念でした」。相手はそう言って笑った。

私は電話を切り、もう一度電話帳を手にとって、グレンダウアー・アパートメントを調べてみた。そしてマネージャーの電話番号をまわした。カニーノなる男が新たなる死を求めて雨の中、車を疾走させている光景が頭にぼんやりと浮かんだ。

「グレンダウアー・アパートメント。あたしはシフ」

「こちらはウォリス。身元確認を担当している警察官だ。おたくのアパートメントにアグネス・ロゼールという女が住んでいるね」

「おたくは何ておっしゃいましたっけ？」

私は名前と身分を繰り返した。

「番号をいただければ、折り返し――」

「ふざけたことは言うな」と私はぴしゃりと言った。「こっちは一刻を争っているんだよ。その女はいるのか、いないのか？」

「いいえ。そういう女はいませんね」、その声は棒パンのように硬かった。

「緑の目をした背の高い金髪女は、その安宿《どや》に住んでいるか？」

「ちょっと待って下さい。うちはどやなんかじゃ――」

「うるさい。黙れ！」、私はいかにも警官らしい横柄な口調で叱りつけた。「うちの風紀課の連中をそこに送り込んで、片端から調べ上げてやろうか？　俺はね、バンカー・ヒル界隈のアパートメント・ハウスのことなら隅から隅まで知っているんだ。とくに電話番号が、部屋ごとに別々に登録されているようなやつのことはな」

「ねえ、落ち着いてくださいな。協力しますから。ここには金髪女が二人ばかり住んでいます。どこにだって金髪くらいいますぜ。目の色まではよく知らないな。その女は一人で住んでいるんですか？」

「一人か、あるいは百六十センチもないくらいのちびと住んでいるかだ。男の体重はせいぜい五十キロで、鋭い黒い目をして、ダブルのダーク・グレーの背広を着て、アイリッシュ・ツイードのオーバーコートに、グレーの帽子。こっちの情報では部屋番号は三〇一だった。しかし電話に出たのはいかにもごつそうな野郎だった」

「ああ、そこには女は住んじゃおりません。三〇一号室に住んでいるのは、二人の自動車セールスマンです」

「ありがとうよ。そのうちに寄らせてもらう」

「穏便にお願いしますぜ。まず私のところに来てもらえれば」

「感謝するよ、ミスタ・シフ」と言って私は電話を切った。

顔の汗を拭いた。それからオフィスの遠くの隅に行って、顔を壁に向けて立った。片手で壁をとんとんと叩き、ゆっくりと振り向いて、椅子に座ったまま顔をしかめている小さなハリー・ジョーンズの姿を眺めた。

「そうか、君はあいつに一杯食わせたんだな、ハリー」と私は声に出して言った。その声は何かしら奇妙な響きを帯びて聞こえた。「君は出鱈目《でたらめ》を教え、それから小型の紳士として青酸カリを仰いだ。そして猫いらずにやられた鼠のように死んだ。しかしハリー、私から見れば君は鼠なんかじゃない」

私は彼のポケットを探らなくてはならなかった。それは汚らしい仕事だった。彼のポケットに入っていたものは、ひとつとしてアグネスに結びつかなかった。ひとつとして私が求めていたものはなかった。そんなことだろうとは予想していたが、それでもいちおう確かめてみなくてはならない。カニーノ氏はここに戻ってくるかもしれない。カニーノ氏は自信満々の男だ。犯行現場に戻ることを怖がったりはしないだろう。

私は明かりを消し、ドアを開けかけた。そのとき、床の幅木の前に置いた電話のベルがけたたましく鳴り始めた。私はそれに耳を澄ませ、顎を堅く引き締めた。痛くなるくらいに。それから再び明かりをつけ、ドアを閉じた。そして部屋を横切り、受話器を取り上げた。

「もしもし」

女が言った。彼女の声だ。「ハリーはいるかしら？」

「今はいないよ、アグネス」

沈黙があった。それから彼女はゆっくりと言った。「あなたは誰？」

「マーロウだ。何かと君の神経に障っている男だ」

「ハリーはどこにいるの？」、きつい声だ。

「私はある情報を得るために、二百ドルを持ってここに出向いてきた。申し出はまだ有効だ。金は持っている。君は今どこにいる？」

「ハリーはあなたに教えなかった？」

「教えてもらえなかった」

「彼に訊いた方がいいと思う。彼はどこにいるの？」

「彼には訊けないんだ。カニーノっていう男を知っているかい？」

彼女がはっと息を呑む音がすぐ耳元で聞こえた。

「百ドル札が二枚だ。ほしいのか、ほしくないのか？」と私は尋ねた。

「私――私にはそれがとても必要なの、ミスタ」

「わかった。持っていく場所を教えてくれ」

「私――私――」、彼女の声は消え入るように小さくなり、それからパニックがやってきた。「ハリーはどこよ？」

「びくついて、どこかに消えちまった。どこかで私に会ってくれ。どこでもいい。私は金を持っている」

「そんなはずはない――ハリーのことよ。きっと罠だわ」

「ああ、よしてくれ。ハリーを片付けるつもりなら、そんなこととっくの昔にやっていたさ。なんでわざわざ罠なんて仕掛けなくちゃならない？　カニーノがどうやってかハリーの動きを嗅ぎつけて、それでハリーはどっかに姿をくらました。私は静かにやりたい。君も静かにやりたい。ハリーも静かにやりたい」、ハリーは既に静けさを手に入れている。誰ももうそれを彼から取り上げることはできない。「まさか私がエディー・マーズの手先をつとめていると思ってるんじゃあるまいな、エンジェル？」

「い、いいえ。そんなこと思ってないわ。半時間後に会いましょう。ウィルシャー大通りのブロック百貨店の横で。駐車場の東入り口よ」

「よかろう」と私は言った。

私は受話器を戻した。アーモンドの香りがまた波のように漂ってきた。そこには嘔吐物の酸っぱいにおいも混じっていた。小さな死んだ男は黙して椅子に座っていた。そこには恐怖もなく、変化もなかった。

私はオフィスをあとにした。薄汚れた廊下には動くものもなかった。並んだ磨りガラスのドアの奥の明かりは、すべて消えていた。私は非常階段を使って二階まで降り、そこから明かりの灯ったエレベーターの屋根を見下ろした。ボタンを押すと、それが音を立ててゆっくり動き出した。私は非常階段を駆け下りた。私がそのビルから歩いて出て行くとき、エレベーターはまだ上にいた。

また雨脚が激しくなっていた。外に出ると、重い雨粒が顔を強く打った。そのひとつが私の舌に触れ、おかげで自分が口を開けていたことに思い当たった。顎の脇の痛みが、その口の開け方が大きく、ぐいと後方に引き寄せられていたことを教えてくれた。ハリー・ジョーンズの顔に刻まれた死の形相を、私はそのまま真似ていたのだ。

27

「お金をちょうだい」

グレーのプリマスのエンジンの鼓動音にかぶさるように女は言った。雨がまたその声にかぶさるように屋根を叩いていた。ブロック百貨店のうっすら緑に染まった塔《タワー》のてっぺんには、紫色の明かりがあった。それは我々の遥か頭上で、雨にそぼ濡れた暗い街から一人身を引いたように超然と灯っていた。黒い手袋をはめた女の手が窓から差し出された。私は札をそこに置いた。彼女は身を屈《かが》め、ダッシュボードの薄暗い光でそれを数えた。バッグがぱちんという音を立てて開き、また音を立てて閉まった。女は疲弊した吐息に、唇の上で末期を迎えさせた。そしてこちらに身を乗り出した。

「私は逃げる。長居は無用よ。そのためにこのお金がどうしても必要なの。どうしても。ハリーに何があったの?」

「さっきも言ったように、彼は姿をくらました。カニーノがどこかから話を嗅ぎつけたんだ。ハリーのことは忘れろ。私は金を払ったし、そのぶんの情報をほしい」

「今話すわよ。先々週の日曜日、私とジョーはフットヒル大通りに車を走らせていた。もう遅くて、明かりが灯りだして、道路は例によって混み合っていた。茶色のクーペを追い越したんだけど、それを運転している女が私の目にとまった。その隣には男がいた。浅黒く背の低い男。女は金髪で、見覚えがあった。エディー・マーズの奥さんよ。男はカニーノだった。一度でも目にすれば、まず忘れることができないお二人よ。ジョーはすぐにクーペのあとをつけた。彼はそういうのが得意なの。お目付役のカニーノが、彼女を気分転換に外に連れ出していたのね。リアリトから二キロばかり東に行ったところで、道路は丘陵の方に折れるの。南に行けばオレンジ畑の続く土地だけど、北に行けばそこは地獄の裏庭みたいな荒涼とした土地で、その突き当たりには、丘にしがみつくような格好で工場が建っているだけ。燻蒸消毒用の薬品を作るシアン化物の工場よ。そしてハイウェイを少し外れたところに、アート・ハックという男が経営する小さな自動車修理工場がある。塗装もする。たぶん盗難車をさばく店ね。その先に木造家屋が一軒ある。その家の先には何もない。あるのは山の斜面と、露出した岩と、三キロほど先のシアン化物の工場だけ。そこに彼女が身を隠しているわけ。二人は道路から脇道に入ったので、ジョーはいったんまっすぐ進んでから方向転換して戻り、二人が入った脇道の先に木造住宅が一軒あるのを見届けた。私たちは半時間ばかりそこに腰を据えて、通りかかる車をチェックしていたんだけど、そこから戻って出てくる車はなかった。あたりがすっかり暗くなってから、ジョーはこっそり家に近づいて、様子を見てきたの。家の中には明かりがついて、ラジオが鳴っていて、家の前には車が一台駐まっているだけだと彼は言った。そのクーペがね。そして私たちは引き上げた」

彼女は話しやめ、私はウィルシャー大通りを走りすぎる車のしゅうっというタイヤ音を聴いていた。私は言った。「彼らはそのあと隠れ家を移したかもしれない。しかし何はともあれ、それが君の売り物というわけだ。彼女に間違いはないね？」

「あの女を見違えることはまずあり得ない。さよなら、探偵さん。私の幸運を祈ってちょうだい。まったくひどい目にあったんだから」

「気の毒だったな」と私は言った。そして通りを渡り、自分の車に向かった。

グレーのプリマスは前に進み、スピードを上げ、角を勢いよく曲がってサンセット・プレースに入った。エンジンの音が聞こえなくなり、金髪のアグネスは、少なくとも私の与《あずか》り知る世界からは永遠に姿を消した。三人の男が命を落とした。ガイガーとブロディーとハリー・ジョーンズだ。女は私の二百ドルをバッグに入れ、車に乗って雨の中を走り去った。かすり傷ひとつ負わずに。私は車のアクセルを踏み、食事をとるためにダウンタウンに行った。そしてしっかり夕食をとった。雨の中を片道六十キロ運転するのは一仕事だ。そして私としては片道とはいわず、できれば往復したいところだ。

北に車を走らせ、川を越えてパサデナに入った。パサデナを通過すると、ほとんどすぐにオレンジの林の中にいた。打ちつける雨はヘッドライトの中で、くっきりと白い飛沫になった。どれだけワイパーを動かしても、視界は終始ぼやけていた。しかしそのような濡れ滲《にじ》んだ暗闇をもってしても、オレンジの木の途切れない列が、スポークのように無限に回転しながら夜に吸い込まれていく様を隠すことはできなかった。

すれ違う車はしゅうっというつんざくような音を立て、泥水の波をこちらに浴びせた。ハイウェイは小さな町をいくつも抜けたが、町といっても、あるのは缶詰工場と倉庫、そしてそこに身を寄せる鉄道の引き込み線ばかりだった。オレンジの林は徐々にまばらになり、やがて南の背後に消えていった。道路は登りになり、温度が下がった。北方の暗い丘陵が、うずくまりながらこちらに近づき、刺すような風を山腹に向けて吹き下ろした。やがて暗闇の中からぼんやりと、二つの黄色い明かりが頭上に浮かびあがり、その間に「ようこそリアリトに」というネオンの文字が見えた。

広いメインストリートからずっと後ろに引っ込んだところに、木造住宅が一定の間隔をとって並んでいた。それから急に店がかたまって現れた。曇ったガラスの奥にドラッグストアの明かりがあり、映画館の前には車が蠅の群れのようにぎっしり駐車していた。角にある明かりの消えた銀行は、時計を歩道の頭上に突き出していたが、一群の人々が雨の中に立って、その窓を見ていた。まるで何かのショーでも見るみたいに。私はそのまま進んだ。無人の野原が再び道路の両側を占めるようになった。

運命がすべてのお膳立てを整えてくれた。リアリトを越して二キロ弱進んだところで、ハイウェイは大きくカーブしていた。雨のせいでよく前が見えず、車は路肩に近づき過ぎた。右の前輪が怒ったような叫びをあげた。ブレーキも間に合わず、右の後輪も同じことになった。なんとか車を停めたものの、車体の半分は路上にあり、あと半分は路肩にあった。懐中電灯を手に、私は車を降りた。タイヤが二本パンクしたというのに、スペアタイヤは一本しかない。亜鉛メッキされた大きな鋲《びょう》の、ぺしゃんこになった残骸が、前輪の脇から私を見ていた。

舗装部分の縁にはそのような鋲がたくさん撒《ま》かれていた。それらは路面からは掃いて排除されたものの、路肩に残されたままになっていたのだ。

私は懐中電灯のスイッチを切り、そこに立って雨の匂いを吸い込みながら、引き込み道の奥にある黄色い明かりを眺めた。それは天窓からこぼれる光のように見えた。その天窓は自動車修理工場のものかもしれないし、その工場はアート・ハックという男が経営しているものかもしれない。となれば、その隣には件《くだん》の木造住宅があるはずだ。私は顎を襟で包み、そちらに歩き出したが、ふと思いついて車に戻り、ハンドルの軸についた車検証を外してポケットに入れた。そしてハンドルの下に屈み込んだ。運転席に座ったとき右足がつくところにバネ式の蓋があり、隠し物入れになっている。そこに二丁の拳銃が入っていた。ひとつはエディー・マーズの子分のラニーから取り上げた銃で、ひとつは自分のものだ。私はラニーの銃を取った。それは私の銃よりも場数を踏んでいるはずだ。銃口を下にして、それを内ポケットに突っ込み、引き込み道を歩き出した。

修理工場はハイウェイから百メートルばかり奥まったところにあった。それはハイウェイに向けて、のっぺりとした側面を向けていた。私はそこに素速く懐中電灯の明かりを向けた。「アート・ハック――自動車修理・塗装」。私は思わずほくそ笑んだ。しかしハリー・ジョーンズの顔が目の前に浮かんできて、笑みを引っ込めた。修理工場のドアは閉じていたが、ドアの下には明かりの縁がついていたし、二枚の扉の合わせ目が光の縦線を作っていた。私はその前を通り過ぎた。工場の背後には木造住宅があり、正面を向いた二つの窓には明かりが灯っていた。シェードは下ろされている。家は道路から距離があり、うっすらとした木立の背後に隠されていた。正面の砂利敷きの車寄せには一台の車が駐まっていた。暗い色合いで、詳しい特徴はわからない。しかしそれは茶色のクーペかもしれないし、持ち主はカニーノ氏かもしれない。車は狭い木造のポーチの前に静かに身を休めていた。

彼はときどき女に車を運転させているのだろう。そして本人はその隣に座っている。おそらくは銃を手の届くところに置いて。それはラスティー・リーガンが結婚するはずであった女であり、エディー・マーズが抱えきれなかった女であり、結局はリーガンと駆け落ちしなかった女だ。思いやりのあるカニーノ氏。

私は修理工場まで歩いて戻り、懐中電灯の柄で木の扉をどんどんと叩いた。一瞬の沈黙が降りた。雷鳴のように重い沈黙だった。中の明かりが消えた。私は笑みを浮かべ、唇についた雨粒を舐めながら、そこに立っていた。そして懐中電灯をつけ、二つの扉の真ん中の部分を照らした。私はその白い円形に向かってにやりと笑いかけた。ここがまさに目的の場所だ。

扉の隙間から声が聞こえた。不機嫌そうな声だった。「何の用だ?」

「開けてくれ。ハイウェイでタイヤが二本パンクしてしまった。スペアはひとつしかない。助けがいる」

「悪いが、ここはもう閉じてるんだ。西に行けばリアリトの街がある。距離は二キロもない。そっちをあたってみてくれ」

私はその答えが気に入らなかった。扉を思い切り蹴飛ばした。何度も蹴り続けた。別の声が聞こえた。喉の奥で唸るような声だ。壁の向こうで小さな発電機が動いているような。その声は私の気に入った。その声は言った。「強情なお方のようだ。開けてやれよ、アート」

ボルトが軋《きし》んだ音を立て、片側のドアが内側に向けて引かれた。私の懐中電灯の明かりが、男のひょろ長い顔を一瞬明るく照らし出した。それから何かぎらりと光るものが振り下ろされ、私の手から懐中電灯を叩き落とした。銃がこちらに向けられていた。私は身を屈め、濡れた地面を照らしている懐中電灯を拾い上げた。

ドスのきいた声が言った。「それを消しな。そういう真似をして大けがをする人間もいるんだぜ」

私は懐中電灯を消し、身体を起こした。修理工場の中で明かりがつき、つなぎの作業着を着た長身の男の輪郭を照らし出した。彼は銃をまっすぐ私に突きつけたまま、開いたドアから後ずさりして中に入った。

「中に入って扉を閉めてくれ、あんた。それから何ができるか、話し合おう」

私は中に足を踏み入れ、後ろ手でドアを閉めた。私はひょろ長い顔の男を見た。しかしもう一人の方には目を向けなかった。その男は暗がりになった作業台の脇にいて、沈黙をまもっていた。工場の空気は温かいピロキシリン塗料の匂いのせいで甘ったるく、そこには不穏な気配があった。

「あんた、正気なのか？」とひょろ長い顔の男が私を咎《とが》めるように言った。「今日の昼間にリアリトの街で銀行強盗があったんだぞ」

「すまなかった」と私は言った。そして雨の中で銀行をじっと眺めていた人々の姿を思い出した。「私がやったんじゃない。ただの通りがかりのものだ」

「まあ、そういう事件があったのさ」と彼は不機嫌そうに言った。「話によれば犯人は二人の不良のガキで、このあたりの山に追い詰めたということだ」

「身を隠すにはもってこいの夜だな」と私は言った。「どうやらそいつらは道路に鋲を撒いたらしいね。私もそれを踏んでしまった。ひょっとしておたくがお客を作っているんじゃないかとも思ったんだが」

「あんた、口に一発喰らったことあるか？」と細長い顔の男が手短に尋ねた。

「おたくくらいの体重の男にやられたことはないな」

喉の奥で唸る声が、影の中から言った。「そうすごむなって、アート。この方は難儀なさっているんだ。だいたい、おまえさん修理工場をやってるんだろうが」

「ありがとう」と私は言ったが、それでもまだそちらに顔は向けなかった。

「わかった、わかった」と作業服の男は不満そうに言った。そして銃をつなぎ服のフラップから服の中に突っ込み、拳を噛み、その上から面白くなさそうにじっと私を見た。温められたピロキシリン塗料は、エーテルと同じくらい私をむかむかさせた。隅の吊り電灯の下には、見るからに真新しい大型セダンがあり、フェンダーの上にはスプレー・ガンが置かれていた。

私はそこでようやく作業台の脇にいる男の方に目を向けた。背は低いが、肉付きがよく、肩はがっしりしていた。冷ややかな表情を浮かべ、冷ややかな黒い目をしていた。ベルトのついた茶色のスエードのレインコートを着ていたが、そこには雨のあとが黒く重く残っていた。茶色の帽子は粋に傾けられている。彼は作業台に背中をもたせかけ、とくに急ぐでもなく、とくに関心もなさそうに、私を見ていた。まるで冷肉の厚切りでも眺めるみたいに。たぶん彼の目には、人はみんなそのように映るのだろう。

彼は黒い目をゆっくりと上下させ、それから自分の手の爪をひとつひとつ眺めた。手を上げて光に照らし、詳細に点検した。ハリウッド映画がそういう仕草をはやらせるのだ。彼は煙草をくわえたまま話した。

「タイヤが二本パンクしたって？　そいつは大変だ。鋲はみんな片付けられたって聞いたんだけどな」

「カーブでちっと路肩に乗り上げてしまってね」

「この辺の人間じゃないって言っていたな」

「通りすがりのものだ。ロサンジェルスに向かう途中でね。あとどれくらいあるんだろう？」

「六十五キロってところだが、この天気じゃもっと長く感じるだろうよ。どっからきたんだね？」

「サンタ・ロサだ」

「長旅だな。タホーとかローン・パインを通ってきたのかね？」

「タホーは通らない。リーノとカーソン・シティーだ」

「それでもけっこうな距離だ」、淡い微笑みが彼の唇を曲げた。

「それが法に反するのかな?」と私は尋ねた。

「何だって? ああ、もちろんそんなことはないさ。おれたちのことを詮索屋だと思っているんだろう。強盗事件があったせいだよ。それだけのことだ。ジャッキを持っていって、この人のタイヤを直してあげろよ、アート」

「おれは忙しいんだ」とひょろ長い男は腹立たしげに言った。「今仕事をしているところだ。この塗装を仕上げなくちゃならん。それに雨が降っている。見りゃわかるだろうが」

茶色ずくめの男は愉快そうに言った。「塗装をきれいに仕上げるには湿気が強すぎる、アート。さあ行ってこい」

私は言った。「右側の前輪と後輪。ひとつはスペアを使える。もしおたくがそんなに忙しいのなら」

「ジャッキを二つ持っていくんだな、アート」と茶色の男が言った。

「なあ、いいか――」とアートが怒りの声を上げた。

茶色の男が目を動かし、もの静かな凝視をアートに向けた。それからもう一度視線を下に向けた。恥ずかしそうにと言ってもいいくらいに、そっと。一言も口にしなかったが、アートは突風を受けたみたいにぐらっと身体を揺らせた。そして大きな足音を立てて隅の方に行き、オーバーオールの上にゴムのコートを着て、頭に防水帽をかぶった。箱スパナとハンド・ジャッキを手に取り、台車付き大型ジャッキを転がして扉に向かった。

彼は無言で、扉を大きく開けたまま外に出て行った。雨が中に吹き込んだ。茶色の男はゆっくりそちらに行って扉を閉め、またゆっくり作業台に戻ってきた。そして前とまったく同じ場所に腰を置いた。私はそこで彼を取り押さえることもできた。我々は二人きりだったし、相手は私の素性を知らない。彼は私をさりげなく見てからセメントの床に煙草を捨て、目も向けずにそれを踏み消した。

「一杯やりたいんじゃないか」と彼は言った。「外側だけじゃなく、内側も同様に湿らせた方がいいぜ」、彼は作業台の背後から酒瓶を取って台の隅に置き、隣にグラスを二個並べた。それぞれのグラスになみなみと酒を注ぎ、ひとつを私に差し出した。

私はよろよろと歩いていってそれを受け取った。顔にはまだ雨の冷ややかな記憶が残っていた。温かい塗料の匂いが締めっ切りのガレージの空気を、もったりと重くしていた。

「まったくアートってやつは」と茶色の男は言った。「修理工なんてみんな同じだ。いつだって、先週のうちに仕上げてなくちゃいけない仕事にかかりきりになっている。商用の旅行かね？」

私は用心深く酒の匂いを嗅いだ。匂いはまともだった。私は彼が酒を飲むのを見てから、自分のぶんを飲んだ。舌の上で味わってみた。シアン化物は入っていない。私は小さなグラスを空にし、彼の隣に置き、そこを離れた。

「部分的には」と私は言った。そしてフェンダーの上に大きな金属のスプレー・ガンが置かれた、半ば塗装済みのセダンのところに行った。雨が建物の平らな屋根に激しく打ちつけていた。アートは外でその雨に打たれている。毒づきながら。

茶色の男はその大型車を見ていた。「もともとは塗装をちっといじるだけの仕事だった」と彼はどうでもよさそうに言った。彼の喉の奥で唸る声は酒が入ったせいで、更にソフトになっていた。「ところが持ち主は金に不自由していないし、その運転手は小遣い銭を欲しがった。どういう類の商売か見当はつくだろう」

私は言った。「それより古い商売はひとつしかない」。私の唇はからからに乾いていた。私はしゃべりたくなかった。だから煙草に火をつけた。タイヤの修理が終わってくれればいいと思った。時間が忍び足で過ぎていった。茶色の男と私は、たまたま出会った知らぬ同士で、ハリー・ジョーンズという死んだ小男を間にはさんでお互いを見合っていた。ただし茶色の男はそのことをまだ知らない。

外で大きな足音が聞こえ、ドアが押し開けられた。光がまっすぐな雨の筋に当たり、それを銀色の針金に変えた。アートは泥だらけの二本のタイヤを面白くなさそうにごろごろと転がして中に入れ、ドアを足で蹴って閉め、タイヤのひとつを横倒しにした。そして荒々しい目つきで私を見た。

「あんた、ジャッキを据えにくい場所を、わざわざうまく選んでくれたみたいだな」と彼は吐き捨てるように言った。

茶色の男は笑って、ポケットから五セント硬貨を筒に巻いたものを取り出し、手のひらに載せて、ひょいひょいと放り上げた。

「文句ばかり並べてないで、さっさと修理してさしあげろよ」と彼は乾いた声で言った。「だから今やっているじゃないか。そうだろ？」

「愚痴が多すぎるぜ」

「わかったよ！」、アートはゴムのコートをむしり取り、防水帽を脱ぎ、それらを遠くに放り投げた。一本のタイヤを持ち上げて専用台に載せ、リムを荒々しく剝《む》いてこそげた。チューブを中から抜き出し、ぺちゃんこになったものにタイヤ修理用のパッチを貼り付けた。なおもぶつぶつ文句を言いながら、彼は私の脇を抜けて大股で壁まで歩き、空気ホースをひっ摑み、チューブの中に十分空気を入れ、膨らませてかたちを与え、それから空気ホースのノズルを白塗りの壁に叩きつけるように戻した。

私はそこに立って、カニーノの手の中で硬貨の包みが踊るのを眺めていた。身をぎゅっと引き締めていた集中力は今ではいささかゆるんでいた。私は首を曲げて、ひょろ長い修理工がすぐそばで、空気を入れて硬くなったチューブを放り上げては、大きく広げた両手で受け止めるのを見ていた。彼は放り上げるごとに、ひとつの側を調べていた。そして気むずかしい顔でタイヤを点検しながら、隅にある汚れた水を張った、亜鉛メッキされた大きな桶にちらりと目をやり、何事か唸った。

チームワークは前もって打ち合わせられていたに違いない。合図も交わされなかったし、それらしき目配せもなかった。わざとらしい仕草もなかった。ひょろ長い男は空気を張ったタイヤを高く掲げ、それを点検していた。それから彼は身体を半分ひねり、素速く大股の一歩を踏み出し、チューブを私の頭から肩にはめ込んだ。輪投げを喰らったようなものだ。

彼はさっと跳んで私の背後にまわり、そのゴムに身体を強く押しつけた。彼の体重が私の胸を締めつけ、両方の上腕を脇のところで身動き取れなくした。手は動かせるのだが、ポケットのピストルまでは届かない。

茶色の男が踊るような足取りで、こちらにやってきた。手に五セント硬貨の包みを握り締めている。彼は音もなく、表情も浮かべず、私に向かってきた。私は前に身を曲げて、アートを宙に持ち上げようと試みた。

重みのある包みを内側に握った拳が、まるで石が埃の雲を貫くみたいに易々と、私の開いた両手を貫いた。私はそのショックに一瞬、凍りついた。光が目の前で踊り、周りの世界が焦点を失った。しかしその世界はまだそこにあった。彼はもう一度私を殴った。頭に感覚がなくなり、眩しい輝きがより眩しくなった。ずきずきと痛む白い光の他には何もない。それから暗黒が訪れた。暗黒の中に赤い何かが、顕微鏡で見る細菌みたいにもぞもぞと蠢《うごめ》いていた。しかしやがて輝くものも、蠢くものもいなくなった。あとにはただ暗黒と空虚があった。そして突風が吹き、大木が音を立てて倒れた。

28

どうやらそこに一人の女がいて、ライトスタンドの脇に座っているらしかった。そこで照明をきれいに受けている。別の明かりが私の顔を眩しく照らしていた。だから私はまた瞼を閉じ、まつげの隙間から彼女を見ようとした。彼女はまるでプラチナの塊のようで、髪は銀のフルーツ・ボウルのように光っていた。幅広の白い襟が折り返された、緑色のニット・ドレスを着ている。その足もとには角が四角く尖った、艶やかなバッグが置かれている。女は煙草を吸っている。そして琥珀色の液体の入った丈の高い、淡い色合いのグラスが肘のところに置かれていた。

私は頭を少しだけ注意深く動かしてみた。痛みはあったが、予想したほどではない。私はこれからオーヴンに入れられる七面鳥よろしく縛り上げられていた。両手首には背中で手錠がはめられ、ロープがそこから足首にまわされ、それから茶色のソファの端にまわされていた。私はそのソファの上に寝かされていた。ロープはソファの向こう側に姿を消していたが、それがしっかりと結びつけられていることを確かめる程度には動けた。

私はそんな風にこそこそと動くのをやめ、もう一度両目を開けて「ヘロー」と言った。女はどこか遠くの山の頂を見るのをやめ、こちらを向いた。小さな引き締まった顎がゆっくりと回された。彼女の目は山あいの湖の青だった。頭上ではまだ雨が強く打ちつけていたが、それはまるで他人のための雨みたいによそよそしく聞こえた。

「気分はいかが？」、滑らかな銀色の声だ。髪によく似合っている。そこにはちりんちりんという小さく軽やかな響きが聞き取れた。ドールハウスの呼び鈴みたいだ。どうしてそんなつまらないことを考えるんだろうと、考える端から自分でもあきれた。

「最高だよ」と私は言った。「誰かが私の顎の上に給油所を建設したようだ」

「いったい何を求めていたの、ミスタ・マーロウ？　蘭の花？」

「ごくあっさりした松の木箱さ（棺桶のこと）」と私は言った。「ブロンズやら銀のハンドルはいらない。灰を真っ青な太平洋に撒いたりするのもやめてくれ。それなら虫に食われた方がまだいい。虫が両性具有だって知っていたかい？　だから虫はどんな虫とでも愛を交わせるんだ」

「あなた、まだ頭がちょっとずれてるみたいね」と彼女は言って、真剣な目でまじまじ私を見た。

「この明かりをどこかにやってもらえないだろうか？」

彼女は立ち上がって、ソファの後ろにまわった。明かりが消された。眩しくなくなってほっとした。

「あなたはそれほど危険な人には見えないけど」と女は言った。どちらかといえば長身だが、痩せてひょろ長いというわけではない。スリムではあるが、つくべきところには肉がついている。彼女は自分の椅子に戻った。

「じゃあ私の名前を知ってるんだね」

「あなたはよく眠っていたし、連中はその間にポケットを細かく調べたの。ありとあらゆることをやったわ。さすがに防腐処置までは施さなかったけれど。それであなたは私立探偵なのね」

「私について判明したのはそれくらいかな？」

彼女は黙っていた。煙草から仄かに煙が立ち上がっていた。彼女はそれを空中で動かした。小さくてかたちのきれいな手だった。昨今の女性によく見られるごわごわ骨張った、造園用具みたいな手ではない。

「今は何時だろう？」と私は尋ねた。

彼女は螺旋形《らせんけい》に立ち上る煙越しに、手首の時計にちらりと目を向けた。その手首はフロア・スタンドの重々しい光沢の縁に置かれていた。「十時十七分。デートの約束でもあるの？」

「察するところここは、アート・ハックの修理工場の隣にある家だろうか？」

「そうよ」

「男たちは何をしている？　墓でも掘っているのかな？」

「彼らには出かける用事があったの」

「君一人をここに残して？」

女の首が再びゆっくりと回された。彼女は微笑んだ。「あなたは危険な人に見えないわ」

「君も彼らに監禁されていると思っていたんだが」

女はとくに驚いたようには見えなかった。むしろそれは彼女をいくらか面白がらせた。

「なぜそう思ったの？」

「私は君が誰かを知っている」

どこまでも青い女の瞳がきりっと鋭く光った。その眼光の一閃は、剣のようにあたりをなぎ払えそうだった。口もとがこわばった。それでも声は変わらなかった。

「となると、あなたはまずい立場に立たされそうね。人が殺されるのを見たくないんだけど」

「エディー・マーズの女房なのに？　そいつはずいぶん弱気じゃないか」

彼女は私の言ったことが気に入らなかった。きつい目で私を睨みつけた。私はにやりと笑みを浮かべた。「もしこのブレスレットを外してくれないのなら――まあ外さない方が賢明だとは思うけれど——君がそこに置きっぱなしにしている酒をちっと飲ませてもらえないかな？」

彼女はグラスを持ってきた。ピンク色の泡が儚《はかな》い希望のように立っていた。彼女は私の上に身を屈めた。その息は子鹿の目のように繊細だった。私はグラスから一口飲んだ。彼女はグラスを私の口から離し、液体が少し首筋を垂れていくのを見ていた。

彼女は再び私の上に屈み込んだ。血液が私の身体を駆けめぐった。将来の我が家を隅々まで念入りに見てまわる入居希望者みたいに。

「あなたの顔は防水マットみたいなありさまよ」と彼女は言った。

「せいぜい有効に利用するんだね。丈夫に見えて、あまり長持ちしそうにはないから」

彼女はさっと鋭く首を振り、耳を澄ませた。ほんの一瞬、彼女の顔は青ざめた。壁に横殴りに打ちつける雨音の他には何も聞こえなかった。彼女は部屋の向こう側に行って、私から見て横向きになり、少し前屈みになり、床を見下ろした。

「なぜここまでやって来て、わざわざ危ない目にあわなくちゃならないの？」と彼女は静かに尋ねた。「エディーはあなたに危害は加えなかったでしょう。あなたにはよくわかっているはずよ。私がここに隠れていなかったら、警察は間違いなく、エディーがラスティー・リーガンを殺したと考えたってことが」

「彼が殺したんだ」と私は言った。

彼女は動かなかった。ほんの数センチも姿勢を変えなかった。その呼吸は速く、粗い音を立てた。私は部屋を見回した。二つのドアが同じ壁についていて、ひとつは半開きになっていた。赤とタン色の格子柄のカーペット、青いカーテンのかかった窓、明るい緑の松の木が描かれた壁紙。家具はすべて、バスの待合所に広告が出ているような店で買い集められたのだろう。はなやかで、しかも頑丈。

彼女は柔らかい声で言った。「エディーは彼には手出しはしていない。ラスティーとはもう何カ月も会っていない。エディーはそんなことをする人じゃないわ」

「君は既にエディーとは別居し、一人でよそで暮らしていた。そこの住人たちはリーガンの写真を見せられて、見覚えがあると言った」

「そんなの嘘よ」と彼女は冷ややかに言った。

グレゴリー警部がそんなことを口にしたかどうか、思い出そうと努めた。しかし私の頭はまだ正常に復してはいなかった。うまく思い出せない。

「だいいち、あなたの知ったことじゃない」と彼女は付け加えた。

「それらはすべて、私の仕事に関連することだ。私は真相を探るために雇われている」

「エディーはそんなことをする人じゃない」

「ほう、やくざが好きなのか？」

「人が賭博をする限り、どこかに賭場がなくてはならないでしょう」

「そいつはいささか身びいきな考え方だね。人は一度法の外に足を踏み出せば、ずっと法の外に身を置くことになる。君は彼のことをただのギャンブラーだと思っている。しかし私から見れば、彼はポルノ業者であり、恐喝犯であり、盗難車のブローカーであり、遠隔操作する殺し屋であり、腐敗警官を作り出す金づるだ。彼は見栄えを整えるためなら何にだってなるし、金になるものなら何だって取り込む人間だ。人格高潔なやくざなんていう与太話を、私に売り込むのは勘弁してくれ。そんなものは通用しない」

「彼は殺し屋じゃない」、彼女の鼻孔は膨らんでいた。

「ご本人はね。代わりにカニーノがやってくれる。あいつは今夜、人を一人殺した。誰かを助けようとしただけの罪のないちびをね。私はカニーノがその男を殺すところを事実上目撃した」

　彼女は力なく笑った。

「いいとも」と私は唸るように言った。「信じなければいいさ。もしエディーがそれほどのナイスガイなら、そばにカニーノがいないときの彼と話をしたいものだ。カニーノがどんなやつか、君にもわかるだろう。まず私の歯を叩き折って、それからもぞもぞとしかしゃべれないといって、私の腹を蹴り上げるようなやつだ」

　彼女は頭を後ろにのけぞらせ、考え深げにそこに立っていた。それから何かを思いついたみたいに、身を引いた。

「プラチナの髪はもう流行らないと思っていた」と私はなおも話し続けた。部屋の中に音を響かせておくために。誰かの話を聞かなくても済むように。

「これはかつらよ、馬鹿ね。自前の髪が生えるまでのこと」。彼女は手を伸ばしてそれを持ち上げた。彼女の髪は隅々まで、男の子のように短く切られていた。そしてまたかつらをかぶった。

「誰がそんなことをしたんだ？」

彼女は驚いたようだった。「私が自分でやったのよ、どうして？」

「ああ、でも、何のために？」

「なぜって、エディーに示すためよ。あの人が求めることを、私は進んでやるんだということを。つまりきちんと姿を隠すし、見張りをつける必要もないってこと。私は彼を失望させたりはしない。彼のことを愛しているから」

「やれやれ」と私は呻いた。「そして君は私をこの部屋に閉じ込めている」

彼女は片手を裏返し、仔細に眺めた。それから突然、歩いて部屋を出て行った。そしてキッチン・ナイフを持って戻ってきた。身を屈め、ロープをごしごしと切った。

「手錠の鍵はカニーノが持っている」、彼女は息を吸い込んだ。「そっちの方は私には何ともならない」

彼女は喘《あえ》ぎながら後ろにさがった。ロープの結び目は全部切られていた。

「ほんとにとぼけた人ね」と彼女は言った。「こんなひどい目にあわされながら、お茶らけたことばかり言ってる」

「殺したのはエディーじゃないと思っていた」

彼女はさっと後ろを向き、スタンドのそばの自分の椅子に戻り、両手で顔を覆った。私は足を床に下ろし、立ち上がった。足がこわばって、ふらふらした。顔の左側の神経がいたるところでぴくぴくと引きつった。一歩を踏み出した。まだなんとか歩くことができた。いざとなれば走ることだってできるだろう。

「逃がしてくれるということなんだね？」と私は言った。

彼女は顔を上げずに肯いた。

「君も一緒に逃げた方がいいぜ。もし死にたくなければ」

「ぐずぐずしてない方がいいわよ。あの男はいつ戻ってくるかしれないから」

「煙草の火をつけてくれないか」

私は彼女の隣に立ち、その膝に手を触れた。彼女はふらりとよろけるように立ち上がった。二人の瞳の間にはほんの僅かな距離しかなかった。

「やあ、銀色のかつら《シルバー・ウィッグ》」と私は穏やかな声で言った。

彼女は後ずさりし、椅子を回り込み、テーブルから煙草の箱をさっと取った。一本を振って出し、私の口に乱雑に突っ込んだ。手は震えていた。小さな緑色の革張りのライターで火をつけ、煙草の先にかざした。私は煙を吸い込み、彼女の湖のように青い瞳をのぞき込んだ。彼女がすぐ目の前にいるうちに私は言った。

「ハリー・ジョーンズという小鳥《リトル・バード》くんが、私をここに導いてくれたんだ。あちこちのカクテル・バーを飛び回って、客からけちな競馬の賭け金を集めることを生業《なりわい》にしていた、けちなちび公さ。ついでにいろんな情報もついばんでいた。この小鳥くんがカニーノに関してちょいと知識を得た。そして何やかやあって、彼とその親友は、君の隠れ家を探り当てた。彼はその情報を売りつけに私のところにやってきた。何やかやの経緯は長い話になるんだが、とにかく彼は、私がスターンウッド将軍に依頼されて調査していることを知っていた。私は彼の情報を手に入れた。しかしカニーノは小鳥くんを始末した。彼は今では死んだ小鳥くんになっている。羽はぼさぼさ、首は折られ、くちばしからは血の珠がきらりとこぼれている。カニーノが彼を殺した。しかしエディー・マーズはそんなことには手を染めない。そうだね、シルバー・ウィグ？　彼は自分の手で人を殺したことなんか一度もない。誰かを雇ってやらせるだけだ」

「出て行って」と彼女は吐き捨てるように言った。「早くここを出て行って」

彼女は緑色のライターを空中で鷲摑みにしていた。思い切り握りしめたせいで、拳が雪のように白くなっていた。

「しかしカニーノがその小鳥くんを殺したことを、私が知っているとは、カニーノは知らない」と私は言った。「彼にわかっているのは、私があちこち嗅ぎ回っているということだけだ」

彼女は笑った。ほとんど身をよじるような笑い方だった。それは風が樹木を揺するように、彼女の身を揺すった。そこには困惑が混じっているようだった。驚きまではいかない。自分が既に知っていた何かに、知識がひとつ新たに加えられたのだが、その収まり場所が見つからない。そんな感じだった。しかし私は思い直した。笑いひとつから、それほど多くの意味を引き出すことはできないのだと。

「それはとてもおかしいわ」と彼女は息を切らせながら言った。「とってもおかしい。だって、ほら――私は今でも彼のことを愛しているんですもの。女というのは――」、彼女はまた笑い出した。

私はじっと耳を澄ませていた。頭が疼いた。まだ雨音しか聞こえない。「行こうぜ」と私は言った。「早く」

彼女は二歩後ろに下がり、険しい顔をした。「出て行って！　さっさと出て行って！　リアリトまでなら歩けるでしょう。そこまで行って、しばらく口をつぐんでいてちょうだい。少なくとも一時間か二時間は。それくらいの頼みはきっと聞いてくれるわよね」

「早く行こう」と私は言った。「銃は持っているか、シルバー・ウィグ？」

「私が一緒に行かないことくらいわかるでしょう。わかってるはずよ。だから早く出て行って。お願い」

私は彼女の方に寄っていった。ほとんど身体を押しつけるように。「私を逃がしたあと、ここに留まっているというのか？　そして殺し屋が戻ってきたら、ごめんなさいって謝るのか？　蝿でもつぶすみたいにあっさり人を殺すやつだぜ。冗談はよしてくれ。一緒に来るんだ、シルバー・ウィッグ」

「だめ」

「いいかい」と私はか細い声で言った。「君のハンサムなご主人が本当にリーガンを殺したとしてごらん。あるいはエディーの与り知らぬところで、カニーノが殺したとしてごらん。ちょっと想像するだけでいい。だとしたら、私を逃がしたあとで、君がどれくらい長く生きていられると思う？」

「カニーノなんて怖くない。だって彼のボスはまだ私の夫なのよ」

「エディーはお粥《かゆ》みたいにやわだ」と私は嘲るように言った。「そんなもの、カニーノはスプーンですくってたいらげてしまうさ。猫がカナリアをつかまえるみたいにね。ただのお粥だ。君のような女が間違った男のもとに走るとき、相手は決まってお粥みたいなやつなんだ」

「出ていって！」と彼女は私に向かって叩きつけるように言った。

「わかったよ」。私は彼女に背中を向け、半開きのドアから暗い廊下に出た。彼女が背後から駆けてきて、玄関まで私を押すように導き、ドアを開けた。濡れた暗闇を点検し、耳を澄ませた。そして行っていいと私に身振りで示した。

「さよなら」と彼女は小声で言った。「すべてが首尾良く運ぶことを祈るけど、ひとつ言わせて。エディーはラスティー・リーガンを殺してはいない。あなたは五体満足な彼をどこかで見つけることになる。見つけられてもいいと、彼が自ら思ったときにね」

私は彼女に寄りかかり、身体で壁に押しつけた。唇を彼女の顔につけた。そうやって彼女に語りかけた。

「そんなに急ぐことはなかろう。これは何もかも前もって仕組まれたことだ。細かいところまでリハーサル済みだ。秒刻みで割り振りもできている。ラジオ番組みたいにね。だから急がなくていい。キスしてくれよ、シルバー・ウィッグ」

私の唇の下の彼女の顔は、氷のようだった。彼女は両手を上げて私の頭をつかみ、私の唇に自分の唇を強く押し当てた。その唇もまた氷のようだった。

私が外に出ると、後ろでドアが音もなく閉まった。雨がポーチの屋根の下を吹き抜けていった。しかしそれは彼女の唇ほど冷ややかではなかった。

29

隣の修理工場は真っ暗だった。砂利敷きの車寄せを越え、湿った芝生に入った。道路に沿って小川のような流れができていた。道路の反対側の溝を、それは盛大に音を立てながら流れていた。私は帽子をかぶっていなかった。きっと修理工場で落としたのだろう。カニーノにはわざわざ帽子を拾って持ってきてくれるような親切心はない。もう私には帽子など必要あるまいと思ったのだろう。ひょろひょろの不機嫌なアートと、盗難車らしきセダンをどこか安全な場所に置いて、一人で車を運転し、雨中を意気揚々と引き上げてくるカニーノの姿を私は思い浮かべた。

女はエディー・マーズを愛しており、彼のために身を隠している。だから自分が戻ったときにも彼女は、手をつけていない酒のグラスと共に、まだおとなしくフロア・スタンドの隣にいるはずだ、とカニーノは考える。そしてソファの上には私がしっかり縛り上げられている。カニーノは女の身の回りのものを車に積み込み、手がかりになるものがあとに残されていないか、家の中を丁寧に調べてまわる。外に出て待っていろと、彼は女に言う。

彼女が銃声を聞くことはない。至近距離ならブラックジャックで用が足りる。あの男は縛ったまま置いてきた、そのうちに自分で自由になるだろうと、女には説明する。そんな話を真に受けるほど女は間抜けだと思っている。気の良いカニーノ氏。

レインコートは前が開いていたが、手錠をはめられているせいで、自分では閉められなかった。コートの裾が大きな疲れた鳥の翼のように、足元でばたついた。私はハイウェイに出た。大きな水しぶきを立てて車が通り過ぎ、そのしぶきがヘッドライトに照らし出された。耳をつんざくタイヤ音はあっという間に闇に消えていった。私のコンバーティブルは元の場所にあった。タイヤは修理され、元通り装着されている。必要とあらば、それを運転してすぐどこかに運んで行けるように。連中は万事怠りない。私は車に乗り込み、ハンドルの下に身を横たえ、隠し物入れの戸を覆った革のフラップを苦労してどかせた。そして予備の銃を取り出し、コートの下に突っ込み、もと来た道を引き返した。世界は狭く閉ざされ、そして暗かった。それはカニーノと私のあいだの、差しの世界だった。

半分ばかり道を戻ったところで、あやうく一対のヘッドライトに照らし出されるところだった。車が勢いよくハイウェイから曲がり込んできたのだ。私はすかさず濡れた側溝に身を伏せ、空気のかわりに水を吸い込みながらじっとしていた。車はスピードを落とすことなく、唸りを立てて脇を通り過ぎていった。私は顔を上げ、タイヤがざくざくという音を立てるのを聞いた。道路から砂利敷きの車寄せに入ったのだ。エンジンが切られ、ヘッドライトが消され、車のドアがばたんと閉められた。家のドアが閉められる音は聞こえなかったが、明かりのへりが木立の枝葉を抜けてちらちらとうかがえた。窓のシェードが少し脇にどかされたのか、あるいは玄関ホールの明かりがつけられたのか。

私は濡れた芝生の中に戻り、水浸しのその上を歩いた。私と家との中間に車があった。銃は脇に持っていた。左腕が根もとから外れない程度に、可能な限りそれを近くに引き寄せた。空っぽの車は暗く、暖かかった。ラジエーターの水が楽しげにごぼごぼと音を立てていた。ドアの中をのぞき込んでみた。ダッシュボードに鍵がついたままになっている。カニーノは自信満々なのだ。私は車を回り込んで、砂利道を用心深く窓まで歩き、耳を澄ませた。声はまったく聞こえなかった。雨樋のいちばん下にある金属製の継ぎ手に、雨粒がぼこぼことせわしなく当たる音の他には何も聞こえなかった。

じっと耳を澄ませた。大きな声は聞こえない。すべては乱れなくひっそりしていた。おそらくカニーノは喉の奥で唸るような声で女に話しかけ、彼女は私を逃がしたことを彼に告げているのだろう。彼ら二人が姿をくらませるまで、誰にも連絡しないと私は約束したのだと。カニーノは私の約束など信じるまい。私が彼の約束など信じないのと同じように。とすれば、ここには長居はするまい。即座にここを引き払い、そのときは女を一緒に連れて行くはずだ。だから私はただ、ここで彼が出てくるのを待っていればいい。

ところが私にはそれができなかった。私は銃を左手に持ち替え、身を屈めて砂利を手のひらにすくい上げた。そして窓の網戸に向けて投げつけた。それは弱々しい努力だった。網戸の上のガラスに届いたのはほんの僅かだった。しかしその僅かな砂利が、まるでダムが決壊したような派手な音を立ててくれた。

私は車に走って戻り、後ろのランニングボードに乗った。家は既に真っ暗になっていた。それだけだ。私はランニングボードの上に身を潜め、待った。しかし無駄だった。カニーノはそのへんの素人ではない。

私は身を起こして背中から車の中に入り、苦労の末にイグニション・キーを探り当て、それを回した。足を伸ばしたが、どうやらスターター・ボタンはダッシュボードについているらしかった。ようやくそれを見つけた。それを引くと、スターターがごりごりと音を立てた。まだ暖かみを残していたエンジンは即座にかかった。満足したような、軽やかな柔らかい音が聞こえた。私は再び車の外に出て、後輪の陰に身を伏せた。

私は今では震えていた。しかしカニーノが今の音を面白くなく思っていることが、私にはわかっていた。彼はその車を何より必要としているのだ。明かりの消された窓がほんの僅かずつ下げられていった。ガラスに映った光が移動することで、それが動いていることがわかった。そこから出し抜けに炎が噴き出て、三発の立て続けの銃声と混じり合った。クーペのガラスが星となって内側に散った。私は苦悶の叫びを上げた。叫びはやがて悲痛な呻きとなり、呻きは喉の奥の湿った喘ぎとなり、やがてそれも血に詰まらされた。とても真に迫っていた。私もその出来にけっこう満足したのだが、カニーノの方はまさに大喜びだった。彼の笑い声が聞こえた。威勢の良い高らかな笑いだ。喉の奥で唸るようないつものもぐもぐしたしゃべり方とは似ても似つかない。

しばらく沈黙があった。聞こえるのは雨音と、ぼそぼそというエンジンの静かな音だけだ。それから玄関のドアがそろそろと開いた。闇夜よりも更に深い闇がそこにあった。人影が用心深くそこに現れた。首のまわりが白くなっている。それは彼女の服の襟だった。彼女はまるで木彫りの女のように、身体を硬直させてポーチに出てきた。銀色のかつらが青白く光るのが見えた。彼女の背後からカニーノが、いかにも念入りに身を伏せてやってきた。その様子があまりにも真剣だったので、見ていて吹き出したくなるほどだった。

彼女はポーチの階段を下りた。その顔が白くこわばっているのが見えた。彼女は車に向かって歩き出した。まだ私が健在で、彼の目に唾を吐きかけるかもしれないので、女を盾にしているのだ。絶え間のない雨音を縫って女の声が聞こえた。音調を欠いたゆっくりした声だ。「なんにも見えないわ、ラッシュ。窓が曇っている」

彼がぼそぼそと何かを言って、女の身体がびくっと引きつった。まるで背中に銃口を押しつけられたみたいに。彼女は再び前に進み、明かりの消えた車に寄った。彼女の背後にいる男の姿が今では見えるようになった。彼の帽子と、顔の片側と、幅広い肩が。女ははっと凍りついたように立ち止まり、悲鳴を上げた。薄い布を裂くようなその美しい悲鳴は、私をぐらりと揺すった。まるで左フックを喰らったみたいに。

「ここに見えるわ！」と彼女は叫んだ。「窓ガラス越しに。ハンドルの前よ、ラッシュ！」

彼は愚かにもそれにひっかかった。女を荒々しくわきに払いのけ、銃を掲げて前に飛び出した。暗闇を更に三つの炎が裂いた。更に多くのガラスが砕けた。一発の弾丸は車を突き抜け、私のそばの樹木にめり込んだ。跳弾が遠くで唸りを立てた。それでもエンジンは平静に動き続けていた。

彼は暗闇を背景に身を低く屈めていた。彼の顔は形を欠いた灰色だった。それは銃撃の閃光にしばし照らされたあと、徐々に元に復していくところだった。銃がもしリヴォルヴァーなら、弾倉は空になっているかもしれない。なっていないかもしれない。彼は既に六発撃っている。しかし家の中で弾丸を装塡《そうてん》したかもしれない。していることを私は望んだ。空っぽの銃を持っている男を相手に撃ち合いはできない。あるいはそれは自動拳銃だろうか。

「終わったか？」と私は言った。

カニーノはさっとこちらに身をひねった。良き時代の礼儀を身につけた紳士のように、相手にまず一発か二発撃たせた方が奥ゆかしかったかもしれない。しかし相手の銃口は既にこちらに向けられていたし、私にはそれ以上待つだけの余裕はなかった。良き時代の礼儀を身につけた紳士にはなれそうにない。私は男に向かって四発撃った。コルトが私の肋骨にぐいぐい食い込んだ。まるで誰かに蹴り上げられたみたいに、男の手から銃がはじけ飛んだ。彼は両手で腹を押さえた。銃弾が彼の身体に食い込む音を耳にすることができた。それからカニーノは、大きな両手で自分の身体を抱え込むようにして、前のめりにまっすぐ倒れた。濡れた砂利の上に顔を突っ伏した。そのあとはもう物音は何ひとつ聞こえなかった。

銀色のかつらの女も物音を立てなかった。ただ身をこわばらせてそこに立っていた。雨が激しく彼女を打っていた。私はカニーノの周囲をぐるりと歩き、意味もなく彼の銃を蹴った。それからそちらに歩いて行って、横向きに身を屈め、拳銃を拾い上げた。それで女のそばに寄ることになった。彼女は独り言でも言うみたいに物憂げにつぶやいた。

「私――私、心配していたのよ。あなたが戻ってくるんじゃないかって」

私は言った。「約束どおりだよ。言ったじゃないか。すべては筋書きどおりなんだって」。私は気が触れたように笑い出した。

彼女はカニーノの上に身を屈め、身体に触れた。少しして身を起こしたとき、手には細い鎖のついた小さな鍵があった。

女は苦みのある声で言った。「彼を殺さなくちゃならなかったの?」

私は笑い出したときと同じくらい唐突に、笑うのをやめた。女は私の背後に回って手錠を外した。

「そうね」と彼女は柔らかな声で言った。「たしかにあなたはこの男を殺さなくちゃならなかった」

30

夜が明けると、明るい太陽が姿を見せた。

失踪人課のグレゴリー警部は、彼のオフィスの窓から、鉄格子のはまった裁判所の二階に重々しく視線を注いでいた。雨に洗われた裁判所の建物は、白く清潔だった。それから彼は回転椅子の上で、のっそりとこちらに向き直った。火ぶくれした親指でパイプ煙草を突き固め、浮かぬ顔で私を見た。

「また面倒に巻き込まれたらしいな」

「ああ、その話をもう聞いていたんだね？」

「なあ、ブラザー、俺はこうして、一日中どっしりとここに腰を据えている。脳味噌だってろくすっぽ詰まってなさそうに見える。しかしこの耳は驚くほどたくさんのことを聴き取るんだ。カニーノなる人物を撃ったことについては、まあよかろう。しかし殺人課の連中は、だからといってあんたに勲章をくれたりはしないぞ」

「まわりでずいぶん多くの人間が殺された」と私は言った。「私の分の割り当てがあってもいいだろう」

　彼は辛抱強い笑みを浮かべた。「そこにいる女がエディー・マーズの女房だって、誰から教わったんだ？」

　私は説明した。彼は注意深くそれを聞き、あくびをした。彼は金歯だらけの口を、盆のような掌でとんとんと叩いた。「俺が彼女を見つけるべきだったと思っているんだろう、あんた」

「それは当を得た推論だろう」

「あるいは俺は、そのことを知っていたかもしれん」と彼は言った。「あるいはエディーとその女が、そのささやかなゲームをやりたがっているのなら、自分たちがうまくやっていると彼らに思わせておいた方が利口だと考えていたのかもしれん。まあ俺の知恵だから、利口といっても所詮たかが知れてるけどな。あるいはまた、あんたはこう考えるかもしれん。俺はもう少し私的な利益のために、エディーを放っておいたんじゃないかと」。

　彼は大きな手を前に突き出し、親指を人差し指と中指につけて回した。

「いや」と私は言った。「そんな風には考えなかったな。本当に。このあいだエディーと話したときに、我々がこのあいだここで交わした会話の内容を、彼がすべて知っているようだったとしてもね」

　彼は眉毛を上げた。眉毛を上げることがまるで一大事業であるかのように。それは苦労して身につけた芸のようだ。額全体に深いしわが寄った。それが元に戻ったとき、あとには無数の白い線が残された。見ていると、そのひとつひとつ赤らんでいった。

「俺は警官だ」と彼は言った。「ごく当たり前の平凡な警官だ。だいたいにおいて正直だ。時代の流れからはずれた世界に住んでいる人間として、期待される程度には正直だ。今朝おたくにここに来てもらったのは、主にそういう理由からだ。俺としては、そのことを信じてもらいたかったんだ。警官の一人として、俺は法に勝利を収めてもらいたいと思っている。エディー・マーズのような、お洒落な気取り屋のやくざたちが、フォルサム刑務所の石切場で爪のマニキュアを台無しにするところを見てみたいと思う。最初のヤマでとっ捕まって、それ以来臭い飯を食いっぱなしという、哀れなスラム育ちの腕っぷしのいいチンピラたちと肩を並べてな。それがおれの目にしたい眺めだよ。ただし、そんな展開が望めそうにないことは、俺もあんたも長年の経験から承知している。この都市においても、またこの広大にして緑なす美しきアメリカ合衆国の、ここの半分くらいのサイズの都市ならどこといわず、そんなことはまず起こらんだろう。俺たちの国はそういう具合には運営されてないいんだ」

私は黙っていた。彼は頭をぐっと後ろにそらせ、煙草の煙を吐いた。そしてパイプの口に当てる部分を見ながら話を続けた。

「しかしそれはそれとして、俺はエディー・マーズがリーガンを殺したとは思わない。やつがそうする理由を持っていたとも思わんし、仮に理由があったとしても、殺したとは思わん。その件に関してやつが何か握っているんじゃないかと推測しているし、それは遅かれ早かれ露見するだろうとも思っている。女房をリアリトに隠したというのは子供っぽいやり方だ。でもそれは、賢い猿が自分の頭の良さを見せびらかす類の子供っぽさだ。昨夜彼はここにいた。地方検事が彼を絞り上げたあとでな。エディーはすべてを認めたよ。彼はカニーノを信頼できる護衛として雇っていた。それがやつの言い分だ。カニーノがどんな趣味を持っているかまでは知らなかったし、知りたいとも思わなかった。ハリー・ジョーンズという男は知らない。ジョー・ブロディーのことも知らない。もちろんガイガーのことは知っている。しかし彼の裏の商売のことまでは知らなかった。そういう話はひととおり聞かされたんだろう」

「聞いたよ」

「リアリトではなかなか賢く立ち回ったようだな、ブラザー。下手な小細工はせずに。最近では我々は、出所不明の銃弾をファイルにしてとってあるんだ。もし同じ銃を使って犯罪を犯すようなことがあれば、それで一巻の終わりさ」

「正直は最良の策というわけだ」と私は言って、彼に向かってにやりと笑った。

彼はパイプを叩いて中身を捨て、それを考え深げに眺めた。「女はどうなったんだね？」と彼は顔を上げずに尋ねた。

「知らない。彼らは彼女を拘束しなかった。我々は調書を作らされた。全部で三通。ワイルド検事と、州警察と、殺人課あてにな。それから彼女は釈放された。以来彼女を見かけていないし、この先お目にかかることがあるとも思えない」

「なかなかきちんとした女だという話を耳にした。悪事に関わるようなタイプじゃないと」

「まずはまっとうな女だよ」と私は言った。

グレゴリー警部はため息をつき、くすんだ色合いの髪をくしゃくしゃにした。「もうひとつ話がある」と彼は優しいと言えなくもない声で言った。「あんたは筋の通った人間に見える。しかしやり方がいささか荒っぽすぎる。もしスターンウッド家の役に立ちたいと本気で思っているのなら、彼らにかまわないことだ」

「お説のとおりだろう、警部」

「それで、どんな気分だね、あんた?」

「最高だね」と私は言った。「昨夜はほとんど一晩中、あっちこっち引き回された。へとへとになるまで。その前は身体の芯までずぶ濡れになって、頭を思い切りどやされた。まさに元気そのものだよ」

「他に何を期待していたんだ、ブラザー?」

「まさにそのとおりのことしか期待してなかったよ」、私は立ち上がって彼に向かって笑みを浮かべ、ドアに向かった。ドアの直前まで行ったところで、彼が突然咳払いをして、どすのきいた声で言った。「御意見無用ってわけか？　あんたはまだリーガンを見つけられると思っているのか？」

私は振り向いて、彼の目をまっすぐ見た。「いや、リーガンを見つけられるとは思っていない。探そうという気持ちもない。それでいいかね？」

彼はゆっくりと肯いた。それから肩をすくめた。「何のためにそんなことを言ったのか、はて、自分でもよくわからんな。幸運を祈るよ、マーロウ。いつでも寄ってくれ」

「ありがとう、警部」

私は市庁舎を出て、駐車場から車を出し、ホバート・アームズの自宅に帰った。コートを脱いでベッドに横になり、天井を見つめ、表の通りを行き交う車の音を聞きながら、天井の片隅を太陽がゆっくりと移動していく様を見ていた。眠ろうと努力したが、眠れなかった。私は起き上がり、酒を作って飲んだ。酒を飲むのに相応しい時刻でもなかったが仕方ない。それからもう一度ベッドに横になった。それでもまだ眠れなかった。頭は時計のようにちくたくと時を刻んでいた。私はベッドに腰掛けて、パイプに煙草を詰め、声に出して言った。

「あの古狸は何か知っている」

パイプは灰汁《あく》のような苦い味がした。私はそれを脇にやり、また横になった。私の頭は波となって押し寄せる作り物の記憶の中を漂っていた。その中で私は常に同じことを繰り返しやっているようだった。同じ場所に行って、同じ人々に会い、彼らに向かって同じ言葉を口にして、それを何度も繰り返すのだが、その度にすべてがとてもリアルだった。今そこで現実に起きている、初めて経験することのように。

雨の降りしきる中、私はハイウェイに車を懸命に走らせていた。車の片隅にはシルバー・ウィグがいた。彼女は一言も口をきかなかったので、ロサンジェルスに着くまでには我々は再び、もとの赤の他人に戻ったみたいだった。私は終夜営業のドラッグストアで車を降り、バーニー・オールズに電話をかけ、リアリトで人を一人殺したと言った。エディー・マーズの女房と一緒にこれからワイルド検事の家に行く。彼女は私がその男を殺すところを目撃した、と言った。私はラファイエット・パークに向けて、雨に磨かれ静まりかえった通りに車を進めた。そしてワイルドの大きな木造住宅の屋根付きのガレージに車を駐めた。ポーチの明かりは既に灯されていた。オールズが前もって、私が来ることを電話で知らせておいたのだ。私はワイルドの書斎にいて、彼は花柄の部屋着を着て、デスクに向かっていた。彼は厳しく引き締まった顔つきで、斑点のある葉巻を指の間で動かし、口もとには苦々しい笑みまで浮かべていた。オールズもそこに同席していた。保安官事務所からやってきた、学者風の顔をした、痩せた白髪の男もいた。彼は警察官というよりは経済学の教授のように見えたし、実際そのようなしゃべり方をした。私は一部始終を話し、彼らは何も言わずそれを聞いていた。シルバー・ウィグは誰に目を向けるでもなく、両手で膝を包み、部屋の隅にじっと座っていた。数多くの電話がかけられた。市警殺人課の二人の刑事が、まるで旅回りのサーカスから逃げ出した珍奇な動物を見るような目つきで私を見ていた。私は彼らの一人を隣に乗せ、フルワイダー・ビルを目指して、再び車を運転していた。我々はハリー・ジョーンズがまだデスクの前の椅子に座っている部屋に勢揃いした。彼の顔はこわばった死の苦悶を浮かべ、部屋には甘く饐えたにおいが漂っていた。検死官はずいぶん若い、頑丈そうな男で、首筋に赤い剛毛がはえていた。指紋を検出する係員が一人、あちこち動き回っていた。換気用の窓の掛けがねを調べるのを忘れないようにと、私は彼に注意した（そこで見つかったカニーノの親指の指紋は、茶色ずくめの男が残した唯一の指紋として、私の話を裏付けてくれた）。

私は再びワイルドの書斎に戻り、秘書が別室でタイプした供述書に署名した。それからドアが開き、エディー・マーズが姿を見せた。シルバー・ウィグの姿を目にしたとき、彼の顔をさっと微笑みがよぎった。「やあ、シュガー」と彼は言った。しかし彼女はそちらを見もせず、返事もしなかった。暗い色合いのビジネス・スーツを着たエディー・マーズは、元気で上機嫌だった。ツイードのオーバーコートから、縁飾りのついた白いスカーフがこぼれ出ていた。それから彼らは出ていった。全員が部屋を出て、あとには私とワイルドだけが残された。ワイルドは怒りを込めた冷ややかな声で私に言った。「これが最後だぞ、マーロウ。次にこんな小賢しい真似をしたら、君をライオンの檻に放り込む。そのことで誰かが心を痛めようとな」

そんな具合に同じ情景が際限なく繰り返された。ベッドに仰向けに寝転び、壁の片隅を光の端切れが滑り落ちていく様子を見ていた。やがて電話のベルが鳴った。ノリスからの電話だった。スターンウッド家の執事。例によって、何ものにも乱されることのない声だ。

「マーロウ様。ずっとオフィスに電話を差し上げていたのですが、お出になりませんでした。それで失礼ながら、このようにご自宅にお電話を差し上げた次第です」

「夜のあいだ、おおむねずっと外に出ていてね」と私は言った。「寝てもいない」

「イエス・サー。将軍はできれば今朝、あなたにお目にかかりたいと言っておられます、マーロウ様。もしお差し支えなければ」

「半時間ほどでそちらに行ける」と私は言った。「将軍の具合はいかがかな？」

「ベッドに横になっておられます。しかし具合は悪くありません」

「私に会ったらどうなることか」と私は言って電話を切った。

髭を剃り、服を着替え、ドアに向かった。それから引き返して、カーメンの真珠の握りのついた小さなリヴォルヴァーを手に取り、ポケットに入れた。太陽の光はどこまでも明るく、きらきらと踊って見えた。二十分でスターンウッドの屋敷に着いた。私は側面のドアのアーチの下に車を駐めた。時刻は十一時十五分だった。きれいに形を整えられた樹木にとまった鳥たちが、雨上がりの歌を賑やかに奏でていた。段ごとに仕分けされた芝生は、アイルランドの国旗に負けず鮮やかな緑色に輝いていた。地所全体が、まるで十分前にこしらえられたみたいに見えた。私はベルを押した。最初にその家のベルを押してからまだ五日しか経っていなかったが、一年も前のことのように思えた。

メイドがドアを開け、側面廊下を通って、正面玄関ホールまで案内してくれた。間もなくミスタ・ノリスが参りますと言って、私をそこに残していった。正面玄関ホールは前と変わりなかった。マントルピースの上の肖像画はやはり漆黒の熱い瞳を持っていたし、ステンドグラスの窓の騎士は、木に縛られた裸の乙女をいまだ救出できずにいた。

数分も経たぬうちにノリスがやってきた。彼もまた変わっていなかった。そのきりっとしたブルーの瞳はどこまでも遠くにあり、灰色がかったピンクの肌は健康そうで、休養十分だった。身のこなしは実際の年齢より二十歳は若く見えた。歳月の重みを肌身に感じているのは私の方だった。

我々はタイル張りの階段を上がり、ヴィヴィアンの部屋とは反対側に曲がった。一歩進むごとに家はより大きく、より静かになるみたいだった。巨大な古いドアの前に我々は出た。どこかの教会から運んできたような扉だ。ノリスはそのドアをそっと開け、中をのぞいた。それから脇に寄って立ち、私を中に通した。そこには全長四百メートルはあろうかというカーペットが敷かれ、その先には天蓋《てんがい》付きの、ヘンリー八世が死を迎えたような広大なベッドがあった。

スターンウッド将軍は枕の上に身を起こしていた。血の気のない両手は白いシーツの上で握りしめられ、おかげでその灰色が目立った。黒い瞳には相変わらず闘志がみなぎっていたが、それを別にすれば、そこにあるのは相変わらず死者の顔だった。

「座ってくれ、ミスタ・マーロウ」。声は疲れて、いくらかこわばっていた。

私は彼の近くまで椅子を引いて、腰を下ろした。窓はすべてぴたりと締め切られていた。真っ昼間なのに、部屋には陽光のかけらもなかった。本来はそこにあるはずの眩しい光を、天蓋が遮断しているのだ。空気には老齢のもたらす微かに甘い匂いが混じっていた。

彼は長いあいだ無言のままじっと私を見ていた。それから片手を動かした。まだ手を動かせることを自分に証明するみたいに。そしてその手をもう一方の手に重ねた。やがて生気を欠いた声で言った。

「娘婿を探してくれとは、君に頼まなかったぞ、ミスタ・マーロウ」

「しかしそう望んでおられました」

「君にそれを依頼はしなかった。君は推測しすぎる。私は通常、自分が望むことしか人には頼まん」

私は何も言わなかった。

「君は支払いを受けている」と彼は冷ややかな声で続けた。「まあ、金のことはどうでもいい。ただ君は、むろん意図したことではあるまいが、私の信頼を裏切ったと、私としては感じているだけだ」

そこで彼は目を閉じた。私は言った。「それを言うために私を呼ばれたのでしょうか？」

彼はまた目を開けた。瞼《まぶた》が鉛でできているみたいにとてもゆっくりと。「私が言ったことに腹を立てているようだな」

私は首を振った。「あなたは私より有利な立場に立っておられます、将軍。そして私としてはその有利さを、あなたから奪うつもりは毛ほどもありません。それはあなたが耐えておられるものごとに比べれば、取るに足らないことです。何をおっしゃろうと、腹を立てるなんて思いも寄らないことです。お金はお返ししたい。あなたにとっては何の意味もないことでしょうが、私には意味のあることです」

「君にとってどう意味があるのだ？」

「満足のいく結果が出せなかった仕事に対して、こちらから報酬を返上したという意味です。それだけのことです」

「満足のいく結果が出せないことはよくあるのかね？」

「たまにはあります。誰でもそうですが」

「どうして君はグレゴリー警部に会いに行ったりしたのだ？」

私は後ろにもたれかかり、椅子の背に腕をかけた。そして彼の顔を観察した。その顔は何ひとつ語りかけていなかった。私は彼の質問に対する答えを持たなかった。少なくとも満足のいくような答えは。

私は言った。「ガイガーの送ってきた借用書の一件は、主として私を試すために与えられたものだと解釈しました。そしてあなたは、リーガンがこの脅迫事件に絡んでいるのではないかと、多少案じておられた。私はそのとき、リーガンという人物については何も知らなかった。そしてグレゴリー警部に会って話したときに初めて、リーガンは何があろうとそんなことをするタイプの人間ではないと知ったのです」

「そいつは私の質問に対する答えになっておらんな、ほとんど」

私は肯いた。「たしかにほとんど答えにはなっていません。たぶん私は、直感に従って自分が動いていたということを認めたくないのでしょう。初めてあなたにお目にかかった朝、温室を出てきた後に、私はリーガン夫人に呼ばれました。彼女は私が雇われたのは、夫を探すためだと信じており、またそれを快く思われていないようでした。しかしながら彼女はうっかり口を滑らせた。『彼ら』は誰かのガレージで夫の車を発見したと。そして『彼ら』といえば警察以外の何ものでもない。ということは、警察がその件に関して何かを摑んでいるということです。もしそうだとすれば、その件を扱うのは失踪人課でしかない。あなたがそれを警察に報告したのか、あるいは他の誰かが報告したのか、それはもちろん私にはわかりません。あるいは誰かが放置された車があると警察に通報して、それで車が見つかったのかもしれない。しかし私は警官のことをよく知っています。彼らがそれだけの事実を摑んでいるということは、彼らはそれ以上の何かを摑んでいるに決まっているということです。とりわけ、あなたのお抱え運転手が前科を持っていたりする場合にはね。それ以上の何を彼らが摑んでいるのか、私は知らなかった。だから私は失踪人課を当たってみることにしたのです。私がその確信を持つに至ったのは、ガイガーやらなにやらの事件に関して、ワイルド検事宅で話し合いが持たれたときに、ミスタ・ワイルドが取った態度のためでした。我々は少しだけ二人きりになることがあって、そのときに彼は私にこう質問しました。リーガンを探していることを君に話したかと。私はこう答えました。将軍は、リーガンの居場所を知りたいし、彼が元気にしているかどうかも知りたいものだと言われました、と。ワイルドは唇を嚙んで、奇妙な顔をしました。そのときに私は、彼の口調から実にはっきり理解したのです。あなたが『リーガンを探している』というのはとりもなおさず、司法の組織力を用いて彼を探しているということなのだと。それでもなお、私はグレゴリー警部に当たってみることにしました。相手がまだ知らないことは、何ひとつ話すまいと心を決めて」

「そして君は、私がラスティー探しのために君を雇ったと、グレゴリー警部に思わせたままにした」

「そうです。そう思わせたままにしました。彼がその事件を担当していると確信した時点で」

彼は両目を閉じた。目は少しぴくぴくと震えた。彼は目を閉じたまま話した。「それは倫理に反することではないかね？」

「いいえ」と私は言った。「倫理に反するとは思いません」

目が再び開けられた。死人のような顔の中に突然、刺し貫くような黒い瞳が現れ、はっとさせられた。「君の言っていることがもうひとつわからんね」

「たぶんおわかりにならないでしょう。失踪人課の課長はおしゃべりではない。もしおしゃべりなら、まずそんな職には就《つ》けない。彼はずいぶん頭の切れる、抜け目ない男でした。自分のことを仕事に疲れ果てたぼんくらの中年男のように見せようとしていて、最初はあやうく騙されそうになりました。私が携わっているのは、単純な積み木抜き取りゲームじゃありません。そこでは常にはったりが大きな要素になります。私が警官に向かって何かを言うとき、相手は常に眉に唾してそれを聞きます。そして彼のような古参警官について言うなら、私が何を言ったところで、向こうはそんなものほとんど相手にもしません。我々のような職業の人間を雇うのは、窓拭きの小僧を雇うのとはわけが違います。八面の窓を示して、『さあ、これだけの窓を拭け。それが終わったら帰っていい』というわけにはいきません。私があなたの依頼した仕事をこなすためにどんな目にあわなくてはならなかったか、どんなことをしなくてはならなかったか、あなたにはわからない。私は自分のやり方で仕事を進めます。あなたを護るためにベストを尽くすし、そのためにいくつかのルールを破ることになるかもしれない。しかし私がルールを破るのは、あなたのためです。私にとっては、依頼人の利害がまず第一です。依頼人が悪党じゃない限り、ということですが。しかしもし相手が悪党であったとしても、私にできるのは、その時点で依頼を断り、あとはじっと口を閉ざしているくらいです。結局のところ、あなたは私に、グレゴリー警部には会いに行くなとは言わなかった」

「もしそんなことを言えば、余計にややこしいことになっただろう」と彼は仄《ほの》かな微笑みを浮かべて言った。

「さて、私はどんな間違ったことをしたでしょう？　おたくのノリスは、ガイガーが消された時点で、私の仕事は完了したと思っていたようです。しかし私はそうは思わない。ガイガーが接近してきたやり方は、私には今ひとつ納得できなかったし、今でも納得できません。私はシャーロック・ホームズでもないし、ファイロ・ヴァンスでもありません。警察が既に調べ終えた場所に行って、壊れたペン先を見つけて、そこから事件をするすると解決するなんて芸当はとてもできません。そんな具合に仕事をする探偵が職業として実在すると、もし考えておられるなら、それはあなたが警官のことをあまりよくご存じないからです。もし仮に警察が何かを見落とすとしても、その手のものは見落としません。本腰を入れて仕事をすることが許されるなら彼らが見落としをするようなことはそうそうないはずです。しかしもし彼らが見落としをするとすれば、それはもっと曖昧で、捉えどころのないものごとについてです。たとえばこのガイガーのようなタイプの人物です。彼はあなたに借金の証文を送りつけ、紳士らしく借金を返済してくれと要求している。ガイガーは後ろめたい商売をしているし、いつなんどき足をすくわれるかもしれない。だからやくざの保護を受けているし、警察の一部からも、少なくとも消極的な意味での保護を受けています。なぜ彼はそんな風に接近してきたのか？　彼は探りを入れたのです。あなたにつけ込むべき弱みがあるのかどうかを知ろうとした。もし何か弱みがあれば、あなたは穏便に済ませるために金を払うでしょう。もし何もなければそんな要求は無視して、ただ相手の次の出方を見ていればいい。しかしあなたにはひとつつけ込む隙があった。リーガンです。あなたは少々不安だった。自分はリーガンにいっぱい食わされていたのではないか、彼があなたの家にしばらくやっかいになり、あなたと仲良くやっていたのは、あなたの財産を奪う方策を練るためではなかったのかと」

彼は何か言いかけたが、私はそれを遮った。「もしそうであっても、あなたにとっちゃ金のことなんてどうでもいい。娘たちのことだってどうでもいい。娘たちにはとっくの昔に見切りをつけている。自分がカモにされることを、あなたの自尊心が許さなかったというだけのことです。そしてまたあなたはリーガンという男を心底気に入っていた」

沈黙があった。それから将軍は静かな声で言った。「君は口が過ぎるぞ、マーロウ。君はまだそのパズルを解こうと努めていると考えていいのかな?」

「いや、もうそんなことはあきらめましたよ。私はこれ以上首をつっこむなという警告を受けました。私のやり方は荒っぽすぎると警察は思っています。だから私はあなたに報酬をお返ししなくてはなりません。私の基準からすれば、これはまだかたのついていない仕事ですから」

彼は微笑んだ。「ここで引き下がることはなかろう」と彼は言った。「ラスティーを探すために、新たに千ドルを支払おう。彼にここに戻ってもらおうというのではない。今どこにいるか知りたいとも思わない。男には自分の人生を好きに生きる権利がある。彼が娘を捨てたことを責めるつもりはないし、一言の挨拶もなく消えたことを責めてもいない。それはたぶん突然の気まぐれだったのだろう。あの男がどこにいるにせよ、そこで元気に暮らしていることを、私は知りたいだけだ。私は彼からじかにそれを聞きたい。そしても し何らかの事情で金を必要としているのなら、私の金を受け取ってほしいと思う。言いたいことはわかったかね?」

私は言った。「はい、将軍」

彼はそこで少し休んだ。ベッドの上でだらんと力を抜き、暗い瞼を下ろした。口もとはこわばって、血の気が引いていた。彼は疲弊していた。燃え尽きかけているのだ。もう一度目を開け、私に向かってにやりと笑おうとした。

「私はセンチメンタルな老いぼれなのだろう」と彼は言った。「もう兵士とは言えん。あの男のことは好きだった。裏表のないやつに思えた。人を見る目に、あるいは私は自惚《うぬぼ》れを持ちすぎているのかもしれん。彼を探し出してくれ、マーロウ。ただ見つけるだけでいいんだ」

「やってみましょう」と私は言った。「もうお休みになった方がいい。あなたをすっかり疲れさせてしまったようだ」

私は素速く立ち上がり、広いフロアを横切ってその部屋を出た。ドアを開けるとき、彼はまた目を閉じていた。両手はシーツの上に力なく置かれていた。おおかたの死人より、もっと死んでいるように見えた。私は静かにドアを閉め、二階の廊下を歩いて戻り、階段を下りた。

31

執事が私の帽子を手に現れた。私はそれを頭にかぶり、言った。「将軍の具合をどう思うね？」

「見かけほど弱ってはおられません、サー」

「もし見かけどおりだったら、埋められる寸前というところだね。ところで、リーガンという人物のどんなところが、将軍をそこまで惹きつけたのだろう？」

執事は私をまじまじと見て、それでもなお奇妙なくらい表情を欠いた顔で言った。「若さです、サー」と彼は言った。「そして兵士のような目です」

「君のような」と私は言った。

「僭越ながら、あなた様の目にもそういうところがなくはありません」

「ありがとう。今朝、ご令嬢方はいかがしておられるかな？」

彼は礼儀正しく肩をすくめた。

「そんなところだと思ったよ」と私は言った。そして彼は私のためにドアを開けてくれた。

私は外に出て階段の上に立ち、段丘になった芝生と、きれいに刈り込まれた樹木と、花壇が連なる風景を見下ろした。庭園のいちばん下には、金属製の高い手すりが巡らされている。その斜面の中腹あたりに、カーメンの姿が見えた。石のベンチに座り、両手で頭を抱え込むような格好をしていた。ひとりぼっちで見捨てられたみたいに見える。

私は段丘と段丘をつなぐ、赤煉瓦敷きの階段を下りていった。すぐ近くに寄るまで、彼女は私に気づかなかった。彼女は猫のように飛び上がって、さっとこちらを向いた。最初に会ったときと同じライトブルーのスラックスをはいていた。金髪も同じように、黄褐色のゆったりとしたウェーブを描いていた。顔は白かったが、私を見ているうちに、その頰にいくつかの赤い斑点が現れた。瞳は粘板岩のような色合いだ。

「退屈しているのかい?」と私は言った。

彼女はゆっくり、どちらかというと恥ずかしそうに微笑んだ。そして短く肯いた。それから囁《ささや》くように言った。「私のことを怒ってない?」

「むしろ君が私のことを怒っているんじゃないのか」

彼女は親指を上げて、くすくす笑った。「怒ってはいない」と彼女は言った。彼女がくすくす笑い出すと、私はもうあまり好意が持てなくなる。私はあたりを見回した。十メートルほど先の木に、的が下がっていた。ダーツの矢がそこに何本か刺さっている。彼女が座っていた石のベンチにも三本か四本、同じ矢があった。

「お金をたくさん持っている割に、君も君のお姉さんも、あまり楽しそうには見えないな」と私は言った。

彼女は長いまつげの下から私をうかがった。それはどうやら、私を狂おしく身悶えさせることを目的とした表情であるらしかった。私は言った。「ダーツ投げが好きなのかい？」

「まあね」

「ああ、それで思い出した」、私は屋敷の方を振り返った。一メートルほど移動すると、私の姿は木の陰に隠れた。それから真珠の握りのついた小さな拳銃をポケットから出した。「君の飛び道具を返さなくちゃと思っていたんだ。掃除をして、弾も込めてある。ただしもっと射撃がうまくなるまで、人を撃つのは控えた方がいい。それが忠告だ。覚えたかい？」

彼女の顔はさっと青くなり、細い親指が下に落ちた。彼女は私の顔を見ていた。それから私の持っている拳銃を見た。その目には魅せられたような表情が浮かんだ。「ええ」と彼女は言って、肯いた。それから出し抜けに言った。「射撃を教えて」

「なんだって？」

「撃ち方を教えてよ。教わりたいの」

「ここでかい？　そいつは法律に反する」

彼女は私の脇に寄って、私の手から銃を取り、その床尾《しょうび》を慈《いつく》しむように握った。それから、まるで後ろめたいことでもするみたいに、それをさっとスラックスの中にたくし込んだ。そしてあたりを見回した。

「良い場所があるの」と彼女は声を潜めて言った。「古い油井《ゆせい》のあるあたりよ」、彼女は斜面の下の方を指さした。「教えてくれる?」

私は彼女の粘板岩を思わせる青い目を見た。まるで二つの瓶の口を見ているみたいだ。

「わかった。とりあえずその拳銃を返してくれ。その場所でいいかどうか確かめるまで」

彼女は微笑み、顔をしかめ、それから、こっそりといけないことをするような様子で、拳銃を私に返した。まるで自分の部屋の鍵を渡すみたいに。我々は階段を上り、私の車のあるところまで歩いた。庭園は見捨てられたように見えた。陽光は給仕頭の微笑みのように空疎だった。我々は車に乗り込み、掘り下げられたドライブウェイを下り、ゲートを抜けて外に出た。

「ヴィヴィアンはどこにいるんだ?」と私は尋ねた。

「まだ起きてない」と彼女は言って、くすくす笑った。

私は丘を下り、閑静な高級住宅地を抜けた。道路は雨できれいに洗われていた。ラ・ブレア街まで東に進み、そこを南に折れた。十分ほどで彼女が言っていた場所に到着した。

「その中よ」。彼女は窓から身を乗り出し、指さした。

狭い未舗装の道だった。踏み分け道と言ってもいいくらいだ。山麓の牧場に通じる引き込み道のようにも見える。横木を五本並べた幅広いゲートが、切り株にぶつかるまで押し開けられ、もう何年も閉められたことがないみたいに見えた。深い轍《わだち》のついた道に沿って、高いユーカリの木が並んでいた。トラックがその道を利用していたらしい。今は無人で、太陽に照らされているが、埃っぽくはない。強い雨に打たれて、まだ間がないためだ。その轍に沿って車を進めると、街を行き交う車の騒音は不思議なくらい急速に遠いものになっていった。そこはもう街中とは思えなかった。白日夢の辺境に迷い込んだような気分だった。それからずんぐりした木造の油井の、ウォーキング・ビーム（回転運動を上下運動に変換し、石油を汲み上げる機械）が、枝の上ににょっきりと浮かび上がった。それは今では、石油の染みをつけたまま沈黙している。錆の浮かんだ古い鋼鉄のケーブルが、このウォーキング・ビームを半ダースばかりの仲間たちと結びつけているのが見えた。どのビームももう動いてはいない。たぶんこの一年ほどは止まったままなのだろう。油井はもう石油を汲み上げていない。錆びたパイプが積み上げられ、集積用のプラットフォームは片方に傾ぎ、半ダースほどの空の石油ドラム缶がだらしなく山積みになっていた。石油の浮いた淀んだ水が、行き場のないまま古い沼を作り、太陽に照らされて虹色に光っていた。

「これを公園に造り替えるつもりなのか？」と私は尋ねた。

彼女は顎をぐいと下げ、私を睨《にら》んだ。

「そうしてもいい頃だ。この沼のにおいじゃ、山羊《やぎ》の群れが全滅してしまいそうだ。これが君の言っていた良い場所なのか？」

「そうよ。気に入った？」

「心温まるところだ」。私は集積用のプラットフォームの脇に車を駐めた。我々はそこで車を降りた。私は耳を澄ませた。交通のうなりは今では遠くの膜のようになり、蜂の羽音ほどにしか聞こえない。それは教会の裏手の墓地のように淋しい場所だった。雨が降ったばかりだというのに、ユーカリの木はまだ埃っぽく見えた。それはいつだって埃っぽく見えるのだ。風で折れた枝が一本、沼の縁に落ちて、革のような扁平な葉が水に垂れていた。

私は沼の周りを歩き、ポンプハウスをのぞき込んだ。中にはがらくたがいくつかあったが、最近それらが使用された形跡はなかった。その外には大きな木製の回転輪がひとつ、壁に立てかけてあった。ここなら大丈夫そうだ。

私は駐めた車に戻った。彼女は車の横に立って、髪を整え、それを太陽にかざしていた。

「返して」と彼女は言って、手を差し出した。

私は拳銃を出して、手の上に載せてやった。そして身を屈《かが》め、錆びた空き缶を拾い上げた。

「気をつけてくれよ」と私は言った。「五発しっかり装塡してあるんだから。今からあっちに行って、あの大きな木製の回転輪の真ん中にある四角い穴のところに、この空き缶を置いてくる。見えるか?」と私はそこを指さした。彼女は嬉しそうにこくんと肯いた。

「距離はおおよそ十メートルある。私がここに戻ってきて、君の隣に立つまで、銃は撃つんじゃないよ。わかったね?」

「わかった」と言って、彼女はくすくす笑った。

私はまた沼の周りを歩いて戻り、大型回転輪の真ん中に空き缶を置いた。それは格好の標的だった。もし彼女が的を外しても——まず間違いなく外すだろう——おそらく回転輪には当たるはずだ。それは小口径の銃弾をそこでしっかり食い止めてくれる。とはいっても、実際に弾丸が撃ち込まれるわけではないのだが。

私は沼の周りを歩いて戻った。彼女から三メートルほど離れた、沼の縁に私が来たとき、彼女はその鋭い小さな歯を私に向けて残らずむき出しにし、銃を構え、しゅうっという音を立てた。

私はそこにはっと立ち止まった。悪臭を放つ、淀んだ沼が私の背後にあった。

「動くんじゃない。いけ好かないったら」と彼女は言った。

銃は私の胸に向けられていた。手元にはまったく乱れがないように見えた。しゅうっという音はますます高まり、彼女の顔は肉を削がれた骨のようになった。年老いて、すさんで、獣じみて見える。それもたちの良くない獣だ。

私は声を上げて笑った。そしてかまわずそちらに向けて歩いて行った。引き金にかかった彼女の小さな指が硬くなるのが見えた。指先が白くなった。彼女が撃ち始めたとき、我々の間は二メートルもなかった。

銃声は鋭いぴしゃっという響きだった。重みはない。陽光の中でそれは乾いた殻のようにはじけた。煙は見えない。私はもう一度立ち止まり、彼女に向かってにやりと笑った。

彼女はあと二発、たて続けに撃った。本来であれば全弾命中というところだ。その小さな銃には五発が装塡されている。彼女は四発を撃った。私は彼女に突進した。

最後の一発を至近距離で顔に受けたくはなかったので、片方に身をよけた。しかし彼女は実に怠りなく、最後の一発をまっすぐ私に向けて撃った。そこに迷いはない。火薬の熱い息吹を僅かに顔に感じたような気がする。

私は身体をまっすぐにした。「やれやれ、しかし君は実にキュートだ」と私は言った。

空っぽの銃を握った手ががたがたと震え始めた。銃が手からこぼれ落ちた。口も震えだした。顔全体が今にもばらばらになってしまいそうだった。それから首が、左の耳の方にぐいと引っ張られるように捻れ、唇に泡が浮かんだ。呼吸が金属的な音を立て、身体がそよぐように揺れた。

娘が倒れかけたところを抱き留めた。意識は既に失われていた。私は両手を使って彼女の歯をこじ開け、丸めたハンカチをその間に突っ込んだ。それだけのことをするのに、渾身の力を込めなくてはならなかった。その身体を抱き上げ、車まで運んだ。それから戻って拳銃を拾い上げ、ポケットに入れた。運転席に身をねじ込み、車をバックさせ、轍のついた道を戻った。ゲートを出て丘を登り、屋敷に戻った。

カーメンは車の隅でじっと身体を丸めて、身動きひとつしなかった。ドライブウェイを家に向けて半分ばかり進んだところで、彼女はもそもそと動いた。目が突然さっと大きく開き、荒々しく輝いた。座席に座り直した。

「何があったの？」と彼女は喘《あえ》ぎながら言った。

「何も。どうして？」

「いや、何かあったんだわ」と言って、彼女はくすくす笑った。「だって私、お漏らししてるんだもの」

「それが普通だよ」と私は言った。

彼女は唐突に、探るような病んだ目で私を見て、悲痛な呻き声を出した。

32

優しい目をした馬のような顔のメイドが、私を二階の居間に案内した。灰色と白の細長い部屋で、象牙色の厚いカーテンの裾が床に豪華にうず高く溜まり、白いカーペットが隅《すみ》から隅まで敷き詰めてあった。まるで映画スターの閨房《けいぼう》のようだ。魅力を振りまき、人を骨抜きにするための場所。義足顔負けに人工的だ。部屋は今のところ無人だった。私の背後でドアが閉められた。病院のドアのように、不自然なくらいそっと。寝椅子の隣に車輪つきの朝食テーブルが置かれ、銀器が光っていた。コーヒーカップには煙草の灰が落ちていた。私は腰を下ろし、待った。

再びドアが開き、ヴィヴィアンが入ってくるまでにかなり時間がかかったような気がする。彼女はオイスター・ホワイトの、部屋着を兼ねたパジャマを着ていた。白い毛皮の飾りがついている。そのカットは、どこかの上流階級御用達の小島のビーチにそっと寄せる夏の波のように、流麗そのものだった。

彼女は大股で私の前をさっさと横切り、寝椅子の端に腰を下ろした。唇の端に煙草がくわえられていた。今日の手の爪は銅のような赤だ。根元から先っぽまで、半月も残さずしっかりと塗られている。

「あなたはやはりただの野蛮人よ」と彼女は私を睨みながら、静かな声で言った。「血も涙もない、掛け値なしの野蛮人。あなたは昨夜人を殺した。私がどこからその話を聞いたかなんて尋ねないでね。とにかく聞いたのよ。それからここにやってきて、妹を怯《おび》えさせ、発作を起こさせた」

私は何も言わなかった。彼女はもじもじし始めた。小ぶりの椅子に移り、頭を後ろにそらせ、壁際の椅子の背に置かれた白いクッションにもたせかけた。そして青みの混じった灰色の煙を上に向けて吹き、それが天井に向かって昇っていって、切れ端にほどけていくのを見ていた。ほんの少しのあいだ、それらは空気との違いを保っていたが、やがて煙であることをやめ、おとなしく空中に溶け込んでいった。とてもゆっくりと、彼女は視線を下におろし、冷ややかで厳しい目を私に向けた。

「あなたのことがわからないわ」と彼女は言った。「このあいだの晩のことはすごく感謝しているのよ。私たち二人のどちらかが正気を失わずにいられたことにね。過去に一人の酒の密売人と関わっただけで、もう十分大変な目にあっている。ねえ、お願いだから、何か言ってくれない？」

「カーメンはどうしている？」

「ああ、あの子は大丈夫よ。ぐっすり眠っている。いつもすぐに眠っちゃうの。あの子にいったい何をしたの?」

「何もしちゃいない。君の父上に会ったあとここを出たら、カーメンは家の前にいた。木にかけた的にダーツを投げていた。私は彼女のところに行った。彼女の持ち物を預かっていたからだ。その昔、オーエン・テイラーからプレゼントされた小型リヴォルヴァーだよ。先日の夕刻、カーメンはその拳銃を手にブロディーの家に押しかけた。ブロディーが殺されたその夕方にね。私はそこで彼女から銃を取り上げなくてはならなかった。そのことは伏せていたから、君はあるいは知らなかったかもしれない」

スターンウッド家特有の黒い瞳が大きく、空っぽになった。今度は彼女が黙り込む番だった。

「カーメンは自分の拳銃が戻ってきて喜んだ。私に撃ち方を教えてほしいと言った。そして丘の下にある古い油井を私に見てもらいたがった。君たち一家が財をなした源泉のひとつだよ。我々はその場所に行った。あまりぞっとしないところだった。錆びた金属、古い材木、ひっそりした油井、油が混じったどろどろの沼。おそらくそれが彼女を刺激したんだろう。君もたぶんそこに行ったことがあるだろう。気味の悪いところだよ」

「ええ——行ったことはあるわ」。今では息を殺した、小さな声になっていた。

「そこに行って、私は大型回転輪の中心のくぼみに空き缶を置いた。彼女の射撃の標的にするためにね。そのとたんに発作が始まった。それは私の目には穏やかなてんかんの発作のように見えた」

「そうなの」。同じ細い声だった。「ときどきそれを起こすの。私に会いたいというのは、それを言うためだけだったの？」

「エディー・マーズが君のどんな弱みを握っているか、それについては話す気はまだないんだろうね？」

「話すことなんて何もない。その質問はもういささか聞き飽きたわ」と彼女は冷たく言った。

「カニーノという名前の男は知っているかい？」

彼女は美しい黒い眉毛を引き寄せて考えた。「ぼんやりと。その名前は聞いたことがあるような気がする」

「エディー・マーズが殺しに使う男だ。タフなやつだ、とみんなは言う。実際にそうだったのだろう。もしある女性のちょっとした手助けがなかったら、彼が今いる場所に私が置かれていたことだろう。死体置き場にね」

「女性たちはどうやら――」、彼女はそう言いかけてはっと止め、顔を蒼白にした。「そういうことでジョークなんて言えない」と彼女は言っただけだった。

「私はジョークを言っているわけじゃない。そしてもし私の話が堂々巡りのように見えたとしても、それはただ見かけに過ぎない。すべてがひとつに結びついているんだよ。何もかもがね。ガイガーと、彼の小洒落た脅迫のトリック、ブロディーと彼の写真、エディー・マーズと彼のルーレット台、ラスティーと駆け落ちしたことになっていた女とカニーノ。すべてがひとつに結びつく」

「あなたが何の話をしているのか、私にはさっぱりわからないわ」

「そう言わずにちょっと考えてみようじゃないか。それはきっとこんな筋書きになるはずだ。ガイガーは君の妹を針にひっかけた。それはとくに難しいことじゃない。そして彼女から何枚か借用書を手に入れ、それを使って君の父上を脅迫しようとした。あくまでにこやかにね。ガイガーの背後にはエディー・マーズがついていた。彼はガイガーを保護し、手先として使っていた。父上は金を払う代わりに、私を呼んだ。それは彼が何も恐れていないということを意味している。エディー・マーズはそれを知りたかったんだ。彼は何かしら君の弱みを握っていたし、同じ材料を将軍相手にも使えるかどうか、試してみたんだ。うまくいけば短期間に大金を手に入れることができる。もし駄目なら、家族の財産が君の手に遺産として入るまで待たなくてはならない。そして当分の間は、君がルーレットですっていい、いってくれるはした金で満足しなくてはならない。ガイガーを殺したのはオーエン・テイラーだ。彼は君の頭のいかれた妹にぞっこんだったし、彼女を相手にガイガーが仕掛けているゲームが気に入らなかった。エディーにとっちゃそんなことはどうでもいい。やつはもっと奥の深いゲームを仕組んでいた。ガイガーはそんなことは知らないし、ブロディーも知らない。君とエディーと、カニーノというやくざの他には、誰もそれを知らない。君のご主人が姿を消し、エディーとリーガンとの関係がこじれていたことは周知の事実だから、エディーは女房をリアリトに隠した。そしてカニーノを見張りとしてつけた。彼女がリーガンと駆け落ちしたと見せかけるためにね。彼はモナ・マーズが住んでいた住宅のガレージに、リーガンの車を入れておくことまでやった。しかしそれがただ単に、彼が君のご主人を殺すか、あるいは誰かに殺させるかしたという疑いをごまかすためだけだったとしたら、下手な小細工だと言わざるを得ない。でも実のところ、それは決して下手な小細工じゃなかった。彼には別の目論見があったんだ。彼が狙っているのは百万ドルを超える金だ。エディーはリーガンがどこに消えたか、なぜ消えたかを知っていたし、彼としては警察にそれを発見してもらいたくはなかった。リーガンが消えたそれらしい理由があれば、警察は納得する。私の話は退屈かな？」

「あなたは私を疲れさせる」と彼女は潤いを欠いた、くたびれきった声で言った。「まったく、なんて疲れる人でしょう！」

「悪いね。私は何も自分を賢く見せかけるために、もったいぶって話をしているわけじゃないんだ。君の父上は今朝私に千ドルの報酬を申し出た。リーガンを探し出すためにね。それは私にとっては大金だ。しかし私にはそれはできない」

彼女の口がぽかんと勢いよく開いた。その息づかいは突然引き締まり、粗くなった。「煙草をちょうだい」と彼女は不明瞭な声で言った。「どうしてできないの?」。彼女の首筋の血管が脈を打ち始めた。

私は彼女に煙草を与え、マッチを擦り、それを差し出した。彼女はそれを胸にたっぷりと吸い込み、不揃いに吐き出した。そして煙草は彼女の指のあいだでそのまま忘れられてしまった。それ以上煙草が口に運ばれることはなかった。

「さて、失踪人課は彼を見つけ出すことができない」と私は言った。「そんなに簡単な仕事じゃないんだ。警察にできないことが、私にできるとは思えない」

「なるほど」。彼女の声には安堵《あんど》の響きがわずかに聞き取れた。

「それが理由のひとつだ。失踪人課の連中はリーガンが自分の意志で姿をくらましたと考えている。連中に言わせれば、『自らカーテンを引いた』ということだ。エディー・マーズが彼をばらしたとは、警察は考えていない」

「なぜ誰かが彼をばらさなくちゃならないの?」

「今からそれを話す」と私は言った。

ほんの束の間、彼女の顔がばらばらにほどけたように見えた。それは形態や統制を欠いた、ただの部分の集まりのように見えた。その口は今にも悲鳴を上げそうな形をとった。しかしそれもほんの束の間のことだった。スターンウッド家の血は、黒い目と無謀さの他にも、彼女に何かしらの強い資質を与えているのだろう。

私は立ち上がり、彼女の指のあいだで煙を上げている煙草を取って、灰皿で消した。それからカーメンの小型拳銃をポケットから取り出し、いかにも用心深い動作で、ヴィヴィアンの白いサテン地の膝の上にそっとそれを置いた。落ちないようにバランスをとって載せてから、私は後ろに下がった。ショー・ウィンドウの装飾担当者が、マネキンの首に巻いたスカーフの新しいひねりの効果を確かめるときのように、小首を傾げながら。

私は再び腰を下ろした。彼女は動かなかった。彼女の視線はミリ単位で下に降りていった。そして拳銃を見た。

「危険はない」と私は言った。「弾倉は五つとも空っぽになっている。全部彼女が撃った。五発そっくり私に向けてね」

彼女の首筋で血管が荒々しく躍った。彼女は何かを言おうとしたが、声は出なかった。ただ息を呑んだだけだ。

「二メートル足らずのところから」と私は言った。「実にお茶目な女の子だよ。そう思うだろう？　ただし気の毒だが、その銃には空包を詰めておいた」、私は意地の悪い笑みを顔に浮かべた。「もしそういう機会があればカーメンが何をするか、おおよその予測はついたからね」

彼女は遠くの方から声をかき集めてきた。「あなたはひどい人よ」と彼女は言った。

「ひとでなし」

「まあね。彼女は君の妹だ。このことをどう始末するつもりなんだ？」

「そんなこと証明できないわ」

「何を証明するっていうんだ？」

「妹があなたに向けて銃を撃ったことをよ。油井にはあなたたち二人しかいなかったと言った。それならあなたの言い分は誰にも裏付けできない」

「ああ、そのことか」と私は言った。「そんなことを誰かに話そうなんて思っちゃいないよ。私は前回のことを考えていたんだ。あの小さな拳銃にしっかり実弾が入っていたときのことをね」

彼女の両目は暗闇の溜まりになった。それは暗闇よりも遙かに空虚だった。

「私はリーガンが消えた日のことを考えていた」と私は言った。「その日の午後遅くのことをね。彼が射撃を教えるために、カーメンを古い油井に連れていったときのことを。どこかに空き缶を置き、それを的にするように彼女に言って、彼女が撃つ間そのそばにいたのだろう。しかし彼女が撃ったのは空き缶じゃなかった。銃口の向きを変え、リーガンを撃ったんだ。今日私を撃とうとしたのと同じようにね。その理由も同じだった」

彼女は少し身体を動かし、拳銃は彼女の膝を滑って床に落ちた。それは私が聞いたこともないほど大きな音を立てた。彼女の目は私に釘付けになっていた。その声は苦悶の囁きを引き延ばしたものだった。「カーメン！　……なんということを！　……どうして？」

「どうして彼女が私を撃とうとしたか、その理由を君にいちいち説明しなくちゃならないのかな？」

「そうね」。彼女はまだすさまじい目をしていた。「ああ、そうね——聞かせてほしいわ」

「一昨日の夜、私が帰宅すると、カーメンが私のアパートメントにいた。私を待つ用事があると管理人を言いくるめて、部屋に入れてもらったんだ。彼女は私のベッドの中にいた、裸でね。私は彼女を部屋から放り出した。リーガンもいつか同じことをしたのだろう。しかしカーメンを相手にそんなことをしちゃいけないんだ」

ヴィヴィアンは唇を内側に引き寄せながら同時に、半ば無意識にそれを舐《な》めようと試みた。それは彼女をほんの短い間ではあるけれど、怯えた子供のように見せた。頬の線が鋭くなり、まるで針金で動く作り物の手みたいに、片手がゆっくり持ち上がった。そして襟のまわりの白い毛皮を、その指が静かに硬く握った。指はその毛皮を喉元にきつく引き寄せた。そのあと彼女はそこに座ったままただ私を睨んでいた。

「お金ね」と彼女はしわがれ声で言った。「お金がほしいのね？」

「どれくらいの金なんだろう？」。私は冷笑を浮かべないように努めながら言った。

「一万五千ドルでどう？」

私は肯いた。「まあそのへんだろう。それがどうやら定額になっているようだ。それはカーメンに射殺されたとき、リーガンのポケットに入っていた金額だ。それは君がエディー・マーズに、死体の処理を頼みにいったときに、実行役のカニーノくんが手にした金額なのだろう。しかしそれくらいエディーにとっちゃはした金だ。やつは後日、そんなもの比べものにならないくらいの大金をむしりとるつもりでいる。そうだろう？」

「いけ好かない男だわ！」と彼女は言った。

「まあね。私は何しろ頭の切れる男なんだ。感情も持たず、良心の咎《とが》めも感じない。持ち合わせているのは金に対する執着心だけだ。それほど強欲な人間だから、一日二十五ドルの報酬と、必要経費のために――必要経費といっても主にガソリンとウィスキーくらいだが――このささやかな頭をせっせと使ってものを考えている。まあそんなにたいしたことは考えちゃいないがね。将来なんぞ知ったことか、警官やエディー・マーズや彼の仲間たちに憎まれ、銃弾をさらりとよけ、頭を思い切りどやされ、その程度の面倒ですめば、ああよかった、ありがとうございましたと礼を言う。名刺を残していくから、何かまた問題が出てきたときに私のことを思い出してくれると嬉しい。これだけのことを、私はなんと一日二十五ドルの報酬でやってのけているんだ。そして失意と病を抱えた老人が、血液の中にまだ残しているささやかな自尊心を護ることも、その中に少しは入っている。私としては、彼の血液には害毒は混じっていないと思い、彼の二人の娘はいくぶん無軌道ではあるものの、そんなことは良家の子女にとって当節当たり前のことだし、彼女たちは色情狂でもなければ殺人者でもないと思うしかない。その結果私はいけ好かない男と呼ばれることになる。いいとも。何を言われようが、べつに気にしない。私は同じことをあらゆるサイズの、あらゆる格好の人々から言われてきた。君の妹もその一人だ。いや、彼女はもっと凄まじい言葉を使ったな。私が彼女と一緒のベッドに入らなかったという理由でね。私は君の父上から五百ドルを受け取った。それは私が請求した金ではないが、彼にとってはただのはした金だ。また、もしラスティー・リーガン氏をうまく探し出したら、その他に千ドルの報酬を受け取ることになっている。そして今度は君がなんと一万五千ドルを私に差し出している。大したものじゃないか。一万五千ドルあれば、家を一軒持ち、新しい車を買い、背広を四着買うことができる。のんびり休暇を取ることだってできるかもしれない。そのあいだに依頼人を一人取り逃がすんじゃないかと、気をもんだりせずにね。まったく悪くない。君はその見返りに何を求めるのだろう？　私はいけ好かない男のままでいてかまわないのかな。それとも紳士にならなくちゃいけないのだろうか？　このあいだの夜、自分の車の中でのびていた酔っ払いみたいな」

　女は石像のように黙りこくっていた。

「いいかい」と私は重々しい口調で話を続けた。「カーメンをよそにやるんだね。どこか遠く離れたところにある、彼女のようなタイプの人間を専門に扱う場所に。そういうところでは、銃やナイフや危ない飲み物なんかを、彼女から遠ざけておいてくれる。ああ、うまくいけば治るかもしれない。そういう例もある」

　彼女は立ち上がり、ゆっくりと窓際に行った。象牙色の厚いカーテンの裾が、彼女の足下に折り重なっていた。彼女はその布地の堆積の脇に立って、外を見ていた。その先には暗い色合いの、物静かな山肌があった。彼女は身動きせずじっとそこに立っていたので、ほとんどカーテンの一部と化してしまいそうに見えた。両手はだらんと両脇に下がっている。手は完全にぴくりとも動かなかった。彼女は振り向き、部屋を横切り、私の前を、私など眼中にないような顔で通り過ぎた。私の背後にまわったとき、彼女は鋭く息を呑み、口を開いた。

「彼は沼の底に沈んでいる」と彼女は言った。「もうぼろぼろに朽ち果てているわ。私がやったのよ。私はあなたが言ったとおりのことをした。エディー・マーズのところに相談に行ったのよ。妹はうちに帰ってきて、自分がやったことを私に話した。まるで子供のようにね。正常な頭じゃない。もし警察に連絡したら、彼らは妹が撃ったことを即座に見破ったでしょう。そのうちに妹は、自分がやったことをみんなに吹聴するようにさえなったでしょう。もし父がそれを知ったら、すぐに警察を呼んで一切をぶちまけていたはずよ。そしてその夜のうちに息を引き取っていたでしょう。死ぬこと自体は仕方ない。問題は、父がどんな気持ちで死んでいくかよ。ラスティーは悪い人じゃなかったけど、私は彼を愛してはいなかった。まっとうな男だったと思う。でも彼がどうなろうが、生きていようが死のうが、私にとっては大したことじゃないのよ。その事件を父から遠ざけておくことに比べたらね」

「そうして君は妹を野放しにしている」と私は言った。「どこかでまた、べつの面倒を引き起こそうと」

「時間を稼いでいるのよ。ただの時間稼ぎよ。もちろんそれは正しいやり方じゃない。妹はそのことを、覚えてもいないんじゃないかと思う。そういう発作のあいだに起こったことは、記憶に残らないんだって聞いたことがある。たぶんすっかり忘れているでしょう。そしてエディー・マーズは私からお金を吸い尽くすでしょう。でもそれはどうでもいいの。私は助けを必要としたし、それは彼みたいな人間からしか得られなかったの……そんなことが実際に起こったなんて、自分でもうまく信じられないときもあった。そうじゃないときには、手っ取り早く酔っ払うしかなかった。一日のうちのどんな時刻であれ、時間と競走するみたいに」

「カーメンをどこかに預けるんだね」と私は言った。「それこそ時間と競走するみたいに」

彼女はまだ私に背中を向けていた。その声は今では柔らかなものになっていた。「あなたのことは？」

「私のことは気にしなくていい。私は退散する。君に三日の余裕をあげよう。そのあいだに妹の件を片付けていたら、それでいい。もしそうじゃなかったら、すべてを明らかにする。私が本気じゃないと思わない方がいいぜ」

彼女はさっとこちらを振り向いた。「いったいあなたになんと言えばいいのかしら？　どこから始めればいいのか、私にはわからない」

「ああ。まず妹をどこかの施設に入れることだ。二十四時間監視のついたところにね。それは約束できるね？」

「それは約束できるけど、エディーが――」

「エディーのことは忘れていい。少し休みをとったら、彼に会いに行くつもりだ。エディーのことは私に任せるんだ」

「彼はあなたを殺そうとするわ」

「ああ」と私は言った。「彼のいちばんの子分にもそれはできなかった。二番手を試してみるのも一興だ。ノリスはその事件のことを知っているのか？」

「彼は何も言わない」

「知っていると私は思う」

私は足早に彼女から離れ、部屋を横切り、外に出た。タイルの階段を降りて、玄関ホールに出た。家を出るとき誰も見かけなかった。今回は自分で帽子を回収した。外に出ると、明るい庭園はどことなく不穏に見えた。茂みの奥から血走った小さな目が私の姿をうかがっているように感じられた。陽光そのものが、その光の中に何か謎めいたものをはらんでいた。自分の車に乗り込み、坂を下りた。

いったん死んでしまえば、自分がどこに横たわっていようが、気にすることはない。汚い沼の底であろうが、小高い丘に建つ大理石の塔の中であろうが、何の変わりがあるだろう？　死者は大いなる眠りの中にいるわけだから、そんなことにいちいち気をもむ必要はない。石油や水も、死者にとっては空気や風と変わりない。ただ大いなる眠りに包まれているだけだ。どんな汚れた死に方をしようが、どんな汚れたところに倒れようが、知ったことではない。この私はといえば、今ではその汚れの一部となっている。ラスティー・リーガンよりももっと深く、その一部と化している。しかしあの老人がそうなる必要はない。彼には天蓋付きのベッドに、静かに横になっていてもらおう。その血の気のない両手はシーツの上で組まれ、ただ時が来るのを待っている。彼の心臓は短く不確かなつぶやきだ。彼の考えは灰のように色を失っている。ほどなく彼もまた、ラスティー・リーガンと同じ、大いなる眠りに包まれるだろう。

ダウンタウンに向かう途中、バーに寄ってスコッチをダブルで二杯飲んだ。酒は助けにはならなかった。それはシルバー・ウィグのことを私に思い出させただけだった。そのあと彼女には一度も会っていない。

「警察にできなくて、フィリップ・マーロウにできること」
——訳者あとがき

『大いなる眠り（*The Big Sleep*）』は一九三九年に発表されたレイモンド・チャンドラーの長篇第一作である。第一作といっても、お読みになっていただければわかるように、習作的な要素はほとんど見受けられず、プロットも文体も、お馴染みの気の利いた会話も、ほぼ完成の域にあり、第一級の記念碑的ミステリーとして、古びることなく今もなお数多くのファンの手に取られている。

主人公フィリップ・マーロウも、後期の作品に比べるといくぶん若く、荒っぽいところが目立つにせよ、いつものあのマーロウである。ロサンジェルスのダークサイドを歩く、シニカルで優しい孤高の騎士《ナイト》だ。彼の人物像はそのあともほとんどぶれることがない。

この『大いなる眠り』は一九九九年には仏紙「ル・モンド」の「二十世紀の名著百冊」の九六位に選ばれ、二〇〇五年には「『タイム』誌の選ぶ百冊の最も優れた小説」の一冊に選ばれている。だから偉い、というわけではないが、この作品が時代を超え、ミステリーというジャンルを超え、一般読者のみならず批評家にも高く評価されていることの、ひとつの証左にはなるだろう。

そしてまた何より大事なのは、この『大いなる眠り』が同時代の、そしてまた後世の小説家たちに大きな影響を及ぼしたということだ。出来としては『ロング・グッドバイ』の方に一日の長があるだろうと個人的には考えるが、社会的インパクト、影響力という点から見れば、『大いなる眠り』の方が上かもしれない。それはまさにチャンドラー・ワールドがこの世界にお目見えしたことを告げる、高らかなファンファーレであったのだ。

影響力ということでいえば、チャンドラーの作品はミステリー作家のみならず、ジャンルを超えて一般の小説家（いわゆる「純文学作家」をも含めて）にも広く深く影響を及ぼしている。たとえばカズオ・イシグロ氏に東京で会ったとき、彼もチャンドラーに対する愛情を熱っぽく僕に語ってくれたものだ。もちろん僕（村上）もチャンドラーの作品から多くのものごとを学んだ。僕にとって、同じ作品を何度も繰り返し読む作家の数は限られているが、チャンドラーはその数少ない作家の一人だ。ほかにもチャンドラーに対する愛情、あるいは敬意を表明している同時代作家は数多くいる。

この『大いなる眠り』は日本では双葉十三郎氏の訳が一九五六年東京創元社から出てお

り（つまり戦争を間に挟み、本国刊行後十七年を経てようやく出版されたわけだ）、その文庫版（創元推理文庫、一九五九年刊）が広く流通してきたわけだが、当時とはもちろん社会事情も大きく異なっているし、文章のあり方も言葉遣いも変化したたし、翻訳という作業そのもののとらえ方も違ってきている。この作品の持つ意味合い、立つ位置も違ってきている。翻訳権が東京創元社から早川書房に移ったこともあり、新訳を出す良い時期にあると考え、早川書房からの依頼を受けて翻訳にあたった。「双葉節」というか、旧訳の独特な雰囲気に馴染んでおられる方には、あるいは受け入れにくい部分、気に障る部分もあるかもしれないが、長期的に見れば新訳刊行はやはり必要なことだったと考える。至らぬところはご容赦いただきたい。旧訳では省かれているいくつかの部分も、今回は原文に沿ってほぼ忠実に訳した。歴史的な意味合いからも、そうするべきだと考えたからだ。題名は『大いなる眠り』のままにとどめた。本来であれば、旧訳とのヴァージョンの違いを明らかにするために新しい題をつけるところだが、僕としては個人的にこの訳題に馴染んでしまっているので、そのまま使わせていただいた。

長篇第一作であるにもかかわらず、『大いなる眠り』に長篇小説として破綻がほとんどないということの理由としては、チャンドラーがそれまでに「ブラック・マスク」を始めとするパルプ・マガジンに、私立探偵マーロウを（あるいはマーロウの原型となる異なった名前の私立探偵を）主人公とした短篇小説を数多く書きまくってきたという事実があげられるだろう。そのような独立したスケッチ的作品をこつこつと積み上げ、そうすることによって文章を書くコツをつかみ、ストーリーを語る語法を身につけ、しっかり準備が整ったところで、満を持して「大作」にとりかかったわけだ。

ご存じだとは思うが、念のために説明しておくと、「パルプ・マガジン」というのは安物の用紙（パルプ）を使った大衆向け読み物雑誌のことである。中身は探偵物、SF、恐怖小説などで、表紙は往々にして扇情的なものが多い。今の日本でいえば青年向け劇画誌がこれに相当するかもしれない。それに比べて、つるつるした光沢のある用紙を使った高級雑誌は「グロッシーズ（艶《つや》やか）」と呼ばれた。グロッシーズの定価が二十五セントであるのに対して、パルプの定価はだいたい十セントだった。その多くはワーキング・クラスの人々の手に取られ、そのまま読み捨てられた。チャンドラーの小説に出てくるタクシーの運転手は、客待ちの間よくこの手のパルプ雑誌を読んでいる。

名のある既成の作家が高い稿料をもらって「グロッシーズ」に短篇小説を書いていたのに対して、「パルプ」を支えているのは、貧しい無名の作家たちだった。稿料は安く、仕事の条件は厳しく、短時間に自転車操業的に原稿を書き上げなくてはならなかった。まさに質より量の世界だ。そして一九三〇年代の不況下にあっては、作家同士の競争はことのほか厳しかった。しかしそのような苛酷な状況の中で、数多くの才能ある若手作家が育ち、タフさを身につけ、じわじわと頭角を現してきた。ミステリーの分野でいえば、ダシール・ハメットも、E・S・ガードナーも、ジョン・D・マクドナルドも、ウィリアム・アイリッシュも、みんなパルプ雑誌の世界で研鑽を積んだ作家たちだ。もちろんチャンドラーもその一人だ。

チャンドラーは「ブラック・マスク」や「ダイム・ディテクティブ」で既に発表したいくつかの短篇小説を、ほとんどそのままの形で小説の中に取り込み、いわばそれを骨格として、そこに肉付けをするようなかたちで長篇小説を立ち上げている。それは『大いなる眠り』ばかりでなく、後の小説においても、チャンドラーがしばしば採用した手法だった。そういう意味ではパルプ・マガジンは彼にとっての修行の場であったと同時に、使用可能なマテリアルの貯蔵所であったとも言える。『大いなる眠り』の場合は、短篇小説『雨の中の殺人者』(1935)と『カーテン』(1936)がその大きな骨格になっている。そのほかにもいくつかの短篇作品から、部分的にシーンを借用している。読み終えたパルプ・マガジンをわざわざ大事にとっておくような読者は(たぶん)ほとんどいなかったから、そこに掲載した作品を再利用することについて、チャンドラーはあまり屈託を感じなかったようだ。その再生作業を「カニバライジング(屍肉食い)」と呼んで、自らを揶揄してはいるものの。

チャンドラーはこの『大いなる眠り』を発表したとき、既に五十一歳になっている。最初に短篇小説を書いて、雑誌にそれを売ったのが（つまり職業的小説家としてデビューしたのが）四十五歳のときだから、ずいぶん遅咲きの作家であったわけだ。それまで彼は、本当に若い時期を別にすれば、ほとんどものを書いたこともなかった。しかし青年時代から変わらず読書好きで、それまでに「ブラック・マスク」を始めとするパルプ・マガジンを熱心に読みまくっていたし、「これくらいなら自分にも書けそうだ」と考えたのだろう。それらの作品スタイルを手本にして、彼はまったくの独学で自分の文体と物語を作り上げていった。

「私は（パルプ・マガジンのために何かを書けば、それによって）フィクションの書き方を学べると同時に、いくらかの金も稼げるかもしれないと考えました」と彼は後日語っている。アルコール依存症と、女性問題のために、四十代半ばで収入の良い定職を失い、十八歳年上の妻を抱え、身ひとつで不況下の時代に放り出されたチャンドラーとしては、思い切って文筆の世界に飛び込むくらいしか、生活費を稼ぐ道はなかったのだ。

しかしそれから六年間にわたってパルプ・マガジン向けの作品を書き続けたチャンドラーは、自分にフィクションを書く生来の才能が具わっていることを確信するようになった。作品の評判は上々で、編集者にも注目され、彼はすぐにその世界の花形作家になった。とはいえ、その手の雑誌の稿料は驚くほど安く、コンスタントに書き続けられなくなった作家はすぐに捨てられた。そして作品の内容には、雑誌の営業的見地から、厳しい制約が課せられていた。チャンドラーは後年このように語っている。

「過去に（パルプ雑誌のために）書いた自分の作品を読み返してみて、もっとうまく書けていたらともし思わなかったら、私はまさに大馬鹿ものだ。しかしもし仮にもっとうまく書けていたら、それはおそらく雑誌に載せてもらえなかっただろう。決まった形式を少しでも踏み外していたら、その時代にあっては作品が生き残れる見込みはなかった。何人かの作家たちはその形式をなんとか崩そうと熱心に努めた。しかし試みは評価されず、作品は送り返されてきた。雑誌のために小説を書いている作家で、少しでも志のあるものなら、その形式を壊すことなく、うまくそれを押し広げていく方法はないものかと、常に夢見ていたものだ」

パルプ雑誌に掲載される短篇小説には決まった形式があって、その枠からはみ出た作品はボツになるか、あるいは大幅に編集の手を入れられた。筋とは関係のない情景描写、感情描写はそっくり削除された。多くのアクションが要求され、結末はわかりやすいものでなくてはならなかった。登場人物の奥行きを描いているような余裕はまったくない。

チャンドラーが雑誌に短篇作品を売ることに見切りをつけ、単行本書き下ろしの長篇に挑もうとした——挑まなくてはならなかった——気持ちは痛いほどよくわかる。最初のうち彼は、パルプ・マガジンの決まり切ったフォーマットをむしろ歓迎しただろう。何はともあれそのしばりに沿って物語を書いていけばよかったからだ。小説を書き慣れていない彼はおそらく、そのような既成の枠組みを必要とした。貝が貝殻を必要とするように。しかし作家としての腕が上がるにつれて、彼を育んでくれたパルプ・マガジンのフォーマットは、やがて檻のような制約と化してきた。そしてそういう「もっと手足を自由に伸ばしたい」というチャンドラーの熱い思いが、この『大いなる眠り』のページには充ち満ちている。それまでに書かれた短篇作品と読み比べてもらえれば一目瞭然だが、とにかく文章が実にのびのびしている。様々な描写がフレッシュで、登場人物の一人一人が、主役であれ脇役であれ、個性と奥行きを持っている。

そのようなのびのびさがいささか過剰になっている部分も散見されるし、そういう部分にぶつかると、「ちょっと自由さが充ち満ち過ぎているかもな」と感じてしまうこともある。翻訳していて、「うーん、そこまで書くか」と腕組みしてしまう箇所もいくつかあった。しかしそれと同時に、その「過剰さ」がこの作品のひとつの大きな魅力になっていることも確かだ。(一般論になるが、なんらかの過剰さを欠いた「名作」がいったいどこにあるだろう?)

チャンドラーはこの『大いなる眠り』を僅か三カ月で書き上げた。驚異的というか、実に信じがたい速さである。既成の短篇小説がいくつかほとんどそのまま取り込まれているとはいえ、これだけの分量の小説を——そしてこれだけ中身のある洗練された文章を——

書き上げるのに、三カ月という期間はいくらなんでも短すぎる。おそらくチャンドラーは、パルプ・マガジン作家としてそれまでに溜め込んでいたフラストレーションを、ここで一気に発散したのだろう。この作品にはそういう自然な勢いがある。新鮮な空気を思い切り吸い込んで、そのままふうっと吐き出したような、思い切りのいい心地よさがある。

『大いなる眠り』のプロットは、彼の他の作品のそれと同じように、かなり込み入っている。互いに関連性のないいくつかの短篇が寄せ集められていることも、その原因のひとつになっている。またチャンドラー自身がもともとプロットについてそれほど深く突き詰めない人であることも、もうひとつの原因になっている。僕もこの本は何度も読み返しているし、このように翻訳までしているわけだが、それでも今ひとつすんなりと納得できないところがいくつもある。筋を要約しろと言われると、けっこう頭を抱え込んでしまうことになる。いかにもあとからとってつけたようなゆるい説明もある。もちろんそれがチャンドラーの小説の持ち味なのだと言われてしまえばそれまでだが、それにしてもややこしい。

この作品の映画化にあたったハワード・ホークスが、原作者チャンドラーに電報を打って、「スターンウッド家のお抱え運転手を殺した犯人は、いったい誰なのですか？」と尋ねた逸話はあまりにも有名だが（「私は知らない」というのが著者の返した電文だった）、そのように思わず著者に真相を問いただしてみたくなる部分は、この本の中に何カ所かある。『キャッチャー・イン・ザ・ライ』の主人公ホールデン・コールフィールド君は「本を読み終えて、その著者に電話をかけたくなるような本は素晴らしい本だよ」みたいな意見を述べているが、そういう意味では（ちょっと意味合いは違うけれど）『大いなる眠り』も「素晴らしい本」のひとつに数えられるかもしれない。

しかし「すべてはロジカルに解決されているけれど、話としてはそんなに面白くない」小説よりは、「うまく筋の通らない部分も散見されるものの、話としてはなにはともあれやたら面白い」という小説の方が、言うまでもなく読者にとっては遙かに魅力的であるわけで、もちろんチャンドラーの小説は後者の範疇にある。というか逆に、多少「わけがわからん」というファジーな部分があるくらいの方が、小説としての奥行きが出てくるのではないか、と断言したくなってくるくらいだ。今回この作品を翻訳しながら、そういう印象をより深くした。チャンドラーのそのような特質は、この最初の長篇作品から良くも悪くもはっきりと打ち出され、以来最後の作品に至るまでほとんど変化を見せていない。彼の小説には長所もあるし、弱点もある。しかしいったんその長所に呑み込まれてしまうと、弱点はほとんど気にならなくなる。

チャンドラーの残した作品が、なぜミステリー・ファンのみならず、より広い層の読者を長年にわたって引きつけてきたかというのは、なかなかむずかしい問いかけだ。それは小説のジャンルというもののあり方に深く関連してくる問題であるからだ。

チャンドラーは最後までミステリー（推理小説）というジャンルから逸脱しなかったが（『英国の夏』という非ミステリー小説＝文芸小説を書くことを長年にわたって企画していたが、結局果たせなかった）、それは彼がミステリーという形式を純粋に追求していたということを意味しないだろう。彼が必要としていたのはあくまで何かしらの枠組みであり、それがたまたま「ミステリー」というフォーマットであったということではないかと、僕は考えている。

最初のうち彼は「パルプ・マガジン」という狭義の枠組みを必要としたが、やがてそこに不自由を感じるようになると、「ミステリー」という広義の枠組みへと移動した。もちろんそこにもそれなりの制約は存在したし、その制約はしばしばチャンドラーを苛立たせた。スノッブな文芸評論家たちはミステリーを一段下に見ており、彼の作品は世間でなかなか正当な文学的評価を得られなかった。そして彼は自分が「ミステリー作家」と呼ばれることに、しばしば強い不快感を表明した。しかしそれにもかかわらず、チャンドラーにとっては最後まで、「ミステリー」という領域は基本的に居心地の良い場所であったように見える。

チャンドラーには優れた文章を書く能力があり、吐露すべき世界観があった。世界観はともかく（もちろんなかなか興味深くはあるのだが）、その文章表現能力はまことに見事なものだ。人物も情景も、とても生き生きと描かれており、心に残る。会話は小気味よく、多発される比喩は才気煥発だ。筋の運びもきびきびしている。しかしそれらの能力に比較すると、大きな自発的な物語をゼロから立ち上げていく才能は、今ひとつ弱いものだったように見える。そして彼はその欠陥を補うために、既成の何かしらの骨組みを借用しなくてはならなかった。つまり彼はミステリーというフォーマットを引っ張ってきて、自分の文体を詰め込むための手頃な枠組みとして、それを最大限に利用したのだ。

まずミステリーがあって、それにあわせて彼の文体ができたのではない。まず彼の文体が（潜在的に）あり、そこにミステリーがあてはめられたのだ。だから「推理する」という要素は、彼の小説にあっては比較的希薄であり、プロットは物語の中で、あくまで副次的な役割しか与えられていない。フィリップ・マーロウは状況を推理して行動するのではなく、まず状況に沿って身体を動かし、動かし終えたあとでいささかとってつけたように推理をする。だからその推理にはあまり身が入らないし、多くの場合、整合性と明瞭性を欠くことになる。

しかし繰り返すようだが、それこそがチャンドラーの小説世界なのだ。我々はまずフィリップ・マーロウの身の動きに目を引かれる。そして彼の動きを追っているうちに、その小説の律動に呑み込まれていって、やがて筋の整合性なんて（たぶん）とくにどうでもよくなってしまう。我々が必要としているのは、フィリップ・マーロウという人物の発揮する整合性なのだ。そしてチャンドラーの特徴的な、魅惑的な文体が小説の強靭な律動を作り出していく。「最初から筋のわかっている物語を書くくらい退屈なことはない」と彼は言っているが、その意見には僕もまったく同感だ。書きながら、手を動かしながらどんどん筋をこしらえていく――それが文章を書くことのいちばんのスリルなのだ。そしてそのダイナミズムは自然に読者にも伝わっていく。

チャンドラーの研究者であるフランク・マクシェインは、あるアンソロジーの序文で「チャンドラーは言葉を踊らせ、読者は彼のマジックに今でも反応し続けている」と書いているが、まさにそのとおりだ。チャンドラーが必要としていたのは、言葉を踊らせるためのステージであり、ミステリーはその絶好のステージを彼に提供してくれた。チャンドラーは『大いなる眠り』を発表して、有名作家の仲間入りをしたあと、「サタデー・イブニング・ポスト」を始めとする高級誌から短篇小説の依頼を受けたが、その結果はあまり思わしくなく、本人も「グロッシーズ」でお上品な仕事をすることにあまり乗り気ではなかった。ミステリーという形式の許容する直截的な荒っぽさを抜きにしては、あるいは毒気を持つ反社会性を抜きにしては、彼の文章はうまく持ち味を発揮することができなかったからだ。そのへんは「文芸」という表社会にすんなり受け入れられたアーネスト・ヘミングウェイとは、体質がかなり違う。

「サタデー・イブニング・ポスト」「コスモポリタン」「ニューヨーカー」「コリヤー

ズ」といった高級誌は、パルプ・マガジンの払う稿料とは文字通り桁の違う稿料を払ってくれたし、そこに掲載されることは一流作家として世間に広く認められることを意味した。だからそのマーケットに背を向けるのは、いろんな意味合いで、チャンドラーにとってかなり厳しい選択だった。単行本の印税収入は、当時は全体としてまだかなり限られたものだったので、多くの流行作家たちは収入源を主に高級誌の稿料に求めなくてはならなかった。そのような収入源を自ら断ったチャンドラーは、安定した収入を得るために、しばらくのあいだハリウッドで脚本を書く仕事を引き受けなくてはならなかった。その体験は彼に小説を書くためのマテリアルをいくつか与えてくれたものの、同時に彼の繊細な神経をすり減らせ（もともと共同作業に向かなかった）、貴重な執筆時間を彼から奪うことになった。やむを得ない事情はあったにせよ、得失を差し引きすれば、やはり才能の浪費と呼ぶ以外にないだろう。

しかしいくつかの躓《つまず》きはあったにせよ、チャンドラーは基本的に、自分に何ができて何ができないかをよく把握していた。人生の後半になってから作家になっただけに、彼は世の中の厳しさを知っていたし、自分の能力の限界を見極めることができた。自分にできるのは結局のところ、マーロウを主人公とする書き下ろし長篇小説を書き続けることでしかないと彼は考えており、その判断は最後まで揺らがなかった。言うまでもなく、それは我々にとって何より慶賀すべきことである。

「ジャンル」というのは多くの場合、その固有の形式性によって、作品の幅を限定することになる。しかしチャンドラーはそのパターンを逆手にとり、形式性の中に強靭な文体をぐいぐいと詰め込むことによって、その形式をあるところまで「脱構築」することに成功した。彼はそれを、「脱構築」などという言葉がまだ使われなかった時代に、制度的にではなく、どこまでも個人的に成し遂げたのだ。彼が最後までジャンルに固執しながらも、その作品がジャンルを超えて機能しているのは、まさにそのためである。方向性はいくぶん違うが、そこにはグスタフ・マーラーが交響曲に対しておこなったことに相通ずるものがあるかもしれない。そしてそのようなチャンドラーの為した作業に込められた本質的なラディカルさは、今となっては、当時「文芸的ヒーロー」として喝采を浴びていたヘミングウェイの作品の持つインパクトをも凌駕しているようにさえ思える。

いくつか事実的なことを記しておきたい。

マーロウの友人であるバーニー・オールズは、この『大いなる眠り』では地方検事局の主任捜査官（Chief Inspector）となっている。『ロング・グッドバイ』にも彼はかなり重要な役として登場するが、そのときは保安官事務所（Sheriff Office）の警部補（Lieutenant）になっている。正式な肩書きは殺人課副主任（Assistant Chief of Homicide）である。どういう理由で彼が転職したのかはわからないが、検事局から保安官事務所に移ってからも、上司の覚えがあまりよろしくないようで、思うように出世できずにいる。タフで優秀な警官だが、世渡りがあまり上手でなく、お世辞のひとつも言えず、社会の矛盾にぶちあたると真剣に腹を立て、長広舌をふるう。そんな融通のきかない性格のせいで、なんとなくマーロウとうまがあうのかもしれない。

『ロング・グッドバイ』のあとがきにも簡単に書いたが、カリフォルニアの警察組織はとても複雑にできていて、そのぶん組織間の縄張り争いも熾烈である。おおまかに言えばロサンジェルスなどの都市部は市警の管轄下にあり、郡部は保安官事務所の管轄下にある。それ以外にも地方検事の捜査部がある（マーロウとオールズはそこでかつて同僚だった）。地方検事と保安官は住民の選挙によって選ばれるが、市警のコミッショナー（本部長）は市長によって任命される。そのへんの事情がわかっていないと、オールズとクロンジェーガー警部が、地方検事の屋敷で角を突き合わせる感じは把握しづらいかもしれない。ガイガーとブロディーは、ロサンジェルス市内で殺害されたから、その犯人の逮捕権は管轄署のクロンジェーガー警部にある。一方、カニーノ氏はリアリトで殺害されたので、当地の保安官事務所に事件の捜査権がある。しかしハリー・ジョーンズが殺されたのは、ロサンジェルス市内である。とても話がややこしい。そういう錯綜を交通整理するのが検事の役目になる。

検事局の捜査員の仕事は、警察の捜査手順に何か間違いがなかったか調査したり、訴追に必要な追加の捜査をおこなったりすることが中心になる。だから当然、警察組織とは対立する機会が多くなる。容疑者の逮捕権はない。検事局は地方検事の直属部署なので、検事の個人的な人柄によってその体質が大きく変化することになるようだ。

僕の印象から言うと、オールズもマーロウも、カリフォルニアの（とくにロサンジェルス地域の）市警はかなり腐敗しており、あまりあてにならないと考えているようだ。都市には金がふんだんに溢れ、その多くは闇の部分で生み出されたものだ。そしてそのような金が政治家を買い取り、司法組織を買い取る。金持ちが厚遇され、貧乏人が痛めつけられる。そういう体質ができあがっている。

前述のフランク・マクシェインは、ロサンジェルスの法組織についてこのように書いている。

「警察が法を無視することにかけて、アメリカの主要都市の中で、ロサンジェルスほど露骨な都市はなかった。暴力的な伝統の中で成長した警察は、違法行為を犯したかもしれないという疑惑のある人々を、証拠も法的根拠もなしに勝手に逮捕することに全面的に頼っていた。アーネスト・ホプキンズは一九三一年に書いた『我らが無法の警察』の中でこのように述べている。彼が出会ったロサンジェルスの警官たちは、憲法に記されている基本的人権に真っ向から敵意を示し、『暴力を用いる捜査法、個人の人権の否定、厳罰の導入』が好ましいことを公に口にした。ゴムホースはきわめて頻繁に用いられた。それはあとを残さなかったからだ。殴打は逮捕者から自白を引き出すために、尋問中通常のこととしておこなわれた。肉体的拷問を用いることは、法律によって禁止されていたにもかかわらず」

マーロウが警官の職を辞さなくてはならなかった原因としては、そのような汚れた「組織」に自分が取り込まれていくのが我慢ならなかったということがひとつあげられるに違いない。マーロウにはもちろん荒っぽいところもあるし、決してきれいごとだけで生きているわけではない。しかし組織をバックにした暴力や腐敗というものが、彼には我慢できない。彼はあくまで個人的な人間である。マーロウが警官に対して抜き差しがたい嫌悪感を抱いているのは、警官個人に対してというよりは、彼らの背後にある悪しき組織性に対してなのだ。

しかしもちろん一匹狼にできることには限りがある。「警察にできなくて、おたくにできることが何かあるのか?」と市警失踪人課のグレゴリー警部に尋ねられて、マーロウは「何もない」と答えるしかない。それは実に正直な答えだ。個人が正面から勝負をして、組織に勝てるわけはない。しかしそれと同時に、マーロウは警官には決して手にできないものを手にしている。それは「自由」だ。個人であることの自由だ。それは大きな組織に属する人間にはまず持ち得ないものだ。彼はその自由を手に、勘を頼りに、個人としての矜持を頼りに、状況の「柔らかな部分」をひるむことなく衝いていく。マーロウはスターンウッド将軍に言う、「本腰を入れて仕事をすることが許されるなら、彼ら（警察）が見落としをするようなことはそうそうないはずです。しかしもし彼らが見落としをするとすれば、それはもっと曖昧で、捉えどころのないものごとについてです」。

マーロウの戦うべき戦場は実に、そのような曖昧で、捉えどころのない領域にある。それは警官たちがうまく足を踏み入れることのできない場所、あるいは足を踏み入れることを許されていない場所だ。そしてマーロウが水を得た魚のような動きを見せ、チャンドラーの文章が生き生きと踊り出すのも、まさにそのような場所においてなのだ。バーニー・オールズはそのようなマーロウの強みをよく承知している。だからこそ彼はマーロウの身勝手な行動に時として腹を立て、角を突き合わせながらも、彼とつかず離れず、静かな友誼を結び続けているのだろう。

個人的な意見を書かせてもらうなら、僕がチャンドラーの小説を読み続けているのも、やはりそこにある自由さに心を惹かれるからではないかという気がする。我々は誰しも自由に憧れる。しかし自由であるためには、人は心身共にタフでなくてはならない。孤独に耐え、ことあるごとに厳しい判断を下し、多くのトラブルを一人で背負い込まなくてはならない。そして言うまでもないことだが、我々の全員がそこまでタフになれるわけではない。我々の多くはどこかの時点で保護を必要とし、頼ることのできる組織を必要とする。

しかしマーロウは――もちろんあくまでフィクション上の人物としてだが――そんな妥

協をすることなく、どれほど痛い目にあわされようと、生命を脅かされようと、嘲《あざけ》られようと、その自由さを執拗なまでに貫いていく。マーロウのそのような頑《かたく》なな生き方は、我々に開拓時代末期のガンマンの姿を想起させる。彼のライフ・スタイルは既に時代から取り残されているように見える。フロンティアが最後に到達した西端の楽園カリフォルニアは、今では醜い、汚れた都会に変わっている。おしゃれでビジネスライクなやくざと、道徳心を欠いた成金たちと、腐敗した政治組織・法組織がその都市を牛耳っている。孤独なガンマンの出番はどこにもない。しかしマーロウには、今彼が送っている以外の生き方を選ぶことはできない。それがどのような苛酷さをもたらすことになるにせよ、自由であること、組織や規則に縛り付けられないこと、自分の決めた原則を守り抜くこと、相手よりも少しでも速く銃を抜くこと、それらがマーロウという人間の骨にまで染み込んだネイチャーになっているのだ。

そのような、ある意味では現実離れした物語を「寓話（fable）」と呼ぶことも可能だろう。都市の寓話だ。都市生活者のための寓話だ。しかしながら、それはただの寓話では終わらない。チャンドラーの生き生きとした文章と描写は、それを寓話という域を超えたものにしている。それはひとつの「神話（myth）」にまで昇華されている。寓話と神話との違いは何か？　寓話は形象の組み替えというレベルで完結してしまうが、神話は人の心の「元型」に結びついている。寓話は頭で理解するものだが、元型は心をすっぽりとあててはめるものである。そこには理解は必要とされない。それが大きな違いだ。元型は時代を超え、地域を超え、言語を超えて集合的に機能する資格を与えられる。チャンドラーの作品が半世紀以上を経てもなお熱心に、世界中で読み続けられているのは、その「元型」が今でもなお、人々の心に強く訴えかけるだけの説得力と機能性を維持し続けているからに他ならない。実際そう考える以外に、レイモンド・チャンドラーの小説の人気の秘密を解く鍵は見当たらないのだ。

翻訳のテキストには米ヴィンテージ版を用いた。米ヴィンテージ版と英ペンギン版とではいくつかの細かい違いがある。これにはたぶん親本であるクノップフ版（アメリカ）とハーミッシュ・ハミルトン版（イギリス）の刊行時の相違が反映されているものと推測される。ちなみに僕（村上）の本の出版元もクノップフとハーミッシュ・ハミルトンで、偶然とはいえ、そのへんに何かの縁を感じなくもない。

翻訳のチェックについては早川書房編集部にいろいろとお世話になった。感謝する。なにしろ古い小説なので、現在では意味のわからなくなった表現や言い回しも多く、まわりのアメリカ人（ほとんどは文学関係者）に尋ねて回ったのだが、とくに風俗的な言及については、「確信は持てないけれど、たぶんこういうことではないか」と推測するしかない箇所もいくつかあった。普通のミステリー小説として読むなら、そういう部分のほとんどはあえて訳す必要もないわけだが（なくても物語の理解にはまったく不都合はない）、僕としては、能力に限りはあるものの、少しでも忠実に細部を翻訳するように努めた。チャンドラーほどのレベルの作家の作品に関しては、何が必要であって、何が不要であるか、その判断はあくまで読者に委ねられるべきだと考えるからだ。

文庫化にあたって、小鷹信光氏より訳文に関するいくつかの指摘を受け、訂正を行った。正確な訳文に少しでも近づけたことで、氏に感謝したい。

村上春樹

本書は、早川書房より二〇一二年十二月に単行本として刊行された作品を文庫化したものです。

東の果て、夜へ

DODGERS

ビル・ビバリー
熊谷千寿訳

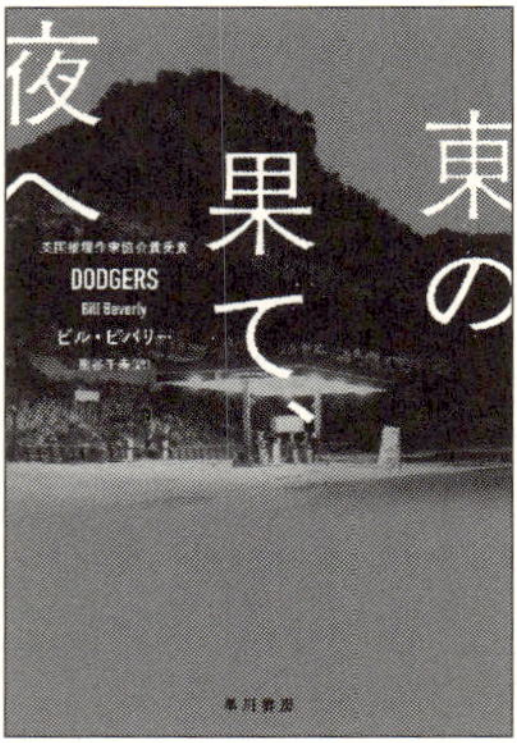

〔英国推理作家協会賞最優秀長篇賞／最優秀新人賞受賞作〕ＬＡに暮らす黒人の少年イーストは裏切り者を始末するために、殺し屋の弟らとともに二〇〇〇マイルの旅に出ることに。だがその途上で予想外の出来事が……。斬新な構成と静かな文章で少年の魂の彷徨を描いた、驚異の新人のデビュー作。解説／諏訪部浩一

ハヤカワ文庫

天国でまた会おう（上・下）

Au revoir la-haut

ピエール・ルメートル

平岡　敦訳

〔ゴンクール賞受賞作〕一九一八年。上官の悪事に気づいた兵士は、戦場に生き埋めにされてしまう。助けに現われたのは、年下の戦友だった。しかし、その行為の代償はあまりに大きかった。何もかも失った若者たちを戦後のパリで待つものとは――？　『その女アレックス』の著者によるサスペンスあふれる傑作長篇

ハヤカワ文庫

解錠師

The Lock Artist

スティーヴ・ハミルトン

越前敏弥訳

〈アメリカ探偵作家クラブ賞最優秀長篇賞／英国推理作家協会賞スティール・ダガー賞受賞作〉ある出来事をきっかけに八歳で言葉を失い、十七歳でプロの錠前破りとなったマイケル。だが彼の運命はひとつの計画を機に急転する。犯罪者の非情な世界に生きる少年の光と影をみずみずしく描き、全世界を感動させた傑作

ハヤカワ文庫

災厄の町〈新訳版〉

Calamity Town

エラリイ・クイーン
越前敏弥訳

三年前に失踪したジムがライツヴィルの町に戻ってきた。彼の帰りを待っていたノーラと式を挙げ、幸福な日々が始まったかに見えたが、ある日ノーラは夫の持ち物から妻の死を知らせる手紙を見つけた……奇怪な毒殺事件の真相にエラリイが見出した苦い結末とは？　巨匠の最高傑作が、新訳で登場！　解説／飯城勇三

九尾の猫〈新訳版〉

Cat of Many Tails

エラリイ・クイーン
越前敏弥訳

次々と殺人を犯し、ニューヨークを震撼させた連続絞殺魔〈猫〉事件。〈猫〉が風のように街を通りすぎた後に残るものはただ二つ――死体とその首に巻きついたタッサーシルクの紐だけだった。〈猫〉の正体とその目的は？　過去の呪縛に苦しむエラリイと〈猫〉との頭脳戦が展開される。待望の新訳。　解説／飯城勇三

ハヤカワ文庫

コールド・コールド・グラウンド

The Cold Cold Ground

エイドリアン・マッキンティ
武藤陽生訳

紛争が日常と化していた80年代北アイルランドで奇怪な事件が発生。死体の右手は切断され、なぜか体内からオペラの楽譜が発見された。刑事ショーンはテロ組織の粛清に偽装した殺人ではないかと疑う。そんな彼のもとに届いた謎の手紙。それは犯人からの挑戦状だった！　刑事〈ショーン・ダフィ〉シリーズ第一弾。

女には向かない職業

An Unsuitable Job for a Woman

P・D・ジェイムズ

小泉喜美子訳

探偵稼業は女には向かない――誰もが言ったがコーデリアの決意は固かった。最初の依頼は、突然大学を中退して命を断った青年の自殺の理由を調べるというものだった。初仕事向きの穏やかな事件に見えたが……可憐な女探偵コーデリア・グレイ登場。第一人者が、新米探偵のひたむきな活躍を描く。解説／瀬戸川猛資

二流小説家

The Serialist

デイヴィッド・ゴードン

青木千鶴訳

〔映画化原作〕筆名でポルノや安っぽいSF、ヴァンパイア小説を書き続ける日日……そんな冴えない作家が、服役中の連続殺人鬼から告白本の執筆を依頼される。ベストセラー間違いなしのおいしい話に勇躍刑務所へと面会に向かうが、その裏には思いもよらないことが……三大ベストテンの第一位を制覇した超話題作

時の娘

The Daughter of Time

ジョセフィン・テイ
小泉喜美子訳

英国史上最も悪名高い王、リチャード三世——彼は本当に残虐非道を尽した悪人だったのか？　退屈な入院生活を送るグラント警部はつれづれなるままに歴史書をひもとき、純粋に文献のみからリチャード王の素顔を推理する。安楽椅子探偵ならぬベッド探偵登場！　探偵小説史上に燦然と輝く歴史ミステリ不朽の名作

ハヤカワ文庫

訳者略歴　1949年生まれ，早稲田大学第一文学部卒，小説家・英米文学翻訳家　著書『風の歌を聴け』『ノルウェイの森』『1Q84』他多数　訳書『大聖堂』カーヴァー，『キャッチャー・イン・ザ・ライ』サリンジャー，『ロング・グッドバイ』チャンドラー（早川書房刊）他多数

HM=Hayakawa Mystery
SF=Science Fiction
JA=Japanese Author
NV=Novel
NF=Nonfiction
FT=Fantasy

大《おお》いなる眠《ねむ》り

〈HM⑦-14〉

二〇一四年七月二十五日　発行
二〇二五年四月二十五日　九刷

（定価はカバーに表示してあります）

著者　レイモンド・チャンドラー
訳者　村《むら》上《かみ》春《はる》樹《き》
発行者　早川浩
発行所　株式会社　早川書房
郵便番号　一〇一 - 〇〇四六
東京都千代田区神田多町二ノ二
電話　〇三 - 三二五二 - 三一一一
振替　〇〇一六〇 - 三 - 四七七九九
https://www.hayakawa-online.co.jp

乱丁・落丁本は小社制作部宛お送り下さい。
送料小社負担にてお取りかえいたします。

印刷・中央精版印刷株式会社　製本・株式会社明光社
Printed and bound in Japan
ISBN978-4-15-070464-3 C0197

本書は活字が大きく読みやすい〈トールサイズ〉です。